山东大学人文社科项目“英国移民作家卡里尔·菲利普斯研究”（IFW12018）

卡里尔·菲利普斯创作艺术研究

A Study on Creative Arts of Caryl Phillips

李永梅 著

山东大学出版社

图书在版编目（CIP）数据

卡里尔·菲利普斯创作艺术研究/李永梅著. —济南：山东大学出版社，2020.3

ISBN 978-7-5607-6541-9

Ⅰ.①卡…　Ⅱ.①李…　Ⅲ.①卡里尔·菲利普斯—文学研究　Ⅳ.①I561.065

中国版本图书馆 CIP 数据核字（2020）第 004477 号

责任编辑：刘森文　肖淑辉

封面设计：张　荔

出版发行：山东大学出版社

社　址　山东省济南市山大南路 20 号

邮　编　250100

电　话　市场部（0531）88363008

经　　销：新华书店

印　　刷：济南新科印务有限公司

规　　格：720 毫米×1000 毫米　1/16

13 印张　200 千字

版　　次：2020 年 3 月第 1 版

印　　次：2020 年 3 月第 1 次印刷

定　　价：39.00 元

序

英国文学源远流长，优秀作家众多，群星璀璨，经典作品跨越时空，影响着一代又一代人。在漫长的历史进程中，由于受到政治、经济、文化等方面的影响，英国文学历经盎格鲁-撒克逊、文艺复兴、新古典主义、浪漫主义、现实主义、现代主义、后现代主义等不同发展阶段，一直在悄然发生着变化，西方白人文化的垄断地位逐步被打破。与世界经济新秩序的变革同步，多元文化和多种族文化不可避免地登上了历史舞台的显著位置。

如果想要找出文学变化的标志，国际文学奖或许可以被看作是文坛变革的风向标。就以影响最大的诺贝尔文学奖为例，20世纪60年代之前，获奖者基本上全是欧美白人作家。此后，亚、非、拉美地区非白人作家不断摘得桂冠，这种“反客为主”的现象，引起了文学评论界的关注，同时也客观地反映了世界文坛的新潮流，即移民文学的兴起和后殖民文学的繁荣。

20世纪中期，大批来自加勒比海地区的移民乘坐“帝国疾风号”海船到达英国，标志着英国多元文化的开端，这有时也被认为是英国多种族化的开始。伴随着移民的到来，英国社会的种族、阶级不再固化不变，而是处于流动变化之中，越来越趋向国际化。随着移民作家的加入，英国文学吸纳了“异域文化”，焕发出了勃勃生机。移民作家的频频获奖，改变了英国文坛的景观，英国文学的疆域和定义发生了根本性的变化。

卡里尔·菲利普斯（1958～　）便是这样一位移民作家中的佼佼者。他是一位从加勒比海地区移民到英国的卓尔不群的小说家、剧作家、随笔作家。1979年，菲利普斯从牛津大学毕业，获英国文学学士学位。自2005年起，他在美国耶鲁大学任英语教授，定居在纽约市。

菲利普斯的创作是从戏剧开始的，包括小说、非小说、剧本及选集，其中以小说为主。他创作的作品获得过多种奖项，有很多已被翻译成多国语言。其中，广受赞誉的小说《渡河》获得 1993 年布克奖的提名，并在 1994 年获英国詹姆斯·泰特·布莱克纪念奖。除了作家的身份，他还作为学者在英国、美国、加纳、新加坡等世界各地的大学讲学。在来自加勒比海地区的作家中，除 V.S. 奈保尔之外，菲利普斯是另一位较早的被公认为已汇入英国文学“主流”的作家。《纽约时报》对他的评价是：“菲利普斯已证明自己为同时代人中最佳和最多产的作家”，“我们时代的文学巨人之一”。

李永梅的这本专著敏锐、准确地抓住了英国文学发展的新动向，选取菲利普斯这位作家及其作品为研究对象，既有挑战性，又有时代性，契合了我们国家提倡的世界文明多元化的理念。菲利普斯与“移民三雄”奈保尔、拉什迪和石黑一雄属于同一个阵营，他的影响力一直在不断增强。他创作的作品，无论是从数量还是质量上，都很有特点，很有辨识度。只要是提到“移民文学”，菲利普斯是必定会被提及的作家之一。目前，他依然处于创作的上升期，是一位不可多得的很有潜力、值得研究的作家。

由于菲利普斯拥有多重身份，并与多地有着很深的文化渊源，所以他会用不同的视角看待同一个问题，他的作品显示了他对于文化传统既依附又超脱的关系。本书通过对菲利普斯作品文本的详细解读，结合作家的创作背景、创作思想、作品主题以及叙事艺术等方面的研究，对作家及其作品做了比较全面的研究总结。本书绪论部分提出了创作背景是作家进行创作的必要积淀和素材之源。第一章研究了作家的创作思想，认为创作思想是一个人的世界观、人生观和价值观的真实反映，对其创作起引领指导作用，但同时又融会贯通地体现在他的创作之中。可以说，他的每一部作品都不同程度地反映了他思想的某个方面。第二章和第三章用较大的篇幅分别分析了菲利普斯作品的主题和叙事形式。主题是作品的核心，而叙事形式则是针对主题进行的“量身定制”，毕竟主题与形式的统一才是作品成功的关键。菲利普斯丰富的生活阅历和高超的语言艺术使得他能完美驾驭多种叙事形式，展现丰富多彩的主题。

书中探讨的很多主题，比如历史、移民、家园、奴役、女性等，大多与作者的成长经历息息相关，历史是其中的底蕴，感同身受让作家对这些司空见惯的主题做了全新的艺术概括和呈现。菲利普斯的作品反映了他的文学传承和跨文化视野，反过来又对英国文学产生了深刻的影响，充分体现了他的社会责任感。菲利普斯作品中体现的历史态度能够启发读者进一步的反思。在多元文化发展的当今时代，其作品主题及形式的多样性有充分的现实意义，也为他在英国文学史上赢得了一席之地。在建设“一带一路”和人类命运共同体的倡议下，了解西方移民作家的作品，对全世界不同文化之间的交流有充分的借鉴意义。

李永梅对菲利普斯的关注始于她在读我的博士期间的研究。自博士毕业后，十多年来，她勤奋好学，扎实钻研，不断有研究成果发表在国内的学术期刊上。特别是她到美国马萨诸塞州的阿默斯特学院访学期间，与曾经在这个学院教写作的作者保持了密切的联系，参加了他的作品朗读会，还专门对他做了一个访谈，探讨了很多细节性的学术问题。另外，她还跟加勒比海文学研究专家进行交流，并能充分利用大学的图书馆资料和其他便利条件，为本书的撰写做了全面充足的资料储备。因此，即将面世的这本书是一部资料翔实、方向前沿、见解独到的学术研究专著，在国内学术界尚不多见。

本书选取的作家在学界还没有得到比较全面系统的研究，目前他依然处于创作旺盛期。希望这本书能给文学研究者、高校教师和学生带来一定的启发和借鉴，希望这本书能成为李永梅在学术研究上的新起点，在这条学术研究之路上继续前行，并不断取得新的研究成果，百尺竿头，更进一步。在本书即将付梓之际，应学生的请求，我欣然提笔，是为序。

郭继德

2019 年 9 月 29 日

目　录
CONTENTS

绪　论

卡里尔·菲利普斯（Caryl Phillips，1958～　）是一位从加勒比海地区移民到英国的卓越的小说家、剧作家、随笔作家。他于1958年3月13日出生在加勒比海地区的圣基茨（St. Kitts）[①]，在他三个月大时，父母像带手提行李一样，带着襁褓中的菲利普斯移民到英国，在英格兰北部城市利兹落下脚来，定居在一个白人工人阶级社区。作为当时学校里唯一的黑人孩子，菲利普斯从5岁起就开始理解种族和阶级的不同含义。他自称自己童年的大部分时间都是用在打架或逃跑上，唯一的避难处就是阅读，所以他把自己的成长经历概括为“成长痛苦期”。1976年，菲利普斯进入牛津大学王后学院学习英国文学，在1979年获学士学位。自2005年起，他在耶鲁大学任英语教授，定居在纽约市。

菲利普斯的作品获得多种奖项，有很多已被翻译成多国语言。除了作家的身份，他还作为学者到美国、加纳、新加坡等世界各地的大学讲学。在来自加勒比海地区的作家中，除V.S.奈保尔之外，菲利普斯是另一位较早被公认为属于英国文学“主流”的作家。《纽约时报》称“菲利普斯已证明自己为同时代人中最佳和最多产的作家”，是“我们时代的文学巨人之一”。[②]

---

① 圣基茨和尼维斯联邦（The Federation of Saint Kitts and Nevis）简称“圣基茨和尼维斯”，由东加勒比海地区的圣基茨岛与尼维斯岛所组成的岛国，于1983年9月19日独立，现为英联邦成员国之一。面积267平方公里，人口约5.7万，黑种人约占全国人口的94%，居民多信奉基督教，官方语言为英语。

② George Garrett，“Separate Prisons”，*New York Times Book Review*，16（2），1992，p.25.

第一节　菲利普斯的创作背景

作为第二代移民，菲利普斯的成长经历为他日后成为作家打下了基础。他在很多访谈中也都提到过，在他的人生旅程中，有三个特定的时间段对他成为作家至关重要，堪称里程碑。这三个关键时刻分别是：苦涩童年——早年在利兹白人工人阶级社区的生活经历；大学时光——在牛津大学求学期间第一次访美；荣归故里——第一次返回故乡。菲利普斯对自己的出身念念不忘，对他的族裔历史如数家珍，这也正好对应了史蒂芬·克林曼（Stephen Clingman）的观点，他认为菲利普斯把“个人经历、传记及写作联结在一起”，其关联程度在他的作品中达到惊人的程度。[①]

一、苦涩童年——早年在利兹白人工人阶级社区的生活经历

提到童年，菲利普斯用轻描淡写的语气来描述他遭受的创伤，当然他的语调也没有因为时间的流逝而变得温情一些。他说:“客观上来讲，我的童年很不正常，而且伤痕累累。我从未有过快乐的记忆，但是我也从未感到被剥夺了什么，我在手中把玩着命运赐给我的身份名片。”[②]对菲利普斯来说，这种创伤的记忆有多种原因。由于来自白人社区中唯一的黑人家庭，他遭受过其他男孩的口头谩骂，并被他们沿街追打；今天被人视为好朋友，明天就被人置之不理。这种事势必会引起情感上的混乱，菲利普斯认为这类事“带有种族的暗示”。作为移民的孩子，他处在英国文化与西印度群岛文化的裹挟中，忍受着两种文化的撕扯所引起的不适感，而且还要迎接外部世界给他的家庭带来的种种挑战。他对于自己的加勒比海传统非常困惑，因为他的父母，作为“帝国疾风号”

① Stephen Clingman, “Other Voices: An Interview with Caryl Phillips”, *Salmagundi*, 143, 2004, p.113.

② Maya Jaggi, “Rites of Passage”, *The Guardian*, 3 (11), 2001, p. 6.

海船[①]的那代移民，急于想在英国扎根立足，并没有谈过回归故乡。菲利普斯认为，这其实是相当困难的，因为“利兹是英格兰非常根深蒂固的一个区域，工人阶级氛围浓厚，都有大家庭，就是说每个人要去看他们的妈妈、他们的祖母、他们的姑姑。……在这儿我只有妈妈、爸爸和弟弟，就是这些。所以，生活在这样一个封闭的社区，我最初感受到的移位，就是缺少一个大家庭的感觉”[②]。

在菲利普斯 8 岁时，他的父母离婚了，因此，“家”对于他来说变得更加难以捉摸。母亲获得了四个儿子的监护权，但是当她生病的时候，菲利普斯兄弟四人就被送到别人家里寄养。“我们像货物一样在英格兰北部的白人家庭之间运送，总是会有一批新的人让你喊他们爸爸、妈妈。”[③] 在菲利普斯 14～18 岁时，母亲的健康出了问题，他跟着父亲一起生活过一段时间。成长的创伤经历、家庭的解体对菲利普斯产生了一定的影响，他对“家”这个词既困惑，又害怕。“家”成了他以后进行文学创作的主题之一。他不停地在他的小说与非小说中探讨关于“家”的观念。菲利普斯住在纽约的邻居、曾两次获得过布克奖的澳大利亚小说家彼得·凯里（Peter Carey），把菲利普斯永无休止的漫游看作是“既想要家，又体验无家可归的感觉；他有很多家，但同时又没有家”[④]。

除了家庭的影响，性别和阶级的影响在菲利普斯的童年中也占有很突出的地位。菲利普斯成长在英格兰工人阶级社区，这也间接地反映了

---

① “帝国疾风号”（Windrush）海船：1948 年 6 月 22 日，满载着 492 名加勒比海移民的“帝国疾风号”海船停靠在英国蒂尔博里港，该海船的着陆意味着新一代英联邦移民进入劳动力市场，是为了缓解战后英国的劳动力短缺而来的，是得到英国政府许可的大规模的集体移民。“帝国疾风号”海船时代的移民可以说是一个里程碑，它标志着英国多元文化的开端，有时候也被称为英国“多种族化”的开始。

② Pico Iyer, “Caryl Phillips: Lannan Litreary Videos”, Lannan Foundation, Director Dan Gripps, 1995, in *Conversation with Caryl Phillips*, Jackson: University Press of Mississippi, 2009, p.38.

③ Renée T. Schatteman, ed., *Conversations with Caryl Phillips*, Jackson: University Press of Mississippi, 2009, p.79.

④ Renée T. Schatteman, ed., *Conversations with Caryl Phillips*, Jackson: University Press of Mississippi, 2009, p.78.

他所属的阶级，而显著的种族特征也给他的身份贴上了标签。由于他生活在主要是女性掌管的家庭中，这种经历使他对女性人物的挣扎奋斗特别敏感。在很多访谈中，采访人常常会问菲利普斯为何能成功地捕捉到女性的声音。对此菲利普斯从不讳言，他承认他本人“被女性的观点所吸引，因为她们经常比男人更诚实，更有激情，更复杂，也因为性别问题与种族和阶级紧密地结合在一起”①。因为女性的处境更能触动人的内心，这或许可以部分地解释为何在他的作品中，女性的声音会成为众多声音中的核心声音。

菲利普斯的妈妈是一个“非常聪明而又勇敢的女人”，面对父亲的缺位，她果敢地挑起了家庭的重担，“我不知道我怎么去做，但是我打算把他们抚养长大”。菲利普斯作为家中的长子，他替妈妈分忧解难，“我看到妈妈整日操劳，长年累月地每天只睡两个小时。妈妈给我灌输的观念就是，我必须得做出成绩，英国所能提供的往前行进的唯一途径就是教育——要通过努力和自律”②。在菲利普斯所居住的白人社区中，他们是唯一的黑人家庭，但是菲利普斯兄弟也是唯一通过“11＋考试”③（eleven-plus exams）的小学生。菲利普斯这样来描述自己的童年：对自己的身份一度极其沉默。他认为，这种对声音的剥夺，促使他在自己的作品中给无声的人一个机会，让他们来讲述他们自己的故事，这样就可以把他们写进历史。由此可以解释，他的作品中为何会出现那么多边缘人在讲述他们自己的历史。

菲利普斯早年的成长经历对于他的文学创作至关重要，正是在这个阶段，为他以后的创作积累了大量素材，而利兹也成了他作品中的一个

---

① Bénédicte Ledent and DariaTunca, eds., *Caryl Phillips: Writing in the Key of Life*, Amsterdam; New York: Rodopi B. V., 2012, p.48.

② Renée T. Schatteman, ed., *Conversations with Caryl Phillips*, Jackson: University Press of Mississippi, 2009, p.79.

③ “11＋考试”（eleven-plus examination），英国原中学入学考试。《1944 年教育法》以法令形式予以肯定。规定所有公立小学学生 11 岁进入中学前均须参加，根据成绩分别进文法中学、技术中学、现代中学。该考试由各地方教育当局组织，于每年 2 月或 3 月在学生所在学校举行。学生们通常需要提前一年参加“11＋考试”，包括数学、语文和逻辑，并准备好成绩报告和推荐信，之后还有面试和现场小组活动。

地标，那里的人文精神成了作者的一个创作源泉。随着阅历的不断增长，他的求学经历，特别是大学期间发生的插曲对他的人生职业选择产生了决定性的影响，他开始逐渐理解自己生命中不得不忍受的痛苦的根源。

二、大学时光——在牛津大学求学期间第一次访美

从 1976 年到 1979 年，菲利普斯在牛津大学王后学院攻读英国文学，在大学期间他曾执导过很多剧作家的戏剧，如哈罗德·品特、田纳西·威廉姆斯、威廉·莎士比亚以及亨利克·易卜生。在 19 岁时，菲利普斯的导师告诉他，既然他已经在心理学、神经生理学及统计学等方面修完了学分，那么他就可以重新考虑一下毕业学位所选的专业。当菲利普斯说想通过心理学来了解人性时，他的导师帮他做了最终的决定："文学。如果你想了解人，学英国文学，而不是心理学。"[①] 于是，菲利普斯采纳了导师的建议，研究英国文学。尽管菲利普斯在学业上很优秀，但由于家庭出身，他一直生活在等级观念的阴影之中。在大学期间，当他了解到那些据称有较好家族背景的学生并不比他更聪明或更高人一等时，此前笼罩在阶级观念之上的神话色彩才开始慢慢地褪去。在校园里，尽管他性格比较外向，善于交际而又活跃，他依然会遭遇种族主义问题，但是与以前有所不同的是，他会把对他的诋毁与 1976 年发生的诺丁山（Notting Hill）种族骚乱[②]联系起来。

1978 年的夏天，还在读大学二年级的菲利普斯第一次访问美国，对非裔美国人产生了高度的认同感，并且开始了解非裔美国文学传统。就像他在很多访谈中所说的，就在这次旅行中，在游览加利福尼亚的拉古娜海滩（Laguna Beach）时，他买了一本理查德·赖特（Richard

---

① Caryl Phillips, *Color Me English*, London: Harvill Secker, 2011, p.111.

② 诺丁山（Notting Hill）种族骚乱：1976 年伦敦诺丁山嘉年华期间，有色人种与警察发生冲突，近百名警察受伤，并引发严重的骚乱。此次骚乱是英国当时大量种族骚乱事件中的一个代表性事件，说明当时英国境内种族关系存在着严重问题。《1976 年种族关系法案》的出台，从法律上规范了种族关系，在一定程度上保障了有色人种的发展权。

Wright）的《土生子》（*Native Son*），坐在海滩边的椅子上开始读，中间没有站起来过，直到读完，从早晨一直读到夕阳西下，沉入海洋。从合上书那一刻起，他就下定决心要成为一名作家。这次的美国之行，菲利普斯深受非裔美国文学的启发，特别是在读了理查德·赖特的《土生子》之后，他发现了自己的潜能以及一生为之奋斗的职业，所以后来当有人提起他创作的发端时，他称之为“哦，那个老掉牙的拉古娜海滩故事”。

菲利普斯结束美国之行返回牛津后，他的毕业论文打算写非裔美国文学，他认为把拉古娜海滩与牛津结合起来并不算是太敏感，但是令他感到耻辱的是，尽管学校说毕业论文可以选择美国小说，他发现学校图书馆里并没有他需要的关键资料。这种对少数族裔声音关注的缺失令他感到无比沮丧，这种受挫感促使他痛下决心，发誓他自己的作品有朝一日一定会陈列在牛津大学的博德利图书馆（Bodleian Library）的书架上①。

1978 年的美国之行成了菲利普斯人生的转折点，这是他自 20 世纪 50 年代从加勒比海移民英国后，第一次离开英国，第一次来“客观地思考英国，思考加勒比海，思考自己”。正是在美国，他通过阅读与观察，发现他与非裔美国人“有共同的历史，我想写他们，我也想写我自己”。所以，当菲利普斯在 1978 年 10 月份从美国返回牛津时，他人生道路上的“另一扇门开启了”，他“成了一个完全不同的人”，他的生活轨道从此改变了。②

三、荣归故里——第一次返回故乡加勒比海地区

如果说美国之行启发菲利普斯想成为一名作家，那么 1980 年的第一次返乡则给了他文化上的冲击，从根本上改变了他的职业取向。这是自 1958 年移民英国之后，菲利普斯在妈妈的陪伴下第一次返回加勒比海地区的圣基茨（St Kitts），这次还乡“对他的文学艺术创作起了决定

---

① 博德利图书馆是牛津大学的主要研究图书馆，是欧洲最古老的图书馆之一，在英国是仅次于大英图书馆的第二大图书馆，藏品超过 1100 万件。博德利图书馆主要作为参考图书馆运作，一般来说，文件不能从阅览室中拿出去。

② Caryl Phillips，*Color Me English*，London：Harvill Secker，2011，pp.114-115.

性的推动作用，使他更为清楚地认识到他的身份的复杂性和丰富性”[①]。

这次返乡之旅不但点燃了他对于自身、对英国、对加勒比海地区的好奇心，而且也增强了他对于欧洲与欧洲人的认识，使得原本就很迫切的愿望得到了进一步的加强。当然，对菲利普斯来说，1980年返回圣基茨，是一次很好的机会，这使他与英国产生了距离感，对他的出生地产生了依恋感，而这两点是他随后创作的小说（其中包含了他自己的故事）中不可缺少的。就像他跟玛雅·雅吉（Maya Jaggi）所说的，“这次旅行解放了我，它让我的大脑走出了英国视角。我意识到，叙述不是从利兹也不是从布里克斯顿（Brixton）开始的”[②]。自那之后，菲利普斯不断地回到加勒比海地区，并且有一段时间（1988～1989）在那里建立了一个家。选择在自己的出生地安家落户，表明菲利普斯在身心上重新回归了故土，预示着他要在他生命开始的地方开启他作为小说家的职业生涯，而重归故里与他小说描写的故事地点颇为契合，他为自己的小说创作选择的地点就是家乡——加勒比海地区，这个地点的选择很有深意，就好像一切都是从故乡开始，然后走向世界。比如说，他最初创作的两本小说《最后的通道》（*The Final Passage*）与《独立国家》（*A State of Independence*），至少部分故事发生在加勒比海地区，讲述的是第一批加勒比海移民，即“帝国疾风号”海船那代移民移居到英国的故事，反映了他们与他们的家园及岛上家人的关系等。

四、前辈对他的文学影响

菲利普斯在《新世界秩序》（*A New World Order*）的绪论部分中这样描述自己的生活：“生活的车轮滚滚向前，阅读和写作是前行的两条轨道，二者互相启迪。”[③] 的确，阅读与写作是他生活的最为重要的两个方面，阅读滋养了写作，而写作又为阅读指明了方向。说到他的阅读习惯，

---

① Bénédicte Ledent, *Caryl Phillips*, Manchester: Manchester University Press (Contemporary World Writers Series), 2002, p.4.

② Renée T. Schatteman, ed., *Conversations with Caryl Phillips*, Jackson: University Press of Mississippi, 2009, p.81.

③ Caryl Phillips, *A New World Order*, London: Secker and Warburg, 2001, p.4.

有许多作家对他的文学创作产生过影响，他在很多访谈中提到过威廉·福克纳、萧伯纳、田纳西·威廉姆斯，当然远不止这些。说到影响，如果把生活与作品结合起来，菲利普斯认为，对他影响最大的当属詹姆斯·鲍德温（James Baldwin），“因为在我认识的作家当中，没有其他的人对我来说像他一样重要”①。菲利普斯认为，部分的原因或许是因为当遇见鲍德温时，菲利普斯是一个“踌躇满志”的作者，在这种情况下，“能遇见一个真正伟大的作家，我真是非常幸运，而他对于自己的时间是非常的慷慨大方”。当谈到对“移位”的最初体验时，菲利普斯说，“我崇拜的作家之一是福克纳。我过去常常想，这个幸运的家伙，他有他的密西西比河小小空间，那里是他永远的家园。我当时想，拥有类似文学家园岂不是很美妙?”但是随着他到越来越多的地方游历，菲利普斯的思想发生了改变，他开始认为“一种没有家的感觉或许很好”。②

菲利普斯所受的文学影响反映出他多重的依附关系，当被问到哪些作家对他影响最大时，菲利普斯总会说出一串名单：詹姆斯·鲍德温、威廉·福克纳、萧伯纳、亨德里克·易卜生、托妮·莫里森、德里克·沃尔科特、理查德·赖特等，其中一些人和他一样，来自欧洲、美洲和非洲形成的跨大西洋三角区域。菲利普斯从易卜生的戏剧中认识到文学的激情，特别是“伟大的女性部分”；从福克纳那里学到很多关于小说形式技巧的重要性。赖特和莫里森对菲利普斯的影响，除了文学上的影响外，他们还给菲利普斯带来了情感上的巨大冲击。菲利普斯在以前的成长过程中读到的只有俄国和英国的作家作品，赖特和莫里森使他发现了黑人作家进行创作的想象领域。沃尔科特教他如何“既符合加勒比海地区的特质，但又不能听任这种加勒比海地区狭隘主义对你的工作施加过多的影响”③。作为曾经的朋友和行为楷模，鲍德温诠释了如何成为一名流亡作家，他向菲利普斯

① Renée T. Schatteman, ed., *Conversations with Caryl Phillips*, Jackson: University Press of Mississippi, 2009, p.25.

② Renée T. Schatteman, ed., *Conversations with Caryl Phillips*, Jackson: University Press of Mississippi, 2009, p.25, p.38.

③ C. Rosalind Bell, “Worlds Within: An Interview with Caryl Phillips”, *Callaloo*, 14 (3), 1991, p.592.

展示了进行学术研究所必需的勇气，并给菲利普斯的小说和非小说以“方向感和目的感”。

菲利普斯的阅读涉猎广泛，除了上述作家，他还受到其他文学人物的影响，这构成了一种较为含蓄但却是很有力的互文性。在这类作家中，主要有英美作家托马斯·斯特尔那斯·艾略特、日本天主教小说家远藤周作（Shusaku Endo）、爱尔兰剧作家布莱恩·弗莱尔（Brian Friel）。尽管这些作家的背景与菲利普斯不同，但是有一点却是相同的，那就是，这些作家与菲利普斯一样都有移居国外的经历，都有挑战边界的倾向，无论是在形式上的还是文化上的。

当然，对菲利普斯影响最大还是加勒比海地区的作家，像威尔逊·哈里斯（Wilson Harris）、乔治·莱明（George Lamming）、V. S. 奈保尔（V. S. Naipaul）、塞缪尔·塞尔文（Samuel Selvon）。刚开始的时候，这些作家的存在甚至比他们的作品还要重要，然后，菲利普斯渐渐地与加勒比文学产生出一种很强烈的亲近感，特别是他认识到许多小说，比如莱明和塞尔文的小说与英国有关，探讨“归属与不归属的问题以及由此引起令人不快的焦虑”，这也是他作品中关注的其中一个主题。[①] 尤为重要的是，加勒比海文化起源于离散传统，这与他自己四海为家的经历，与他自己拥有复杂的祖先特别吻合，这也为他的创作提供了一种多元文化的范例。

菲利普斯在《新世界秩序》中说，“凭借着一只神秘莫测的手，历史赐给我四张身份名片”。他拥有的这四张身份名片是“祖先在非洲，出生在加勒比海地区，成长在英国，居住在美国，构成了一个和谐的统一体”。[②] 菲利普斯虽然与这四地有着难以割断的联系，但是说到他在文学上的亲缘关系，特别是在旅行方面，他“属于英国传统，认同那些走出英国，通过旅行来解决英国身份与归属问题的作家”[③]，还有像石黑一雄（Kazuo Ishiguro）和萨尔曼·拉什迪（Salman Rushdie）一样

---

① Caryl Phillips，“Following On：The Legacy of Lamming and Selvon”，*Wasafiri*，29，1999，p.35.

② Caryl Phillips，*A New World Order*，London：Secker and Warburg，2001，p.4，p. 6.

③ Caryl Phillips，*Color Me English*，London：Harvill Secker，2011，p.124.

移位的作家。

除了英国传统，他还是“非裔作家，因为对于离散的非洲人来说，‘家’是一个沉甸甸的字眼，负载着复杂的历史与地理的重担”。比如离散在各个国度的非裔作家：兰斯顿·休斯（Langston Hughes）、杜波依斯（W. E. B. Du Bois）、伊达·B·威尔斯（Ida B. Wells）、菲丽丝·惠特蕾（Phillis Wheatley）、克劳德·麦凯（Claude McKay）、詹姆斯·鲍德温等，这些非裔作家能够“离开故土，并且通过另一个棱镜来看自己——希望这个棱镜少一些种族的乌云——这早已成了在西方的非裔作家遗产的一部分了”[①]。

菲利普斯与之亲近的第三个传统是加勒比传统，他称自己是“一个拥有双重身份的人，有英国国籍，也是圣基茨的居民”。菲利普斯对于他的出生地有一种天然的亲近感，他说：“我对于自己出生的地方的确是有一种亲切感，也感受到文学上的某种牢固的关系。”[②] 菲利普斯从1980年第一次返回故乡之后，便不断地在加勒比海地区与英国之间往返，试图探索和理解促使他的父辈移民的驱动力，对于他父辈作为“帝国疾风号”海船那代移民，很多作家对此都进行过描述，如C. L. R. 詹姆斯（C. L. R. James）、简·里斯（Jean Rhys）、乔治·莱明、V. S. 奈保尔、塞缪尔·塞尔文，事实上大部分的文学前辈都描写过那段移民经历。

菲利普斯的第四张身份名片指的是美国。虽然说菲利普斯第一次访问美国时，对非裔美国人产生了高度的认同感，并且了解到非裔美国文学传统，特别是在读了理查德·赖特的《土生子》之后，他就下定决心要成为一名作家，但是说到与非裔美国文学的关系时，菲利普斯认为他并不属于该传统，“因为非裔美国文学有它们自己的强有力的传统，我确实认为它们不需要我作为异国情调附属于它们，没有我，他们似乎做得相当出色”[③]。

---

① Caryl Phillips, *Color Me English*, London: Harvill Secker, 2011, p.124, p.125.

② Renée T. Schatteman, ed., *Conversations with Caryl Phillips*, Jackson: University Press of Mississippi, 2009, p.25, p.39.

③ Renée T. Schatteman, ed., *Conversations with Caryl Phillips*, Jackson: University Press of Mississippi, 2009, p. 39.

美国启迪了菲利普斯的“作家梦”，美国文学滋养着他，尽管不属于非裔美国文学传统，但他同样可以在这片异域开辟新的领地，并扎根发芽。

第二节 菲利普斯的作品与文学贡献

菲利普斯的创作是从戏剧开始的，他的创作类型包括小说、非小说、剧本及选集。迄今为止，菲利普斯创作了 11 部小说、5 部非小说文集、4 个舞台剧、2 个电影剧本、1 个广播剧及 2 部选集，其作品已被翻译成多国语言，此外他还做过编辑，是很多报刊的撰稿人。他的大部分作品获得了各类奖项，其中《遥远的海岸》（*A Distant Shore*，2003 年）一书获得五个奖项；广受好评、堪称其代表作的《渡河》（*Crossing the River*，1993 年）入围 1993 年度布克奖的短名单（The Booker Prize shortlist），并在 1994 年获詹姆斯·泰特·布莱克纪念奖和莱南文学奖（Lannan Literary Award）。他本人也曾获过很多奖，举近期的例子，2013 年获得加勒比年度杰出人物奖（The Anthony N. Sabga Caribbean Award for Excellence），小说《迷失的孩子》（*The Lost Child*，2015 年）于 2016 年入围赫斯顿/赖特遗产奖（Hurston/Wright Legacy Award Finalist in Fiction）。

菲利普斯的作品按时间大致可以划分为三个阶段。他创作的第一阶段是在 20 世纪 80 年代。他最早的作品是 3 部舞台剧：《奇异的果实》（*Strange Fruit*，1980 年）、《黑暗之处》（*Where There is Darkness*，1982 年）、《避难所》（*The Shelter*，1983 年），主要涉及西印度群岛移民在英国的经历以及黑人和白人的关系。紧接着是一部广播剧《虚度岁月》（*The Wasted Years*，1984 年），获得 BBC 吉尔斯·库珀奖（the BBC Giles Cooper Award），并被授予“年度最佳广播剧（Best Radio Play of the Year）”称号。在这之后，菲利普斯进入了小说和非小说创作阶段。他最早创作的两部小说是《最后的通道》（*The Final Passage*，1985 年）与《独立国家》（*A State of Independence*，1986 年），分别讲述了二战后加勒比海地区移民到英国的经历，还有加勒比海移民在故乡独立前夕返回故乡以及新殖民主义的萌芽。《最后的通道》获马尔科姆·爱克斯文学奖（Malcolm X Prize for Literature）。与第二部小说同年，菲利普斯的电影剧本《客场板球赛》（*Playing Away*，1986 年）在伦敦电影节上举行首演，该剧通过西印度群岛内陆城市队与英国乡村队之间进行的板球比赛，反映了两种文化的相互影响。菲利普斯游历欧洲九个月，他的见闻与思考汇集到《欧洲部落》（*The European Tribe*，1987 年）中，该书获得马丁·路德·金纪念奖（The Martin Luther King Memorial Prize）。菲利普斯在前言中称之为“记录下关于欧洲的种种思考的笔记本，对于欧洲我觉得既属于它又不属于它”[①]。这本游记辛辣地指出欧洲中心主义正是种族冲突的核心所在。不论这种论调是否会引起歧义，这本非小说连同《大西洋之声》（*The Atlantic Sound*，2000 年）及《新世界秩序》（*A New World Order*，2001 年）可以看作是“对他的言犹未尽的小说的一种有趣补充，为小说提供了比较激进的、富有政治色彩的潜台词”[②]。

随着菲利普斯到世界各地的旅行及教书，他的创作在 20 世纪 80 年代末进入了第二个时期。《更高的地面》（*Higher Ground*，1989 年）是他创作的转折点，标志着其创作进入更为广阔的领域，随后是《剑桥》（*Cambridge*，1991 年）、《渡河》（*Crossing the River*，1993 年）与《血的本质》（*The Nature of Blood*，1997 年）。这四部小说获得评论界极高的评价，并且获得了很多奖项。如果说菲利普斯的第一、二部小说是通过一个小的窗口——他的出生地加勒比——来瞭望世界，通过移民来聚焦加勒比海地区与英国之间的紧张关系，那么他随后的小说则涵盖了范围更广阔的主题。《更高的地面》与《渡河》涉及非洲奴隶贸易，时间上囊括了非洲离散的历史，空间上跨越了非洲、新世界及欧洲。1993 年《渡河》入围布克奖短名单，于 1994 年获詹姆斯·泰特·布莱克纪念奖。《剑桥》的故事发生在 19 世纪的加勒比海地区种植园，小说触及奴隶制、主人与奴隶的复杂关系。该小说为他赢得 1992 年《星期日泰晤士报》“年度青年作家”称号［The (London) Sunday Times Young

---

① Caryl Phillips，*The European Tribe*，London：Faber and Faber，1987，p.ix.

② Bénédicte Ledent，*Caryl Phillips*，Manchester：Manchester University Press (Contemporary World Writers Series)，2002，p.9.

Writer of the Year]。《血的本质》汇聚了很多的历史事件：犹太人大屠杀、犹太人在15世纪遭受的迫害、“奥赛罗”在16世纪的威尼斯所处的困境、埃塞俄比亚难民被遗弃在当代的以色列。20世纪90年代，菲利普斯除了进行文学创作，他的才能还表现在其他领域，比如，他在1998～2000年担任费伯出版社加勒比系列丛书（Faber Caribbean Series）的编辑。另外，他给许多报刊供稿，特别是《卫报》(*The Guardian*)、《泰晤士报文学增刊》（*The Times Literary Supplement*），除了对自己的作品做“权威解读”，他还对其他的作家作品进行评论。这一阶段他编辑的文集有《漂泊流浪的异邦人：归属文学》(*Extravagant Strangers*：*A Literature of Belonging*，1997年)、《正确的场景：网球文选》（*The Right Set*：*A Tennis Anthology*，1999年）。前者收录了非英国本土出生的作家写的富有启发的、令人信服的文章，这恰好质疑了同质英国传统的神话；后者探究了网球的过去、现在和未来，聚焦了网球的传统和规矩，突出了那些突破僵化的行业规则的人，正是这些突破行为激发了传统网球运动，使之成为当今令人兴奋的运动。

菲利普斯的职业生涯除了文学创作外，还包括教书。他在许多国家的大学里执教过，如印度、瑞典、美国、新加坡、巴巴多斯等。1995年，37岁的菲利普斯成为最年轻的终身教授。自2005年起，他成为耶鲁大学的教授。在21世纪，他的创作进入第三阶段，包括小说、非小说、电影剧本及舞台剧。第三阶段的开篇是两本非小说《大西洋之声》（*The Atlantic Sound*，2000年）、《新世界秩序》（*A New World Order*：*Selected Essays*，2001年）。《大西洋之声》讲述了菲利普斯重走父母移民英国时走过的路线，体验和感悟不同时期两代人不同的心路历程，同时探访了在大西洋奴隶贸易中的三个重要的中心，即英国的利物浦（Liverpool）、加纳西海岸的埃尔米纳（Elminas）、美国南部的查尔斯顿（Charleston）。《新世界秩序》中的文章归到了以下四个区域：美国、非洲、加勒比海地区及英国，涉及作家作品、文化人物、重要事件，追踪我们对日新月异世界的心理边界，并坚信由移民和难民所推动的文化多元必定会塑造“新世界秩序”。电影剧本《灵异推拿师》（*The Mystic Masseur*，2001年）改编自V. S. 奈保尔的同名小说，2002年在马塔布拉塔国际电影节（Mar Del Plata Film Festival）上，获阿根廷银翁布最佳编剧奖（Argentina Silver Ombu for Best Screenplay）。随后是三部小说《遥远的海岸》（*A Distant Shore*，2003 年）、《在黑暗中起舞》（*Dancing in the Dark*，2005 年）、《在飘落的雪中》（*In the Falling Snow*，2009 年）。《遥远的海岸》探讨了当代英国面对社会与文化等方面的种种变化，由开始的不适应到最后不得不接受。从这个方面来说，该小说代表着与其他小说的背离，因为除了《独立国家》，菲利普斯的小说的背景总是放置到或远或近的过去，当然小说中的过去显然与现在是有联系的。《遥远的海岸》一经出版，就引起很大的反响，从而斩获了不少项奖：如 2003 年入围布克奖的长名单，2004 年入围美国国家书评奖（National Book Circle Critics Finalist in Fiction）、笔会/福克纳小说奖（Pen/Faulkner Award for Fiction Finalist），入围赫斯顿/赖特遗产奖，并获得英联邦作家最佳图书奖（Commonwealth Writers Prize for Best Book）。《在黑暗中起舞》的背景是 20 世纪之交的纽约，描述了伯特·威廉姆斯（Bert Williams）四处流动的演艺生活，还有加勒比海裔黑人表演者试图创建成功事业所面临的困境。该小说于 2006 年获得美国笔会/超越边界小说奖（Pen/Beyond Margins Award）。小说《在飘落的雪中》聚焦一位中年黑人白领的困境，揭示了伦敦在多元文化背景下的街头暴力，反映了当下英国社会（特别是伦敦）的诸多问题，如移民在宗主国的种种遭遇，中年人的婚姻家庭危机、工作压力、父母子女的关系、两性关系、十几岁孩子的社会问题等。除了小说，菲利普斯在这一阶段还出版了非小说《异乡客：三个英国人的生活》（*Foreigners: Three English Lives*，2007 年）以及剧本《乱世交汇：英国、奴隶与美国革命》（*Rough Crossings: Britain, the Slaves and the American Revolution*，2007 年）。非小说《异乡客：三个英国人的生活》通过三个不同的故事，对黑人的地位给出了令人沮丧的回答——始终是外来人，该书入围精华文学奖（Essence Literary Award Finalist）。舞台剧《乱世交汇》讲述了一群昔日的奴隶在西非重新安置的故事，戏剧性地探究了身份、家园以及自由意味着什么。

如果把菲利普斯的创作每隔十年划为一个阶段，从 20 世纪 80 年代开始算起，经历过了前面三个阶段，可以说现在进入了一个新阶段。如今，菲利普斯依然处于创作高峰，这一阶段显然是刚刚开始，还远未结束。特别值得注意的是，与以前的作品相比，他近期的创作发生了很多的变化。在21世纪的第一个十年之后，菲利普斯于2011年出版了非小说《为我着上英国色彩：移民与归属的思考》（*Colour Me English*：*Reflections on Migration and Belonging*）。这本书以20世纪70年代作者在利兹长大的感人至深的回忆为出发点，进而扩展为一本反思性的、饶有趣味的和富有挑战性的散文集，也是一本涉及文学、文化和自传体的非小说作品集，书中讨论了身份和归属感以及排斥等问题。2015年菲利普斯出版了小说《迷失的孩子》，重温了艾米丽·勃朗特的杰作《呼啸山庄》，小说以现代叙事为主，穿插着文学虚构，通过揭示文学经典中不为人知的谜团，映射了当前社会的困境，并直指异化、流亡和家庭等核心问题。2018年5月，菲利普斯的新作《日落帝国之景》（*A View of the Empire at Sunset*）问世，这是关于《藻海无边》（*Wide Sargasso Sea*）的作者简·里斯（Jean Rhys）的传记小说，《藻海无边》是夏洛特·勃朗特的《简·爱》的前传。菲利普斯这部扣人心弦的新小说同样讲述了一个体系终结的肇端，这个体系在英国维持了两个世纪，但却对所有生活在帝国阴影下的人，无论是男人还是女人、殖民者还是被殖民者的生活造成了破坏。

菲利普斯编辑的《漂泊流浪的异邦人：归属文学》汇集了39位出生在英国之外的作家写的文章，通过这些漂泊流浪的异邦人富有雄辩的、言辞犀利的声音，菲利普斯指出，英国文学受外来人的影响至少有二百年的历史①，正是由于注入了外部新鲜的血液，才使得英国文学焕发出无尽的生机和活力。

菲利普斯也是以外来人的身份加入英国文学之中的，他的成长经历使他具有不同于英国白人主流作家的异质性，他的作品在英国文坛上独树一帜。凭借着他的作品，特别是那些广受好评的小说，菲利普斯对英国文学做出了很大的贡献。这主要表现在两个方面，一个方面是在叙事

① Caryl Phillips，*Extravagant Strangers*：*A Literature of Belonging*，London：Faber and Faber，1997，p.xiii.

形式上，在菲利普斯的小说中，碎片般的故事取代了传统的线性叙事，过去与现在相呼应，迥异的地点相关联，这种支离破碎恰好反映了处于离散、错位中人们的生活状态。如果说菲利普斯早期带有自传因素的小说，如《最后的通道》与《独立国家》，虽然其中不时穿插着“闪回”，还都算得上是完整的故事，那么其后期的小说，则直接把彼此孤立但又富有抒情的声音并置在一起，这些声音由于性别、种族、阶级和时间的原因而相互隔绝，然而它们又都有痛苦和失败的共同经历，并且对未来怀有一种本能的期望，如《更高的地面》采用碎片结构，既独立成篇，又具有内在的关联性，它预示着后面小说的结构将变得更为错综复杂。另一个方面是在内容上，菲利普斯小说的主题拓宽了英国小说的领域，质疑了现存的社会秩序，同时强调长期以来英国小说所忽视的内在异质性。菲利普斯的小说关注传统历史学所排斥的人物，重现了西方社会刻意掩盖的历史，比如跨越大西洋的奴隶贸易的真实历史。在 20 世纪 90 年代之前的大多数英国小说中，奴隶制及“他者”在英国要么被故意忽略，要么被当作次要问题，然而他们在菲利普斯的作品中却成了核心问题。以前“属下/庶民”问题是通过帝国的视角稍加提及，主要体现在 19、20 世纪帝国作家创作的作品中，读者从这些作品中只能捕捉到一鳞半爪。而菲利普斯的作品弥补了这种缺憾，可以说是把官方历史中缺失的部分给增补上了。菲利普斯作为外来人而非帝国代言人，是在大都会内部而非外部进行创作，其目的是为了打破对某些禁忌话题而故意的缄默，唤起社会的关注，特别是白人自身的反省。菲利普斯的作品在形式与主题上的创新恰好反映了多重身份对他的影响，体现了他对现有传统，包括英国的、非洲的、美国的以及加勒比海的传统，既有传承依附的一面，又有超然其上的另一面，这一点对应了菲利普斯在《新世界秩序》的序言中反复提及的“我属于这个地方，同时又不属于这个地方”。

这种文化与文学传承在他的作品中俯拾皆是，比如，菲利普斯在《血的本质》中重新塑造了“奥赛罗”，这个人物取材于莎士比亚的《奥赛罗》，但是菲利普斯采用了不同的视角，故事叙述是从奥赛罗的视角，而且进入到这个人物的内心世界，增加了莎士比亚戏剧中所不曾涉及的一些东西。此外，相似的情况还可以从菲利普斯题目的典故来源看到，有些作品的题目来源于与菲利普斯文化上相近的艺术家的歌曲或者诗歌。比如，《奇异的果实》的题目取自比莉·荷莉戴（Billie Holiday）的同名歌曲，《更高的地面》与史提夫·汪达（Stevie Wonder）的歌有关，《新世界秩序》与柯蒂斯·梅菲尔德（Curtis Mayfield）有关，《渡河》的题目似乎与爱德华·卡姆·博列维特（Edward Kamau Brathwaite）的诗歌不谋而合。当然，也存在这样一种情况，菲利普斯与这些艺术家在反对种族主义、性别歧视等方面有相似的关注，于是菲利普斯与他们不约而同地把关注反映到小说和歌曲当中了。

第三节　本书结构与主要内容

本书分为绪论、正文、结语和附录四个部分。绪论部分介绍了菲利普斯的生活轨迹对其创作生活的影响，其文化文学渊源和文学贡献及成就等。作为移民文学的代表作家之一，菲利普斯立足自身的成长经历，以笔为剑，以社会的历史遗留问题为突破口，借古讽今，针砭时弊，把古旧的题材赋予了新颖的形式，启发人们从过去的历史中去寻求解决当今社会诸多弊病的“解药”。

本书的正文部分分为四章，分别分析了菲利普斯的创作思想、作品的主题、作品的叙事艺术及其文学文化传承与社会责任。

第一章论述了菲利普斯的创作思想，包括他的新历史主义思想、离散思想、基督教思想、跨文化思想等方面。按照内容，菲利普斯的小说似乎可以归为“历史小说”，这些小说体现了文本与历史的辩证关系以及菲利普斯的新的历史观。菲利普斯作为非裔加勒比移民，他本人就是离散的代表，他对于黑奴、犹太人这两大离散团体给予高度关注，同时他还描绘了形形色色的现代流亡者。菲利普斯认为基督教是西方对外征服的手段之一，对于黑人来说是双刃剑，但是基督教无法拯救世界。菲利普斯作品的人物大多会有跨疆越界的行为，透露出他们进行跨文化交流的愿望和尝试。

第二章挖掘了菲利普斯作品中的某些主题，比如奴役、移民、种族、家园、女性等。菲利普斯作品中的奴役，传统意义上指的是黑奴，但白人也同样带着无形的枷锁，所以奴役似乎是人类无法摆脱的命运。菲利普斯的作品呈现了各种缘由的移民，移民的队伍呈现多种肤色，人在旅途是人类的生活写照。在菲利普斯的作品中，种族是一个无法绕过的沉重话题，从第一部作品开始，黑白始终是其不变的主色调，如何协调这二者是世界性难题。“家园”是菲利普斯不想说，但又无法不说，并且时时在说的“令人烦恼的问题”。他融合自身的经历，塑造了“渡河人”的离家、寻家、建家、归家到无家的家园困境，这同样是一个无法得到圆满解决的难题。女性在菲利普斯的作品中占有很突出的位置，其中有多部小说采用女性叙述视角，这既反映了成长经历对他的影响，也说明了他对女性给予特别的关注。

第三章阐述了菲利普斯作品的叙事艺术，主要包括复调、主人叙事与奴隶叙事、腹语、互文性、旅行文学等。菲利普斯的很多作品采用两个甚至多个叙事者，显示音乐对他的影响。贩卖奴隶的历史是菲利普斯作品关注的主题之一，其中白人主子与黑人奴仆的叙述反映了其不同的处境，在话语权缺失的情况下，黑奴借助腹语的叙述则显得极为必要。菲利普斯的作品从题目到内容显示其采用互文技巧，反映了他的文化传承与文学渊源。旅行是菲利普斯日常生活的一部分，是他很多作品的创作之源，同时也是他旅行的丰硕成果，但是他的旅行文学不同于 19 世纪的旅行文学。

第四章归纳了菲利普斯作为艺术家的文学文化传承与社会责任。菲利普斯是英国文坛上一颗冉冉升起的文学新星，他的大部分作品显示出了他的多元文化背景，他以非洲、加勒比海地区、英国、美国为四个地理坐标，绘制了他独特的文学版图。他的出生地以其特殊的地理和历史环境培养了大批优秀的艺术家，其中包括很多获奖作家，其群岛的开放性让很多的艺术家走出国门，走向世界。奴隶制的直接后果是把非洲黑奴贩运输送到新旧大陆，遭受来自欧洲大陆的白人殖民者的奴役剥削，从此打上了深深的奴隶烙印，而潜藏在血液中的非洲因素宛如一股“黑色旋风”，吹向欧美文坛。菲利普斯的作品由于其异域特征“破坏”了英国文学所谓的纯洁性，破除了虚假的同质性神话，为英国文学输送了新鲜的血液，使英国文学变得更加丰富多彩。

结语部分是对前面章节的总结，特别指出，其作品中反映的很多主题是与菲利普斯的成长经历息息相关的，他的文学成就并没有带给他与之相匹配的关注和认可，这也恰好对应了作品中人物在现实生活中的遭遇。对于自己的多重身份，菲利普斯从开始的无所适从、彷徨无助，到无可奈何、渐生自豪，再到自觉自愿地与多地建立起了联系，并积极地承担起作为文学艺术家所担负的社会责任，探讨一些社会亟须解决的问题，打造出了独具特色的文学景观，成了英国文坛上不容忽视的文学力量。

附录部分中，附录一、附录二和附录三历述了与菲利普斯的成长创作有关的事件、他的作品以及获奖情况；附录四则是笔者在美国访学期间对菲利普斯做的一个访谈，解开了笔者研究过程中的一些困惑。这本书是笔者对菲利普斯研究的汇总，希望能对菲利普斯作品的爱好者和研究者提供一点借鉴和帮助。

第一章 菲利普斯的创作思想

詹姆斯·鲍德温曾说："我是由时间、环境、历史共同塑造的，当然也远不止这些，我们都是这样。"[①] 这段话用在菲利普斯的身上再恰当不过了。作为20世纪中期以后出生的作家，卡里尔·菲利普斯的成长经历为他日后成为作家提供了丰厚的积淀。作为非洲人的后代，他随父母经历了移民大潮；到了英国之后，又深切地体会到种族问题；在重新踏上故土时，他重新调整了将英国作为宗主国的视角，并从故乡加勒比找到了身份认同感。像大多数第一代移民一样，菲利普斯的父母选择了弱化家乡，对家乡避而不提，目的是不想阻碍孩子们融入所移入的社会，而菲利普斯的文化传承与他所受的教育——他就读于以白人为主的中产阶级学校——并没有起很大的冲突。他常常谈到自己与非洲、欧洲、美洲环大西洋三角地带的依附关系，这种多重身份的确会对他的归属感有影响。但从另一方面来说，这份馈赠对他的创作来说无疑是一笔丰厚的财富，所以他从事文学的方式就是"尝试着与自己的经历相协调，并把经历当作想象力的催化剂"[②]。移民必然会带来文化上的冲突，所以移民作家可借助写作来界定"他的"问题的范围，或者帮助他理顺"他的"混乱，当然这是一个"继续进行中的过程"[③]。

---

① James Baldwin 的话，转引自 Bénédicte Ledent, *Caryl Phillips*, Manchester: Manchester University Press (Contemporary World Writers Series), 2002, p.1.

② Bénédicte Ledent, *Caryl Phillips*, Manchester: Manchester University Press (Contemporary World Writers Series), 2002, p.1.

③ C. Rosalind Bell, "Worlds Within: An Interview with Caryl Phillips", *Callaloo*, 14 (3), 1991, p.598.

菲利普斯作为他所在的那个时代的一员，其创作也不可避免地会打上时代的烙印。于是菲利普斯把他的文学创作与个人历史非常恰当地融合到了自己的作品中，这种清晰的关联为理解他的创作艺术提供了很好的线索。读者通过他的作品可以了解到，菲利普斯是如何借助写作反映他所处的“文化或历史的困境”[①] 的，是如何努力理清他既是黑人又是英国人的身份的。他在意识上知道自己是英国人，却不断有人或直接或间接地指出他不属于这里，对此他是如何协调这种矛盾的。通过菲利普斯的作品，读者可以了解他的创作思想，包括他的新历史主义思想、离散思想、基督教思想、跨文化思想等。

第一节　菲利普斯的新历史主义思想

一、文本的历史性与历史的虚构性

从内容上看，菲利普斯的小说多多少少地都包含着历史的因素，无论是较远的奴隶制时期，抑或是较近的移民大潮，还是犹太人大屠杀。最引人注目的是，他的很多小说都将历史资料作为蓝本，从这个意义上说，他的很多作品可以被粗略地归为“历史小说”。这些小说体现了文本与历史的辩证关系，同时也体现了菲利普斯的历史观。

菲利普斯的美国之行，特别是在非裔美国文学的启发下，使他找到了毕生从事的职业，因为他相信写作对个人、集体都是一种很好的媒介，可以触及“自身生存的难题”。这种对自我存在的追问或许可以解释为何菲利普斯对历史具有痴迷般的兴趣，这也可以从他的小说中找到答案。对他来说，历史是了解人从哪里来，将要去哪里的最佳途径，“假如你不知道你从哪里来，你就不知道你在哪里；假如你不知道你在哪里，你就不知道你要去哪里”[②]。当然，这一前提是不要把历史理想化。作为黑人的后裔，菲利普斯在学校时喜欢的课程是历史，而不是英

---

① Caryl Phillips, *The European Tribe*, London: Faber and Faber, 1987, p.8.

② Lars Eckstein,“The Insistence Voices: An Interview with Caryl Phillips”, *Ariel*, 32 (2), 2001, p.40.

语。英国存在着这样一种历史，假装像菲利普斯一样的人不存在。对于非白人作家来说，有必要与“历史无知的逆流进行抗争”，因为历史就是作者的“银行存款结余”①。菲利普斯在创作中糅进历史的素材，他试图让人们记住被遗忘的历史，就像乔治·桑塔耶拿所说的那样：“那些不记得过去的人注定要重蹈覆辙。这是很可怕的，但却是事实。”②

菲利普斯对过去的兴趣，不禁让人想到爱德华·W. 萨义德（Edward Said）曾经说过的类似观点。在《文化与帝国主义》(*Culture and Imperialism*）一书中，萨义德认为，“回顾过去是解释现在的最常见的策略”，其主要的原因是“对过去发生了什么和过去是什么样子产生了意见分歧；还有关于过去是否真的已经完全彻底地过去；或是不确定它是否还在继续，尽管过去也许以不同的形式而存在”③。萨义德在书中总结了追溯过去的原因，同样，菲利普斯也认为，尽管奴隶制从时间的角度来说是结束了，但是其遗产及后果并未同时结束，而是一直持续到了20世纪。长期以来，奴隶制是一个人们避而不谈的话题，其影响至今依然能感受得到。所以，菲利普斯选择在20世纪后期来回写奴隶制。英国人对这段历史的态度或许可以参照利物浦这个城市，利物浦与奴隶贸易紧密相连，奴隶贸易对利物浦后来的发展和繁荣做出了很大的贡献，但是这个城市却极力消除这个负面的形象，“利物浦人不想承认他们的历史，他们不想让人知道是什么建起了这座城，如何剥削黑人是他们财富的基础”④。对此菲利普斯不无讽刺地说道：“在这样一个地方是多么令人不安，历史就在身边，然而却又如此明显地不在人们的意识当中。”⑤ 于是，菲利普斯致力于挖掘那些在奴隶制历史的叙述中缺失的声音。对此，他的核心观点是，奴隶制不仅仅属于所谓的“黑人的历

---

① Maya Jaggi,“Crossing the River: Caryl Phillips Talks to Maya Jaggi”, *Wasafiri*, 20, 1994, p.29.

② George Santayana, *The Life of Reason or the Phases of Human Progress: Reason in Common Sense*, New York: Charles Scribner's Sons, 1924, p.284.

③ ［美］爱德华·W. 萨义德：《文化与帝国主义》，李琨译，三联书店2003年版，第1～2页。

④ Caryl Phillips, *The Atlantic Sound*, London: Faber and Faber, 2000, pp.78-79.

⑤ Caryl Phillips, *The Atlantic Sound*, London: Faber and Faber, 2000, p. 93.

史”领域，就像官方所鼓吹的，它同样也是英国白人的历史。

菲利普斯在创作这些历史小说之前，首先会做大量的研究，搜集许多相关的文献资料进行通读，挖掘出其中可用的材料，或者找出官方历史的纰漏，然后在作品中糅进某段历史。所以说，他的文本背后包含着历史性，包含着历史性事件或历史人物。菲利普斯在创作这些作品时严格地基于史料档案，比如，在小说《渡河》的正文开始之前，他指出约翰·牛顿[①]（John Newton）的 18 世纪的《贩奴者日记》（*Journal of a Slave Trader*）为小说的第三部分提供了珍贵的素材来源。除了《渡河》明确指出了其中的历史出处之外，菲利普斯在其他的作品中并没有特别标明。但是其作品中的历史因素却不难看出，比如其他作品包含着与奴隶制相关的某段历史：20 世纪中期“帝国疾风号”海船那代移民及随后的移民，还有早期对犹太人的迫害及二战期间对犹太人的大屠杀等，这些历史事件及历史人物对英国及其他欧美国家产生了深远的影响。

同时，有一点必须明确，菲利普斯的历史文本具有虚构性，他的作品虽然有历史依据，但是这些小说毕竟是基于史料之上的虚构。菲利普斯的大部分作品是一种颠覆的、修正的历史，他尝试着从已经得到社会承认的历史记述中挖掘那些为官方所排除的历史。他在一次访谈中这样表述他的目的：“重新调整英国人对英国历史叙事的看法，从而把他们天然排斥的人纳入其中。”[②] 菲利普斯书写历史绝不是简单的重复，他是借历史来影射现实，并与现在发生关联。他把历史看作是一个包含过去、现在和未来的进行中的过程，并且这些时间段不是截然分开的，而是相互联结、相互重叠的。借用 T. S. 艾略特的话就是“历史意识包括一种感觉，即不仅感觉到过去的过去性，而且也感觉到它的现在性”[③]。在菲利普斯的历史题材中，奴隶制的历史占据着较大的分量，他对自己

---

① 约翰·亨利·牛顿（1725～1807），是英国的水手和圣公会牧师。他曾参与贩卖奴隶贸易，后皈依基督教，成了废除奴隶制的著名支持者。他写过众多很有影响的赞美歌，比如《奇异恩典》。

② Maya Jaggi，“The Final Passage：An Interview with Writer Caryl Phillips”，*Black British Culture and Society：A Text Reader*，ed. Kwesi Owusu，London and New York：Routledge，2000，p.159.

③ T. S. Eliot，*The Selected Essays*，London：Faber and Faber，1969，p.14.

重写奴隶制历史的目的是这样表述的："如果我认为奴隶制没有产生严重而持久的后果，没有让我们时至今日依然饱受折磨，我就不会写这个小说(《渡河》)。事实上，每天在看新闻时，我们仍面临着不断的搏斗。奴隶制通过种族政治……进行了过滤，有时是模糊的，有时又是非常刺耳的。社会留给我们的，是不得不与这些种族的歧视、种族的困境进行搏斗，而这一切都是由几百年前播下的种子生长出来的……"[①]这段话包含了与历史有关的几个关键词汇。"过滤"一词表明，官方历史总是剔除某些"有害的""危险的"事件或人物，也可以说，被认可的历史是不完整的历史。与此同时，种族之间的紧张关系也可以追溯到被遗忘的历史——奴隶制，因为那是"几百年前播下的种子生长出来的"。因此，在菲利普斯看来，奴隶制的遗产已经持续影响到了21世纪，这主要表现在种族主义上。菲利普斯强调过去与现在有关系，并对现在产生影响。所以，借用新历史主义的说法，"回归过去"[②]，或许是解决目前英国社会弊病的关键所在。

在陈述历史时，一些基本问题需要引起注意。首先，历史几乎总是由有权势的人物钦定并支持的人撰写的，当然这些历史的撰写者必然会从他们的立场选择材料，会删掉某些不相关的部分，或者是某些威胁到他们立场的部分。上述情况一般是出现在奴隶制或奴役的背景下，一旦历史纪事出现问题，那么势必会带来种种后果，如"反讽、悖论、窥视和抹杀"[③]，或者正如简·马什（Jan Marsh）所说，"视觉艺术不可避免地再现了所谓的'殖民主义注视'，即从白人种族的角度看待人"[④]。菲利普斯在20世纪后期重写奴隶制的历史，同时也承认了自己的幸运。正如戴维·达比丁（David Dabydeen）在其关于奴隶制的小说和诗歌中

---

① John Johnston, "History from His Perspective", *The Cicinnati Enquirer*, 22 (2), 2004, p.3.

② Richard Wilson and Richard Dutton, eds., *New Historicism and Renaissance Drama*, Harlow: Longman, 1992, p.1.

③ Marcus Wood, *Blind Memory: Visual Representations of Slavery in England and America 1780-1865*. Manchester and New York: Manchester University Press, 2000, p.8.

④ Jan Marsh, ed., *Black Victorians: Black People in British Art 1800-1900*, Aldershot and Burlington, VT: Lund Humphries, 2005, p.17.

所承认的那样："我有幸生活在20世纪；没有人打过我，我从来没有砍过甘蔗，我不知道弯刀的重量。"① 菲利普斯在追寻奴隶贸易的道路，重走祖先被贩卖的路线时也这样说："对我来说，穿越大西洋进入的不再是未知的世界。"②

其次，奴隶叙述与历史真相本身有其固有的虚构性，奴隶证言有时也是有问题的。在20世纪80年代末和90年代初，许多学者把对历史的研究关注点放到"虚构"上，其中较为著名的是海登·怀特（Hayden White）在历史学方面所做的研究，他提出"历史是文本"③的观点。学者们质疑历史与虚构之间存在着虚假的界限，并开始探究历史作为叙事的概念。当后现代主义者、新历史主义者与文化唯物主义者主张历史是文本、是故事、是叙事时，他们指的是，历史事实只能借助文本才能存在，人们只能以文本的形式以及以前的文本来了解历史。然而，"说我们只能通过文本的痕迹来了解过去，与说过去只是文本的说法不同。……过去的事件是以经验的方式存在的，可是用认识论的术语来说，如今我们只能通过文本来了解它们"④。因此，由于这样一种选择和重新安排，历史具有了主观的、虚构的元素。对历史、文本和虚构这三者之间的关系，伊芙琳·奥卡拉汉（Evelyn O'Callaghan）在她的颇有影响的文章《历史小说与虚构历史：卡里尔·菲利普斯的〈剑桥〉》中对此做了很好的阐释。她认为："《剑桥》带着虚构的面具（就像这个词通常使用的那样），但却在历史叙事中揭示了其基质，但是历史叙事反过来被文本的进程除去了面具，并在声称'事实'时暗中表明它的虚构性。"⑤

---

① Kevin Grant, ed., *The Art of David Dabydeen*, Leeds: Peepal Tree Press, 1997, p.203.

② Caryl Phillips, *The Atlantic Sound*, London: Faber and Faber, 2000, p.4.

③ Hayden White, "New Historicism: A Comment", *The New Historicism*, ed. H. Aram Veeser, New York: Routledge, 1989, p.297.

④ Linda Hutcheon, *A Poetics of Postmodernism: History, Theory, Fiction*, New York and London: Routledge, 1988, p.78.

⑤ Evelyn O'Callaghan, "Historical Fiction and Fictional History: Caryl Phillips's *Cambridge*", *Journal of Commonwealth Literature*, 29 (2), 1993, p.34.

二、大历史与小历史

菲利普斯在访谈中说，他关注的是个人，他把个体人物置身于某个大的历史背景之中，比如奴隶制。读者或许可以以点带面，通过这一个个的个体形象，归纳出其单个个体代表的群体形象，而他们讲述的自己的故事，共同汇成了大的历史事件，成了大写的历史。

传统的历史编纂呈现的是一个国家重大或具有决定性事件的官方“规范化”版本，一般不会去关注个人的经历。然而在文学上，个人版本的历史与事件对普通人生活的影响，可以在不同程度上以或明显或隐含的方式反映出来。文学除了宏大叙事，也包含个人的小叙事，而不论叙事人的社会地位如何。因此，个人的小叙事也可以作为一个国家的历史、态度、民族气质的特定表述方式，可以看作是国家历史的一个缩影。在这种情况下，戴维·达比丁（1955～ ）、卡里尔·菲利普斯（1958～ ）和弗雷德·德阿吉亚（Fred D'Aguiar，1960～ ）对官方版本的奴隶制叙事不满意，于是他们自己用作品来讲述这个“特殊的制度”[①]。然而，要想表述遭受创伤的过去，是有一定难度的。显而易见的原因是，真正的奴隶制受害者早已死亡，历史已经翻过了那一页，那时的奴隶“或许从来都不了解自己，更不要说是与人交流谈论”奴隶制。[②] 让-弗朗索瓦·利奥塔（Jean-Francois Lyotard）认为有必要说出创伤经历。他认为，在需要表达的内容与现有语言框架中可以容纳的内容之间有鸿沟，需要开发新的表达模式。[③] 利奥塔的作品提供了一些有用的词汇，可以用来讨论叙述过去创伤的问题，如奴隶制问题。

J. M. 库切（J. M. Coetzee）在评论菲利普斯的作品时坚定地认为，

---

① “（我们的）特殊的制度”：旧时指美国南部的黑奴制度，是对美国南部奴隶制及其经济后果的委婉说法。“特殊的”，意思是“自己的”，也就是指某个地方或某个民族特有的东西。它在19世纪上半叶很流行，特别是在立法机构中，因为奴隶制这个词被认为是“不适当的”，在某些地区实际上是被明令禁止的。

② Marcus Wood, *Blind Memory: Visual Representations of Slavery in England and America 1780-1865*, Manchester and New York: Manchester University Press, 2000, p.8.

③ Jean-Francois Lyotard, *The Differend: Phrases in Dispute*, trans. George Van Den Abbeele, Minneapolis: University of Minnesota Press, 1988, p.13.

菲利普斯所有的各不相同的作品都是围绕着一个统一的主题："记住西方想要忘记的事。"[①] 库切用简单的一句话来概括菲利普斯的所有作品，这个结论或许过于武断，但是这句话也指出了菲利普斯重写历史的目的："通过那些名义上未被写进去的人们的棱镜，或者被视为特定历史风暴中的失败者或受害者，从不同的角度看待那段历史。"[②] 正是基于此种目的，菲利普斯重新书写了历史，通过加入小人物的小历史，修正了"大写的"历史，从而改写了传统的历史。菲利普斯穿过浩瀚的历史海洋，致力于挖掘被官方历史排除的声音。他本人坚定地相信，对未充分挖掘的殖民历史进行重新表述具有革命性的意义，这从他下面的话中可以得到佐证："我知道，在历史被扭曲的情况下，一个民族的文学常常成为它的历史，而作家们成了过去、现在与未来的守护者。在这种情况下，作家可以给这个民族注入一种独特的身份感，并在精神上点燃反抗的火焰。"[③]

菲利普斯的作品包含着历史因素，这与他的成长经历密不可分，甚至也可以说包含有他个人的历史。作为非洲后裔，他对于年代久远的奴隶制这段历史的关注反映在了他的多部作品中，给读者呈现了一个个关于奴隶的故事：给贩运黑奴的白人充当翻译者、黑奴基督徒、女黑奴西部拓荒者、黑奴雇佣军、名人的家仆等。通过这些奴隶个人的故事，读者可以了解在贩运黑奴的驻扎地内部、奴隶种植园等处，那些黑奴们的不同命运以及主人与黑奴的关系等，可以窥见奴隶制时期的不同侧面。把这些侧面串联起来，就组成了一个完整的奴隶制的历史故事。

除了对奴隶制的关注，菲利普斯作为第二代移民，他对于移民的关注是承载了他父辈及其本人两代人的梦想。正如他写第一部小说《最后的通道》的目的："向我父母这一代致敬，并试图重温某些政治家所

---

① J. M. Coetzee, "What We Like to Forget", *New York Review*, 6 (11), 1997, p.41.

② Maya Jaggi, "Crossing the River: Caryl Phillips Talks to Maya Jaggi", *Wasafiri*, 20, 1994, p.29.

③ Caryl Phillips, *The European Tribe*, London: Faber and Faber, 1987, p.99.

否认的父母们所做的主要贡献，显然这些贡献已遭到破坏并被弱化。”[①]菲利普斯的作品塑造了形形色色的抱有不同目的的移民者：寻求新的开始，负笈求学，逃避战争与迫害，谋求发展等。其第一部小说中关于移民的叙述具有半自传性质，代表的是菲利普斯父母作为“帝国疾风号”海船那代移民。

至于菲利普斯作品中纳入屠杀犹太人的历史，则有几个方面的考虑。首先是出于他个人的原因，他的外祖父是犹太人，或许是因为这层血缘关系，使得他把犹太人的苦难与非洲人及其后裔联系起来。弗朗兹·法农（Frantz Fanon）讲述他还是孩子时一位老师这样警告他：“每当你听到有人辱骂犹太人，要注意，因为他在谈论你。”[②] 或许是因为弱势者相似的苦难经历，菲利普斯把看似和他不相关的犹太人大屠杀添加到了他的苦难故事中。于是，菲利普斯作品中的犹太人大屠杀特别是集中营的情况则带着安妮·弗兰克（Anne Frank）的影子。菲利普斯的这种做法招致了有些评论者的非议，他们认为一个黑人男性英国作家居然会在小说中采用一位白人女性的视角来讲述犹太人大屠杀者的经历，而且把黑人与犹太人的苦难并置，进而等同起来，“这是魔鬼的多愁善感，正是精神错乱的安逸，否认了人与人之间的差异，否认了人的利益多么容易被分割。把别人的痛苦当作是自己的是不恰当的：这是殖民地人的冲动，却伪装成利他主义。这颗心可能是纯洁的，但需要的远不只是这颗心；好的动机有时会麻痹思想”[③]。当然，很多评论者对这种指责进行了驳斥。

第二节　菲利普斯的离散思想

美国报纸《村声》（*Village Voice*）对《渡河》的评价是：“蜿蜒崎

① Maya Jaggi, “The Final Passage: An Interview with Writer Caryl Phillips”, *Black British Culture and Society: A Text Reader*, ed. Kwesi Owusu, London and New York: Routledge, 2000, p.157.

② Frantz Fanon, *Black Skin, White Masks*, trans. Charles Lam Markmann, London: Pluto Press, 1986, p.122.

③ Hilary Mantel, “Black Is Not Jewish”, *Literary Review*, 1 (2), 1997, p.40.

岖地跨越大陆，经历了世世代代，小说展开了大胆的想象，对非洲离散的地理和意义进行重新构想……菲利普斯带来了一种创造力和精确的洞察力。”[①] 这个评论指出了菲利普斯创作中的离散思想，指出了离散包含的核心内容，涉及的地域之广、参与人数之多，令人颇为震惊。的确，菲利普斯的作品中涉及最大的两股“离散大军”，一个是被贩卖的黑奴，另一个是犹太人，即“离散”这个词最初的意思之所指。

菲利普斯的作品常常把看似无关的人和事关联起来，而这种内在的关联性恰好表明了菲利普斯的非洲离散视野。他把离散看作是一个公开的移动的文化构成，借用威尔逊·哈里斯（Wilson Harris）的话，离散既造就了英国特质，又形成了离散人的“未标名字的亲属和身份”[②]。杜波依斯（W. E. B. Du Bois）认为：“这种亲属关系的真正本质是其奴隶制的社会遗产。”[③] 奴隶制带来的苦难不但把非洲的子孙后代联结起来，而且还包括有自由思想的白人以及白人贩奴船的船长及船员。

菲利普斯的包容视野与保罗·吉尔罗伊（Paul Gilroy）的观点有很多相似之处。吉尔罗伊认为，“离散”指的是在奴隶制时期被驱散的非洲人，它传达了多维度的、跨文化的思想，如同“黑大西洋”指的是一种“流动的、动态的文化系统”[④] 一样。“离散”这个词成功地处理了“根与路之间的张力关系”[⑤]，因为它可以让“我们同时观察黑人经历中的差异和连续性”[⑥]。

非洲离散意味着走出了家乡的固定疆界，脱离了国家的身份标签，进入不断流动的时空隧道，离散的人们不仅要面临着跨越历史和地理鸿

---

① 该引言出现在兰登书屋对该小说的推介，https://www.penguinrandomhouse.com/books/130563/crossing-the-river-by-caryl-phillips/.

② Wilson Harris, *Palace of the Peacock*, London: Faber and Faber, 1960, p.85.

③ Paul Gilroy, *The Black Atlantic: Modernity and Double Consciousness*, London and New York: Verso, 1993, p.126.

④ Paul Gilroy, *Small Acts: Thoughts on the Politics of Black Cultures*, London and New York: Serpent's Tail, 1993, p.71.

⑤ Paul Gilroy, *The Black Atlantic: Modernity and Double Consciousness*, London and New York: Verso, 1993, p.133.

⑥ Paul Gilroy, *Small Acts: Thoughts on the Politics of Black Cultures*, London and New York: Serpent's Tail, 1993, p.54.

沟，还要应对社会和文化边界等问题。在《牛津英语词典》中，“离散”的意思是“播种、驱散或散开”，这个术语是《申命记》中第一个用来描述犹太人驱散的。因此，“犹太人驱散”是离散的传统意义。另一个大的离散则与奴隶贸易期间非洲人通过中间航道的强制流动有关。在《全球大离散导论》一书中，罗宾·科恩（Robin Cohen）认为：“离散意味着一种集体创伤、一种放逐，人们梦想着回家，但却流亡国外。”①然而，对于这个术语的定义，笔者认为詹姆斯·克利福德（James Clifford）关于离散的总结包括了该词的所有要素，更为完整。克利福德将离散的主要特征概括为：“驱散的历史、祖国的记忆、在移居国的异化、最终回归的愿望、对祖国持续的支持，并由这种关系所定义的集体认同。”② 因此，离散或许可以看成是对背井离乡的人们生活状态的命名。因为这些离散的人们经过迁徙、移民或流放，早已离开了他们的故国家乡。

一、被贩卖的黑奴

菲利普斯的作品中涉及奴隶制的小说有《更高的地面》《剑桥》《渡河》，非小说《异乡客：三个英国人的生活》。在《更高的地面》中的“心地”部分，通过“中间人”的视角，深入奴隶贸易的驻扎据点内部，看到奴隶贩子将成千上万的黑奴通过这样的据点运送到欧洲、美洲。他们或当家奴，如《异乡客：三个英国人的生活》中塞缪尔·约翰逊博士（Dr. Samuel Johnson）的家奴；或者做种植园的苦工，如《剑桥》中的黑奴剑桥。这些被贩卖的黑奴，他们虽然有着不尽相同的经历，但最终却有着相似的命运。

黑奴们被奴隶制裹挟着离散到多个地方，在他们即将永久离开家园之际，这些无名无姓的黑奴们心有灵犀地默念起他们的“心经”。例如，在《更高的地面》的“心地”部分临近尾声时，原本是为白人做翻译的“中间人”沦为了黑奴，他带头开口发声，虽然没有经过事先

---

① Robin Cohen, *Global Diasporas: An Introduction*, London: UCL Press, 1997, p.ix.

② James Clifford, “Diaspora”, *Cultural Anthropology*, 9 (3), 1994, p.302.

筹划，但其他的黑奴也纷纷张开嘴巴。这不约而同的声音汇聚起来，由开始的喃喃自语，慢慢变得高亢起来，汇成了雄壮的大合唱。这异口同声的合唱形成了“令人困惑的叛逆音乐”，他们在合唱中达成了共识。他们都在诉说着同一件事，那就是“我们都承诺有一天会回来，不管我们最终要去哪片遥远的土地，或者在那片土地上会发生什么；我们都承诺要回到我们的人民身边，并夺回属于我们自己的生活”。这些被迫永久离开家园的黑奴们对故土、对家人充满着无限的眷恋，他们承诺有朝一日重返家园，“这誓言来自心灵深处……来自内心”。[①] 这是由自由人步入奴隶的告别演唱，是对故国家园、对亲人、对自己许下的郑重承诺。这流露出既绝望又充满无限希望的绝唱响彻大地，其余音从过去一直回荡到了现在。

如果说《更高的地面》是选取了贩运黑奴的一个驻扎据点——非洲西海岸——来呈现黑奴们被离散之前的情景，那么《剑桥》展示的则是黑奴离散到加勒比海种植园的劳动生活场景，而《渡河》则可以说是讲述非洲离散的集大成者。《渡河》不但时间跨度大、涉及地域广，而且包括的人数众多。时间上从 1752 年贩运黑奴开始，一直到 1963 年，跨越近两个半世纪；地理上涉及从美国到非洲（利比里亚）、美洲（科罗拉多州西部）、欧洲（英国）及从非洲通往美洲的海上中间航道，概括起来，就是从陆地到海洋的环大西洋三角地带。被贩卖的黑奴以非洲父亲卖掉两儿一女为代表，更多的无名黑奴则以数字编号的形式记录在白人奴隶贩子船长的航海日志上面，他们有些离散到欧洲、美洲，有些则葬身大海。整个小说分为四个部分，每一部分都反映了非洲离散历史上的一个关键阶段，聚焦黑奴在文化拔根之后的创伤经历，预示了非洲离散超越历史的持续性。同《更高的地面》“心地”部分的结尾一样，《渡河》的结语也出现众多黑奴虽无人组织但却同时发出心灵呼声，“许多人吟唱的共同记忆汇聚成大合唱，再次开始高涨起来”[②]。这多种声音汇成的大合唱包括的人员更多、更复杂，环大西洋的三角地

① Caryl Phillips, *Higher Ground*, London: Viking, 2006, p.60, pp.59-60.

② Caryl Phillips, *Crossing the River*, London: Bloomsbury, 2006, p.235.

带增加了更多具体的地点，这些“幸存者”讲述了他们各自不同的离散故事。非洲父亲在卖儿卖女之后，250 年来一直在关注倾听，期盼着这众多的声音中有他那三个被卖掉的孩子。需要特别注意的是，他把白人姑娘乔伊斯称作他的女儿，这充分说明奴隶制的历史同时也是白人的历史，那些处于边缘的白人同样是令人同情的。

小说《渡河》采用了碎片结构，反映了黑奴在离散之后破碎的人生，而“折断的树枝”的意象则预示了离散的非洲人试图在移入国扎根生长，但是梦想最后破灭。正如非洲父亲虽热切期望，但却又非常清楚地知道，他那些离散到各地的孩子们“没有归程”，因为“水上没有路，没有路标”。[①] 菲利普斯认为，离散的人们无法回归到共同的非洲之根，而试图扎根他乡、融入他国的努力似乎也是徒劳的。

二、遭受迫害的犹太人

当被问到对犹太离散感兴趣是否因为外祖父是犹太人时，菲利普斯回答：“家庭的事对我的兴趣没有真正的帮助。”他的兴趣起因于他十四五岁时观看的关于犹太人大屠杀的纪录片。菲利普斯写的第一个故事——关于一个荷兰犹太小男孩的故事，就是在看了关于犹太人大屠杀的电视纪录片之后于 1973 年写的。通过这个纪录片，菲利普斯第一次惊恐地发现，身份问题在英国所面临的危险性。对他来说，犹太人就是白人，他看不出犹太人与基督徒的区别，因为对他来说，“世界分为白人和黑人，他所成长的那个英国就是这个样”。犹太人大屠杀使他更多地思考他自己的历史，“这些年来，每当我想到我自己的历史和离散中的非洲人民，我也想到了欧洲的历史，特别是大屠杀，这几乎成了一种并行不悖的兴趣了”。[②] 菲利普斯常常会提到，在他还是十几岁孩子时，就了解了反犹太主义与犹太人大屠杀。这非常重要，因为他随后把他自己生活的遭遇、自己民族的苦难联系到了另一个民族——犹太人，尽管这不是他自己的民族，也不是自己民族的故事，但他对此给予了同样的关注。

---

① Caryl Phillips, *Crossing the River*, London: Bloomsbury, 2006, p.237.

② Renée T. Schatteman, ed., *Conversations with Caryl Phillips*, Jackson: University Press of Mississippi, 2009, p.60.

犹太人题材出现在菲利普斯的小说《更高的地面》《血的本质》及非小说《欧洲部落》中。其中，小说《更高的地面》与《血的本质》通过采用多个支离破碎的叙述，把同处于“他者”的黑人和犹太人联系了起来。《更高的地面》是关于三个看似迥异，实则有内在关联的故事。书中第二部分“货船监禁”以书信形式讲述了黑人鲁迪遭受监狱之灾的经历。在他的信中，鲁迪不断使用与犹太人大屠杀相关的词语来描述监禁体验。由于有人指控他试图偷窃40美元，鲁迪便被投进了监狱，对于像他一样的非裔美国人来说，这种宣判就等同于被送进了“集中营”。当他违反纪律时，就会被单独关禁闭，而这种单间牢房就是“贝尔森集中营”，狱警就是“盖世太保”。在整夜遭受强烈的灯光照射下，鲁迪开始质疑是否“在纳粹德国他们过去常把灯开着作为一种折磨人的法子”①。鲁迪使用犹太人大屠杀的专门词汇，首先是突出了非裔美国人所遭受的非人待遇，其严重程度堪比犹太人的遭遇；同时也自然而然地联想到了犹太人的苦难历史。

如果说《更高的地面》的第二部分“货船监禁”只是“盗用”了犹太人大屠杀的词汇，那么第三部分与小说同名的“更高的地面”则描述了波兰犹太姑娘伊莉娜逃离纳粹魔爪的情景。伊莉娜虽然逃过了纳粹的迫害，但是她家人的遭遇成了她的梦魇，并且如影随形地跟随她一起到了英国。她在生活中也一样受到种种不公正的待遇，工作中受老板的监视，生活中备受邻居的咒骂，感情上曾两次遭到男人的抛弃，她的青春与健康正随着历史车轮的前进而慢慢溜走。她与西印度群岛人的短暂交往表明菲利普斯有意将犹太历史与非洲离散联系起来。这种关联还表现在，小说开篇的题词取自黑人圣歌“上帝把我的脚放在更高处”，而小说的结尾则借用犹太人的礼拜仪式“以色列啊，你要听。耶和华我们神是独一的主”。② 由此，小说通过黑人和犹太人在表达精神渴望上的一致性达到了首尾呼应。

菲利普斯1997年的小说《血的本质》直接触及了犹太人大屠杀。

---

① Caryl Phillips, *Higher Ground*, London: Viking, 2006, p.72.

② Caryl Phillips, *Higher Ground*, London: Viking, 2006, p.218.

小说通过几个紧密关联的故事构成一个大故事，讲述了与生物、种族、家庭、宗教有关的“血的本质”。居于叙事中心的是犹太姑娘伊娃·斯特恩（Eva Stern），她作为纳粹死亡集中营中的幸存者，目睹了无数遭受迫害的犹太人。她的史蒂芬叔叔（Uncle Stephan）抛下妻小加入巴勒斯坦的地下组织，目的是建立一个梦想之地。15 世纪的威尼斯，三个犹太人被控谋杀基督徒男孩而被当众烧死，而埃塞俄比亚的犹太姑娘马尔卡（Malka）则努力想在当代的以色列得到承认。通过追踪这些在不同的地域、不同时代的犹太人物，菲利普斯塑造了遭受极端种族分子迫害、宗教排除异己等令人难以忘怀的犹太群体受难肖像。犹太人的历史就是他们被驱逐出自己的家园而离散的历史，而犹太人大屠杀则使离散的犹太人的苦难达到顶峰。

除了小说中的众多犹太人形象，非小说《欧洲部落》涉及了纳粹集中营的亲历者安妮·弗兰克（Anne Frank）。她在日记中记录了纳粹带给她及家人的创伤，同时安妮又是菲利普斯的《更高的地面》和《血的本质》中的两位女性人物的原型。在这里，小说与非小说、历史与虚构的界限模糊了，而犹太离散的历史却变得异常的清晰起来，走进了现代读者的心中。

第三节　菲利普斯的基督教思想

菲利普斯在一次访谈中曾经说过，他的家人以及全村的人都在同一个小教堂受洗，他自然也不例外。从这里可以看出，至少在小时候他是接受过基督教洗礼的。这或许是受家人和环境的影响，或者说是家人代替他做出的决定。等他后来离开家乡，作为“被折断的小树枝”努力在英国这片土壤里扎根时，他发现他所接受的基督教很难让他在这不一样的土壤里吸收营养。至于为何他的基督教信仰发生变化，原因不得而知。在后来的访谈中，他说自己没有读过《圣经》，“不是一个信仰宗教的人”[①]。

---

① Reneé Schatteman, ed., *Conversations with Caryl Phillips*, Jackson: University Press of Mississippi, 2009, p.64.

菲利普斯的作品如《剑桥》《渡河》《更高的地面》等都从某一个侧面反映了他的基督教思想。其中，《剑桥》《渡河》塑造了笃信基督教的黑奴形象，而《更高的地面》则刻画了白人基督徒的形象。

菲利普斯塑造了两位接受基督教教育的黑人，一位是《剑桥》中的剑桥，另一位是《渡河》第一部分中的纳什·威廉姆斯（Nash Williams）。两位黑人基督徒既有相似点，也有不同之处。他们的相同点在于他们都是在白人的教导下接受的基督教，都对基督教十分虔诚，而且都从白人的视角来看待自己的黑人背景——非洲，带着优越感想去改良故乡的"异教徒"。他们的不同之处表现在多个方面。首先，他们接受基督教化的经历不同。剑桥的人生经历更加丰富，他短暂的一生，经历了人生的起伏和身份的几次变更，他从自由富足的非洲人到被卖为奴隶，成为传教士，然后又被当作奴隶，最后被控谋杀罪。在剑桥一系列的身份转换过程中，基督教对他的人生，特别是身份，起了决定性的影响。另外，英语对他也有很大的影响，他一直执着于练就精准的表达能力。在学习基督教的过程中，他开始慢慢接受白人向他灌输的基督教文明观，即把非洲及非洲人看作是不文明的"黑鬼"等。在英国本土的传教过程中，他宣传奴隶制的邪恶，认识到基督徒的宣传与奴隶制有相悖的地方，比如，"在基督徒的土地上，奴隶制是不能容忍的"[①]。作为黑人基督徒，剑桥的宣教并没有感化白人，相反却招致他们的嫉恨，以至于让剑桥失去了白人妻子和孩子。在他接受白人的资助，奉命去非洲进行基督教文明教化的途中，他的钱却被白人骗去，他本人则再次被打入奴隶的队伍。他在种植园里对基督教与英语的执着，让白人统治阶层愤恨不已。与剑桥相比，《渡河》中的纳什的经历要简洁一些，他接受基督教化之前及如何接受基督教教育的细节没有交代，只知道已经完成基督教化的纳什被委派去利比里亚当传教士。剑桥强调的是接受基督教育的过程，而纳什关注的则是他到达利比里亚之后的传教。其次，两位黑人基督徒对于基督教的看法不同。剑桥自始至终对基督教笃信不已，他至死都抱着上帝的信条，他对基督教的看法没有变化。黑奴对基

① Caryl Phillips, *Cambridge*, London: Bloomsbury, 1992, p.151.

督教的虔诚给白人带来很大的威胁，手捧《圣经》的黑奴成了白人的梦魇。而纳什对基督教的看法是有变化的。他先是笃信不已，对“父亲”（他的白人主子爱德华·威廉姆斯）的指令言听计从，但是随着“父亲”对他的困境置若罔闻，似乎是想任其自生自灭而不予理睬时，纳什逐渐地觉醒了，他对此前接受的基督教教育产生了怀疑，并慢慢地从非洲那里找到了身份认同。

一、白人教化的工具

在小说《渡河》的开头，无所不在的第三人称叙述揭示了美国殖民协会的双重目的：“美国将消除日益加剧的社会压力，非洲将因其后代的回归而受到文明教化，这些子孙后代现在拥有理性的基督教思想。”作为一个合格的传教士，即“一个有着良好道德基础的熟练工人和虔诚的基督徒”，纳什忠实地履行了美国殖民协会和主人交给他的使命，用帝国的眼光审视着非洲，也就是他的出生地“异教徒村”“异教徒土著”“粗俗方言”甚至一些坏习惯也很容易归到非洲土著身上。例如，“那些不愿工作、靠偷窃过日子的移民正在变得越来越像当地人”。[①]事实上，这些完全是站在他主人的立场，因此，纳什或许被认为是爱德华的替身，或是另一个自我。虽然爱德华和纳什之间的关系是前主人和奴隶，或殖民者和被殖民者，但由于纳什的信件中使用的父系词汇，他们之间又有着某种类似家长式的关系。在这种情况下，当纳什失踪的消息传来时，爱德华决定不理会种种反对和困难，一定要找出真相。

《更高的地面》与《渡河》中的白人基督徒情况也有所不同。在《更高的地面》中，白人基督徒在贩运黑奴的驻扎据点时显得有点另类，因为他与其他的白人奴隶贩子不太一样。他对黑人翻译很有兴趣，认为“能读会写使他比驻扎据点的很多人都占于有利的地位”。尽管是对个别的黑人（翻译）有好感，但是他对于非洲人依然有着根深蒂固的偏见，说他们是“野蛮人的野蛮行为”。他认为，非洲人对基督教一

---

① Caryl Phillips, *Crossing the River*, London: Bloomsbury, 2006, p.9, p.23, p.27, p.18.

无所知，显然，“直到他们接触了我们的文明，并吸取了某些基本的知识，他们才会幸福”。在他看来，“它（《圣经》）包含着我们的上帝的故事以及我们人民的所有智慧”。而当他让黑人翻译阅读他奉若宝典的《圣经》时，黑人翻译对此的反应是：“我理解这些词，但不理解上下文；这些词的力量使我无法理解，有人会被我读到的段落所感动，而我却不理解，这让我觉得很可怕。”① 很显然，黑人翻译对《圣经》是陌生的，他虽然认识每个词，但是对词汇连在一起构成的含义并不理解，而且他对于白人奴隶贩子对《圣经》的痴迷惊诧不已。

《渡河》中的白人主子爱德华对前黑奴纳什进行基督教教育，随后美国殖民协会提供资助，并委派纳什去利比里亚进行传教。爱德华与他的黑奴纳什的关系，除了养父养子的关系外，似乎还暗示着同性恋关系。爱德华似乎曾把纳什当作他的性奴，这当然与基督教教义是相悖的，而且这层关系被爱德华的老婆发现了，于是他对于纳什向他的求助采取了沉默和不作为的态度。这种冷漠不禁让纳什开始质疑他的“父亲”，“你为什么要抛弃我？”在这里，“父亲”既指养父爱德华，也指天父基督。为了减轻自己对纳什的愧疚，爱德华亲自去找纳什，但是当他看到纳什生前的处境时，他努力地想唱赞美诗，试图让自己饱受困扰的心平静下来。但是，“只有嘴唇摆出要表达的意思，但是却听不到声音。尽管如此，爱德华还是继续唱他的圣歌”②。爱德华在非洲内陆似乎是遭受到了某种神秘力量的打击，于是他试图借用他的基督教来摆脱这种孤独以及被抛弃的感觉。但是基督教在非洲大陆似乎失去了它原有的法力，他念咒语的样子让非洲当地人觉得他是被什么“邪恶的鬼神”附体了。基督教在这儿难以与当地的神灵相抗衡。

质问被父亲抛弃的句子还出现在《血的本质》中，“父亲，你为什么离弃我？”这句带有浓郁的宗教味的句子多次出现在小说中，同时也透露出社会体系中存在的家长制。在菲利普斯看来，“主人与奴隶、殖民者与殖民地、英国与加勒比海的关系就是家长制的关系。黑人与白人

① Caryl Phillips, *Higher Ground*, London: Viking, 2006, pp.50-52.

② Caryl Phillips, *Crossing the River*, London: Bloomsbury, 2006, p.42, p.69.

的关系从历史角度来看倾向于家长制的关系，或许有时候又带有保护人的姿态”①。

或许是基于自己的成长经历，菲利普斯对基督教持矛盾的看法。“我确实对宗教有一种模棱两可的态度。我认为对信仰具有坚定的信念并不代表必然会得到解放，因为，当然，奴隶贸易和非洲遭受外来入侵，首先始于武力（一手拿着枪），同时再进行洗脑（另一只手捧着《圣经》）。这基本上被用来作为教化土著的一个借口，同时人们以此来为中间航道和奴隶制的恐怖做出合乎情理的辩解。”② 在菲利普斯看来，仅凭坚定的信仰并不足以获得解放，就像黑奴剑桥，虽然对基督教坚信不疑，但是他的信仰并没有使他获得救赎。参与黑奴贸易的白人当中，有些是基督徒，他们往往以基督教“开化野蛮人”为借口，实则是掩盖他们进行奴隶贸易的恐怖行为，并使之合理合法。

当菲利普斯被问到对基督教和基督教传教士的态度时，他回答说：“我只能说，很明显，欧洲对非洲、加勒比和亚洲进行殖民统治，其中，有组织地实施殖民化的整个过程中的一个主要因素就是利用了基督教。有句古老的俗语：你一手拿着圣经，一手拿着枪闯入一个民族和他们的国家。”③ 在殖民扩张过程中，基督教和传教士在掠夺货物和黑奴方面发挥着重要作用，这对他们宗主国的发展起到了重要作用。相伴而来的问题促使大都会将其社会负担转移到其他人身上，于是就有了将已接受过基督教化的黑人传教士转移到他们祖先的土地上的规划。

尽管这样，菲利普斯认为自己对宗教并不持批判立场。因为他很清楚：当人们在心存怀疑时、在夜深人静中、在遇到糟糕的情况下，对各种背景的人们（包括黑人在内）来说，“宗教是唯一能让他们克服困境的东西。因此就存在这样一个严重的悖论，一方面信者遭受奴役，另一

---

① Reneé Schatteman，ed., *Conversations with Caryl Phillips*，Jackson：University Press of Mississippi，2009，p.22.

② Reneé Schatteman，ed., *Conversations with Caryl Phillips*，Jackson：University Press of Mississippi，2009，p.64.

③ Lars Eckstein，“The Insistence Voices：An Interview with Caryl Phillips”，*Ariel* 32（2），2001，p.35.

方面又使他们得解放。它既可以奴役群体，又能使个人得到解放”[①]。在很多的关口，宗教能带给人心灵的慰藉，帮助人们挺过难关。但是宗教也具有矛盾性，能释放人的心理重担，同时又让人们对它产生深深的依附感。就像剑桥一样，基督教对他来说就是一把“双刃剑”，一方面使他脱离奴役状态，实现了从奴隶到传教士的身份转变；另一方面又将他牢牢地禁锢，基督教教义是他生活的法宝，可是他至死都没有参透基督教的虚伪性。

二、黑人觉醒的途径

《渡河》中纳什在完成主人赋予的使命的同时，逐渐开始用自己的眼光看待一切，这体现在他对利比里亚的看法中。他称赞利比里亚“是一个适合居住的好地方……有色人种在这个地方可以享受自由，因为这里不存在肤色偏见，每个人都是自由和平等的……这是我们种族的家园……这是我们真正唯一的家”。纳什否认自己已被利比里亚腐化了，他辩称：“利比里亚给了我一个机会，让我睁开眼睛，脱掉蒙昧无知的外衣，这种装束把我的一生都牢牢地包围着。”纳什对当地非洲人较为熟悉，他被尊为“白人”，这唤起了他的自我认同感，“在这个共和国，他们通常把我称为威廉姆斯先生，而不是‘家伙’……而白人只有直呼我的名字，从来不称呼其他的。我是威廉姆斯先生”。[②] 这个受人尊敬的头衔与纳什在大都市学到的完全不同，“一个白人对黑人讲话，就像一个成年人对着一个孩子，开始傻笑、低语、屈尊、欺骗”[③]。这一区别使得纳什重新审视他以前的白人主人是如何对待他的。纳什没有得到爱德华的回应，特别是当他向内陆走得更远的时候，他觉得自己像一个被遗弃的儿子：“为什么你的心肠对我是那么硬，这真是一个谜团，它给我带来了

---

① Reneé Schatteman, ed., *Conversations with Caryl Phillips*, Jackson: University Press of Mississippi, 2009, p.64.

② Caryl Phillips, *Crossing the River*, London: Bloomsbury, 2006, p.18, p.61, p.32.

③ Frantz Fanon, *Black Skin, White Masks*, trans. Charles Lam Markmann, London: Pluto Press, 1986, p.31.

巨大的痛苦。但肯定是这样。我将永远不会牵你的手。”[①]

像是在小说序言部分的父亲一样，爱德华也可能是一个有罪的父亲。“他突然想到，也许自从他来到非洲以后，他所遭受的发烧、失眠、复杂的情感创伤，只不过是一种深重的罪恶感的表现。”这种负罪感可能是由于纳什被派往非洲（纳什在爱德华到来之前不久就死了），也可能是由于他们暗含的同性恋关系。这也可以解释为什么他一方面对纳什的来信保持沉默，当然还有主人的傲慢，因为爱德华认为纳什对生活必需品的要求是“幼稚的”；另一方面，沉默揭示了爱德华不为人知的一面——他与纳什的同性恋关系，因为爱德华渴望得到“孩子无条件的爱”。[②] 英国历史学家罗纳德·海姆（Ronald Hyam）甚至认为，欧洲的扩张“不仅是‘基督教和商业’的问题，也是交配和非法同居的问题。蛮横的自信常常俘获性机遇”[③]。同样地，宗主国的黑人奴隶也无法逃脱被剥削的命运，因此纳什亦可能被称为爱德华的性奴隶。这可以解释为什么爱德华的妻子毁了纳什写给爱德华的信，随后又自杀了。刚刚登上非洲大陆，爱德华就反思了他对“阿梅利亚的漠不关心”，所以他的内疚也是出于对妻子死亡的内疚。

在这里，基督教对于黑人来说有积极的一面，也有消极的一面。接受基督教教化的黑人首先是白人进行殖民扩张的工具，自然是完全听命于白人主子，按照白人主子的教导去看待自己的黑人同胞，这种“同室操戈，同根相煎”是白人早就预想到的结果。同时，基督教化使黑人扫除了文盲，而接受了文化教育的黑人慢慢地开始有了思考能力，不再一味地被动接受白人的观念。可以说，基督教反过来成了促使他们觉醒的途径，这恐怕是实施基督教化的白人未曾料到的结果。

三、虚无的上帝

《渡河》中的白人爱德华到利比里亚的旅程并不是“单纯地查明围

---

① Caryl Phillips, *Crossing the River*, London: Bloomsbury, 2006, p.38, p.52.

② Caryl Phillips, *Crossing the River*, London: Bloomsbury, 2006, p.7, p.55.

③ Ronald Hyam, *Empire and Sexuality*, Manchester: Manchester University Press, 1990, p.130.

绕着纳什命运的真相，而是为了确认他一生的工作，更重要的是他自己的生活，是有价值的”。此外，爱德华还想看看他在纳什身上的投资和努力所取得的劳动成果。然而，非洲的贫穷和落后震惊了爱德华，他无法掩饰自己的反感。当他几乎要进入他以前的奴隶（纳什）家的门槛时，也就是说在即将越过主人和奴隶之间的障碍时，他退后停了下来。为了理清周围的混乱，他别无选择，只能向基督教寻求帮助，他“唱了一首赞美诗，目的是让自己遭受困扰的心灵平静下来”。事实上，他意识到基督教不能拯救他走出困境，因为“他是孤独的，他被抛弃了”。他最终停止了向前跨越的行为表明他拒绝面对残酷的现实。同时，对于他所信奉的基督教，他的呼吁“没有得到回应”，这意味着宗教的虚无主义。[1] 基督教无法与当地的宗教相抗衡，这也解释了为什么纳什的教会学校一直在减少，直到完全关闭。在这一方面，它与 E. M. 福斯特的小说《印度之行》有些相似，其中摩尔夫人[2]，一位虔诚的老太太，在印度也有类似的遭遇。

纳什渡河的后果是，当他不得不接受自己遭受剥削时，他变得越来越怨恨和愤怒。这些剥削包括奴隶制，纳什记录了他对美国继续参与奴隶贸易的愤怒，并慷慨陈词：“我们这些有色人种，被压迫的时间已经够长了。我们需要为我们的土地而战，感受到你们美国永远找不到的自由之爱。”他的愤怒也是私人之间的，是针对爱德华的，因为爱德华先是剥削他，然后又抛弃了他。“或许……你可以向我解释为什么你把我用于你的目的，然后把我驱逐到这个利比里亚的天堂。”纳什可能在河的另一边找到了天堂，但这是以痛苦的自我发现为代价的。相比之下，作为纳什的替身、父亲和情人，爱德华对纳什生活的肮脏环境感到厌恶，奇怪地停止了他出于“善意”有意抚养纳什后代的愿望。他在最后一幕的奇怪举动引起了当地人的同情和蔑视，他们想知道“这个可怜人的灵魂里藏着什么恶灵，把他拖到了如此卑鄙的

---

① Caryl Phillips, *Crossing the Rive*, London: Bloomsbury, 2006, p.14, p.69.

② 在 E. M. 福斯特的小说《印度之行》中，摩尔夫人是一位虔诚的基督徒。在参观马拉巴洞穴的灾难之后，摩尔夫人的基督教信仰受到了挑战，这也导致了她后来的死亡。

地步。他们的心中涌起了怜悯，对一个既迷路又失去了目标的人所涌现出的怜悯”[①]。

爱德华，就像康拉德作品中的一个角色，航行到利比里亚后，找到了真相。他对妻子的自杀负有道义上的责任，部分的原因是由于他与纳什有同性恋关系。他的不端行为导致他第二次被拒绝进入白人绅士俱乐部。白人社会的这种否认使他成为“他者”，然而纳什的死亡，也是他隐藏的自我的死亡，使他永远成为一个分裂的人。作为一位来自宗主国的前主人，爱德华去非洲寻找他“失去的儿子”，这实际上代表了宗主国视察他的后代——非洲，因为在殖民者看来，被殖民者的国家就是它的后代。因此，黑奴传教士的死亡意味着宗主国在殖民地的扩张和占领的衰落。当被问及如何评价爱德华对纳什屈尊俯就的态度时，菲利普斯说：“我对他（爱德华）没有那么多的同情。我每天都会见到他。伙计，如果我去艺术委员会，如果我去议会附近，在每一所大学，我都会见到他：职业的赞助人。”[②] 事实上，爱德华打算在他去非洲的途中找到他失去的“儿子”，结果却发现他陷入“孤立无援”的境地，这可能显示出这位居高临下的主人在殖民地的处境。

第四节 菲利普斯的跨文化思想

作为第二代移民，菲利普斯感受到自身的异质文化给他的成长带来的烦恼，但是经过多地的游历，特别是重返故乡使他找到了自己的文化归属，他把自己的多重文化身份看作是创作的宝库，而他的作品也恰好从多种文化中汲取了灵感。他作品中塑造的“渡河”意象，展示的就是渡河人“跨文化交流的尝试”。

与其他来自加勒比海地区的作家一样，菲利普斯也不断地以言行展示着自身的移民经历。当他还在襁褓中时便成了移民大军中的一员，在

① Caryl Phillips, *Crossing the River*, London: Bloomsbury, 2006, p.61, p.62, p.21, p.69.

② Maya Jaggi, “Caryl Phillips with Maya Jaggi”, *Writing Across Worlds: Contemporary Writers Talk*, ed. Susheila Nasta, London and New York: Routledge, 2004, pp.119-120.

学业行将结束时就开始探访出生地加勒比海地区，到远祖非洲去寻根。他不停地在栖息地——英国与美国——之间穿梭，所以菲利普斯自身便是“渡河”的思考者和践行者。由于其作品中的大多数人物都有“渡河”的经历，“渡河”的行为直接影响人物的命运，因此跨越海洋成了他作品中反复出现的主题。“渡河”的人群中既有黑人也有白人，既有地理意义上的时间空间移动，也有跨越种族界限的比喻意义，同时还有菲利普斯为适应“渡河”主题所做的叙事技巧上的跨越。

“渡河”的意象与菲利普斯的多部作品有关，其中《渡河》《大西洋之声》《遥远的海岸》《乱世交汇：英国、奴隶与美国革命》等题目与“渡河”有直接的关系。[①] 可以说，菲利普斯的每一部作品中都有一条“河”，“河”的一边是非洲，另一边是新大陆或欧洲。在大多数情况下，“河”指的是大西洋，这必然与奴隶贸易及贩奴船从非洲西海岸穿越大西洋到加勒比海地区或美洲的这段中间航道联系起来。[②] 所以小说中的这些“河”，无论是浩瀚的海洋，还是无名小河，似乎都承载了“渡河人”太多的期望或失望。河的两岸分别代表着自由、梦想或奴役、毁灭。同样，作为渡河工具的船，也起着关键的作用。无论是臭名昭著的贩奴船、载入史册的“帝国疾风号”（Windrush）海船，还是普普通通的运客船，都是“渡河人”跨越河流必然要使用的交通工具，因此河流及船只对重塑“渡河人”的身份起着决定性作用。保罗·吉尔罗依（Paul Gilroy）在《黑色大西洋》中强调了船的重要性，“由于历史和理论上的原因，船的作用显得特别重要，因为它是处于运动中的活的微型的文化系统和政治体系。……船会关注从非洲西海岸穿越大西洋到加勒比海或美洲的这段中间航道，会关注思想的传播以及主要文化

---

① 菲利普斯的作品中与“渡河”最密切的有以下作品：《最后的通道》（*The Final Passage*）、《剑桥》（*Cambridge*）、《渡河》（*Crossing the River*）、《大西洋之声》（*The Atlantic Sound*）、《遥远的海岸》（*A Distant Shore*）、《乱世交汇：英国、奴隶与美国革命》（*Rough Crossings*）。英文似乎更能体现“河”及“渡过/跨越”。

② 在三角贸易中，欧洲人去非洲，在那里他们用货物交换奴隶。然后奴隶被运到加勒比海和美洲，在那里被贩卖。然后这些船返回欧洲，装载着美洲的产品。中间航道是指三角贸易的第二阶段，即从西非到美洲。这个名字也可以让人想起一本有关旅游的书名，即 V. S. 奈保尔的《中途航道：重访加勒比》（1962 年）。

和政治产品的移动”[1]。

一、越界求生的“渡河人”

1.黑人“渡河”

最早的“渡河人”一般指那些从非洲被贩卖的黑奴，在非洲大陆上他们是自由人，由于各种原因，他们卖身为奴。贩奴船运载着他们穿越大西洋，在途中，病死的黑奴葬身海洋，幸存下来的被卖至欧洲或美洲，成为家奴或者进入种植园。如《异乡客：三个英国人的生活》中塞缪尔·约翰逊博士的家奴弗朗西斯·巴伯，《剑桥》中在种植园干活的黑奴剑桥。在菲利普斯的作品中，参与渡河的黑人有个体，也有群体，还有“协助”渡河的中间人，在经历被奴役之后，他们的命运有相似也有不同。

“渡河”现象非常典型地体现在小说《渡河》中。菲利普斯在小说的扉页上特别表明，把小说《渡河》献给“那些曾经渡过河的人们”，说明作者对“渡河”给予特别的关注。该小说以三个被贩卖的黑人孩子为主线，时间的跨度是两个半世纪，从结构上看，小说讲述的不是一个一以贯之的完整故事。除了起统领作用的引子和结尾外，小说分为四个部分：小说的开篇与结尾采用充满负罪感的非洲父亲的视角；开篇讲述了非洲父亲满怀愧疚地道出迫不得已卖掉孩子的辛酸是因为庄稼歉收；小说的最后，非洲父亲对三个卖掉的孩子魂牵梦绕，他似乎幻听到从遥远的河岸传来的鼓声，“由众多的声音汇成气势雄伟的大合唱，一齐咏唱着他们共同的记忆”[2]。非洲父亲代表着遭受掠夺、满目疮痍的非洲，他无力抚养子女，只好把他们卖给奴隶贩子，眼睁睁地看着他们“像折断的树枝”，希望他们“在异国的土地上扎下树根”。他深知被卖掉的孩子是“没有归程”的，因为“水上没有路，没有路标”。[3]“众多的声音”代表着被卖掉的黑奴群体，他们对共同记忆念念不忘，同

---

① Paul Gilroy, *The Black Atlantic*: *Modernity and Double Consciousness*, London and New York: Verso, 1993, p.4.

② Caryl Phillips, *Crossing the River*, London: Bloomsbury, 2006, p.235.

③ Caryl Phillips, *Crossing the River*, London: Bloomsbury, 2006, p.2.

时也是对带给他们屈辱历史的列强的集体声讨。由众多的黑奴汇成大合唱的情景还出现在《更高的地面》中，黑奴们异口同声地“许诺有朝一日重返家园”。[①]

三个被卖掉的孩子是成千上万的黑奴的代表，他们被卖到不同的地方，有着不同的遭遇。纳什接受了白人主子的基督教教育，成了一名传教士，被美国殖民协会派遣回非洲教化“异教徒”。接受了基督教洗脑的纳什刚踏上非洲大陆时完全用白人主子的视角来审视他的故土，称非洲人为“异教徒”，然而白人主子的冷漠无情击碎了基督教编织的伪善的谎言，纳什逐渐开始反思。对于美国不断地参与奴隶贸易，他表达了强烈的愤慨，“我们这些有色人种遭受压迫的时间已够长了，我们需要为了我们的权利进行抗争。如今站在我们自己的土地上，感受着自由的气息，这些在美国是找不到的”[②]。纳什在宗主国接受了西方的基督教教育，因为“黑人想当白人”[③]，他不知不觉地给自己的黑皮肤上加了一层“白面具”。随着对先祖土地的深入了解，纳什潜意识中的种族认同感显露出来了，他彻底觉醒了。如果说纳什的第一次渡河使他由自由人变成了奴隶，那么他的第二次渡河则让他找回了被剥夺的自由，因为在这片土地上“有色人种可以享受自由”，尽管纳什为这种自由付出了死亡的代价。另一个孩子玛莎对渡河极为反感，因为“假如奴隶贩子买了一个奴隶，那么他的命运就会顺河而下，直至死亡”。[④] 所以当她的主人要把她卖到河对岸时，她的一个反应是“越过河到地狱”。她下定决心要“远离大河”，这样就可以远离死亡。玛莎从自己变成奴隶的经历得出，“渡河”象征着变为奴隶，或者死亡。

菲利普斯在关注被迫渡河的黑人个体及群体的同时，还塑造了“协助”渡河的中间人形象。在小说《更高的地面》的第一部分“心地”中，菲利普斯引领读者进入一位中间人的世界。这位非洲大陆上

---

① Caryl Phillips, *Higher Ground*, London: Viking, 2006, p.59.

② Caryl Phillips, *Crossing the River*, London: Bloomsbury, 2006, p.61.

③ Frantz Fanon, *Black Skin*, *White Masks*, trans. Charles Lam Markmann, London: Pluto Press, 1986, p.11.

④ Caryl Phillips, *Crossing the River*, London: Bloomsbury, 2006, p.18, p.77.

的黑人，无名无姓，他靠着语言的优势给白人奴隶贩子充当翻译。虽然这位黑人翻译把自己的所作所为看成是谋生的手段，但是由于受雇于白人及对白人语言的使用，所以正如法农所说，“讲一种语言是自觉地接受一个世界，一种文化”[①]。他采用白人的视角来看待世界，比如，看到村子里疯跑的孩子，他做出这样的反应：“他们茁壮成长，很快就会成为这片大陆上可以输出的青壮年劳动力。”这俨然是白人主子的注视，是白人奴隶贩子对非洲大陆进行掠夺的心理写照。凭借着掌握两种语言，这位黑人翻译不是帮助自己的同胞阻挠白人贩奴，而是“协助”同胞变成奴隶，因为他所拥有的语言才能只是用来使他的同胞臣服，让贩奴船上的黑奴们“彼此孤立，阻止有计划的集体叛乱”。[②]

对于白人来说，在购买和运送黑奴过河的过程中，黑人翻译起关键的作用，但是他们并没有因此而对黑人稍加尊重，因为在他们看来，“黑人只不过是个孩子”，黑人凭借着语言优势“使他比动物高出一等”。[③] 由于他对自己种族的背叛，这位无名黑人翻译受到他的非洲同胞的孤立，同时又很难从白人主子那里得到好处，所以他是一位“既超然又依附的人”。在殖民主义背景下，翻译所扮演的双面人角色在《逆写帝国：后殖民文学的理论与实践》一书中有很好的说明：“这种角色包含着截然不同的目的，它用来获得拥有新语言和文化的权力，以便保存旧的语言和文化，甚至当它协助处于强势文化中的侵略者时也不例外。在这分歧的时刻，翻译发现完全依靠哪一种话语生存都是不可能的。”[④] 中间人终究会遭到双方的唾弃。当他开始爱上一位非洲姑娘，并且要求被当人看待时，他才能逃离这种地狱外缘，摆脱这种“中间状态”、两边都不属的“夹缝”[⑤]。法农认为“我一旦有了欲望，我就要

---

① Frantz Fanon, *Black Skin*, *White Masks*, trans. Charles Lam Markmann, London: Pluto Press, 1986, p.25.

② Caryl Phillips, *Higher Ground*, London: Viking, 2006, p.22, p.57.

③ Frantz Fanon, *Black Skin*, *White Masks*, trans. Charles Lam Markmann, London: Pluto Press, 1986, p.16.

④ Bill Ashcroft, Gareth Griffiths and Helen Tiffin, *The Empire Writes Back*: *Theory and Practice in Post-Colonial Literatures*, London and New York: Routledge, 2002, p.79.

⑤ Homi K. Bhabha, *The Location of Culture*, London and New York: Routledge, 2000, p.1.

求得到重视，我不仅仅是此时此刻被确认为东西，我还属于别的地方，成为别的东西”[①]。因此，中间人的中间道路在奴隶制时代是行不通的，他被迫沦落为与其他黑奴一样的命运，那就是成为黑奴“渡河大军”中的一员，同时他也重新获得了人的尊严。

2. 白人“渡河”

在菲利普斯的作品中，“渡河人”首先指的是黑人，不论是早期被迫渡河的黑奴，还是随后的黑人移民。此外，参与渡河的还有白人，就像《渡河》中的汉密尔顿船长在他的航行日志中记载的，贩奴船上的死亡名单中除了黑奴，还有白人船员。由此可见，黑人和白人都参与渡河。针对人们对奴隶制的误解，菲利普斯坚持认为：“它（奴隶制）不仅仅指黑人，它与白人也同样有关系，这是他们的历史。”[②] 事实上，白人，特别是欧洲人有着历史悠久的渡河史，如果说欧洲文明史某种程度上是跨越海洋的历史也许并不为过。这是因为它与侵略、征服、战争、扩展及殖民地等有着密切的关系，目的是为了掠夺财富、贩运黑奴、争夺海上霸权及进行传教活动等。

在菲利普斯的作品中，白人加入“渡河”人群，除了奴隶贩子，如《渡河》中的汉密尔顿船长，还有到殖民地视察财产的白人小姐，试图跨越种族界限的白人妇女以及尝试实现种族平等的白人法官。

小说《剑桥》主要写的是英国白人小姐艾米莉·卡特赖特在奴隶制废除前夕遵照父亲的旨意到加勒比海地区查看父亲的种植园和房产的故事。同穿越大西洋的黑奴们一样，艾米莉也乘船经受了“波涛汹涌的海洋”。她的另一痛苦就是她的贴身女仆在航海途中因病葬身海洋。尽管贵为富家小姐，但是在 19 世纪早期由于身为妇女，她的自由和权利是受到种种局限的。她本想借这次加勒比海之行逃离父权社会为妇女设定的淑女标准：“一个女子要么会弹钢琴，要么会画水粉画，要么会唱歌。”[③] 也就是要求待嫁女子琴棋书画样样精通，以此把

---

① Frantz Fanon, *Black Skin, White Masks*, trans. Charles Lam Markmann, London: Pluto Press, 1986, p.218.

② Maya Jaggi, “Interview with Caryl Phillips”, *Brick*, 49, 1994, p.74.

③ Caryl Phillips, *Cambridge*, London: Bloomsbury, 1992, p.3.

闺中女儿培养成“优雅的女大使”。所以在逃出“孤独无助的政体”后，艾米莉像一位乐观而富有冒险精神的殖民者，她制定了宏大的计划，包括打算废除奴隶制度，准备回国后做讲座等。艾米莉的叙述采用19世纪流行的游记形式，这在当时被认为主要是男性使用的文体。萨拉·米尔斯（Sara Mills）发现了在帝国主义背景下女性旅游叙事中存在的问题，“女性游记作者无法像男性那样很自然地采用帝国主义的口吻”[①]。其实写游记的行为表明，艾米莉努力地想“穿上”一种身份，即她想“女扮男装”，成为一位（男性）帝国主义冒险家。然而在男人主宰的航船上，艾米莉受到上到船长下至船员的歧视。在她父亲的庄园里，她受到庄园代理经理的轻视和怠慢。尽管艾米莉跟庄园代理经理面对面地对抗，但她得到的权力是短暂的。她曾希望“超越以前游记作者采用的俗套的传记形式”，但不久她的叙述中就充满了“据麦克唐纳先生说”这类的话，而她对奴隶的了解都是种植园里的白人灌输给她的。所以米尔斯认为女性作家被置于帝国主义和女性这两种话语中，“不论哪一种她们都没有诚心地使用，所以她们的作品暴露了其不稳定的基础”[②]。艾米莉试图跨越性别界限，想拥有男性殖民者的权力，可是她的愿望落空了，她搁浅在了西印度群岛，无法返回英国，对此她迷惑不解：“没有船只带我走吗？可是带我去干什么？把我带给谁？”[③]

试图跨越种族界限的白人妇女主要有《渡河》中的乔伊斯、《遥远的海岸》中的多萝西。白人姑娘乔伊斯与她所在的小村子格格不入，她生性友善，对于黑人没有偏见，她的与众不同对于村民来说是一种威胁。当然有的评论认为，乔伊斯之所以特立独行，是因为她有“色盲”——她没有在一开始就揭示特拉维斯的黑人身份，而是过了一段

① Sara Mills, *Discourse of Difference*: *An Analysis of Women's Travel Writing and Colonialism*. London and New York: Routldge, 1991, p.3.

② Sara Mills, *Discourse of Difference*: *An Analysis of Women's Travel Writing and Colonialism*, London and New York: Routldge, 1991, p.80.

③ Caryl Phillips, *Cambridge*, London: Bloomsbury, 1992, p.183.

时间才交代给读者。[①] 在村民们看来，乔伊斯与进驻英国的美国黑人士兵特拉维斯的结合破坏了白人种族的纯洁性。温迪·韦伯斯特（Wendy Webster）在其著作《想象的家园》中写道："'异族通婚'这个概念在20世纪50年代的种族话语中大量地使用，这一概念表明种族不但体现在不同的生物类别上，而且异族之间发生异性关系会有很多问题，同时也违反常规。"[②] 所以，乔伊斯的行为遭到了特拉维斯所在的兵团长官的反对，因为他们"不想让自己手下的人发生节外生枝的事"，此处的"节外生枝"或许可以理解为"怀孕"。乔伊斯的前情人莱恩称乔伊斯为"种族的叛徒"，这种严厉的指责反映了在白人的心目中，白人与黑人有着壁垒森严的界限。弗朗兹·法农对于黑、白关系有着敏锐的觉察，"白人与黑人代表着世界的两极，永远处于冲突中的两极——世界上真正的善恶二元论"[③]。尽管乔伊斯跨越了种族界限，与特拉维斯结合了，但是在特拉维斯死后，她却难以顶住反对的力量来独自抚养她的混血儿子格瑞尔，这样格瑞尔就被转入郡议会，"作为孤儿来抚养"。乔伊斯又回归到了她的白人同胞中间，退回到了种族之河的另一边。当已长大成人的儿子格瑞尔去看望乔伊斯时，没有出现母子相认、儿子回家的大团圆景象。萨义德认为："假如生物学意义上的繁衍后代要么太难，要么令人不愉快，是否会有其他的方式让男男女女缔结一种社会关系，以此来取代家庭中维系代与代之间的纽带？"[④] 对于抛弃儿子，乔伊斯难以免除负罪感，所以母子相见无声胜有声，"沉默变得越来越令人尴尬，但至少他们彼此没有互相指责"[⑤]。这对母子虽然没有恢复亲

---

① 关于乔伊斯"色盲"的评论可以参考以下论文：Benedicte Ledent，"'Overlapping Territories，Intertwined Histories'：Cross-Culturality in Caryl Phillips's *Crossing the River*"，*Journal of Commonwealth Literature*，30（1），1995，p.59，and Gail Low，"'A Chorus of Common Memory'：Slavery and Redemption in Caryl Phillips's *Cambridge* and *Crossing the River*"，*Research into African Literatures*，29（4），1998，p.138.

② Wendy Webster，*Imagining Home：Gender，"Race" and National Identity，1945-64*，London：UCL Press，1998，p.48.

③ Frantz Fanon，*Black Skin，White Masks*，trans. Charles Lam Markmann，London：Pluto Press，1986，p.45.

④ Edward W. Said，*The World，the Text，and the Critic*，London：Bloomsbury，1991，p.17.

⑤ Caryl Phillips，*Crossing the River*，London：Bloomsbury，2006，p.223.

情关系，但是他们在沉默中达成了默契，预示着一种基于诚实与理解基础上的新型关系的萌芽。

在《遥远的海岸》中，多萝西遭受了一系列的打击，失败的婚姻、被迫提前退休、妹妹的病故，其中失败的婚姻导致她提前退休，而对她伤害最大的就是糟糕的婚姻。她多次遭到男人的抛弃，她是一位“多余的女士”，在人生的舞台上，她只是个跑龙套的。菲利普斯在一次访谈中表达了他对多萝西的同情：“多萝西的困境在某种程度上比所罗门的更令人心碎，这样说或许有点出人意料，但却是事实。”[①] 多萝西在自己的家乡进行自我放逐，搬来搬去地想寻求一处避风的港湾，却没想到邂逅了黑人守夜人所罗门，她在所罗门身上发现了很多白人所不具备的优点，于是友谊慢慢地在两颗孤寂的心灵中滋生。随着两个人接触的增加，黑人守夜人所罗门成了种族极端分子的眼中钉，而多萝西在有些人的眼里则显得有些另类。《逆写帝国》一书的作者认为：“在很多社会，妇女被降为‘他者’的境地，被边缘化，在比喻意义上，即‘被殖民化’……妇女与被殖民化的种族、民族分享压迫与镇压政治的亲密体验。”[②] 多萝西尝试着跨过种族之河，可是她的这种友善的行为却间接地加剧了所罗门的死亡——他被少年种族极端分子以石击死。多萝西发现自己已很难在这些心胸狭窄的人们中间生活下去。

遭到家乡排挤的还有《大西洋之声》中的白人法官沃林，他尝试在自己的辖区内为黑人获取投票权，然而他的这种种族平等的思想却遭到亲朋好友、乡里乡亲的侮辱和隔离，他陷入了“众叛亲离”的境地。无奈之下，70多岁的他只好背井离乡，最后客死他乡。痛苦的经历使他意识到：“在我们（美国）南方不存在黑人问题，我们存在着白人问题。”[③] 长期以来白人具有天生的优越感，“白人们认为自己比黑人优越”[④]，而

① Alfred A. Knopf, “Author Q & A: A Conversation with Caryl Phillips”, *Borzoi Reader*, 2005, p.18.

② Bill Ashcroft, Gareth Griffiths and Helen Tiffin, *The Empire Writes Back: Theory and Practice in Post-Colonial Literatures*, London and New York: Routledge, 2002, p.172.

③ Caryl Phillips, *The Atlantic Sound*, London: Faber and Faber, 2000, p.201.

④ Frantz Fanon, *Black Skin, White Masks*, trans. Charles Lam Markmann, London: Pluto Press, 1986, p.12.

这种优越感筑成的一道难以逾越的藩篱，形成黑、白两个阵营，无论是哪一方想打通或跨越，都会伤痕累累，甚至会付出生命的代价。

二、跨文化交流的尝试

菲利普斯在作品中塑造了很多试图“渡河”或越界的人，如被迫渡河的黑奴和形形色色的移民，他们往往首先跨越地理上的疆界，然后试图跨越种族、民族、性别、阶级的界限，这些越界者中有黑人也有白人，他们各自携带着来自非洲、亚洲及欧洲的民族文化到达宗主国或殖民地，而这个“接触地带”就是“殖民地冲突空间，就是地理上和历史上分离的民族相互接触并建立持续关系的空间，通常涉及胁迫、极端不平等和棘手冲突”[①]。汇聚多种文化之地自然免不了冲突，但是多种文化会碰撞出意想不到的火花，从而促成了丰富灿烂的文化、文学艺术。

菲利普斯早期的作品塑造的跨越疆界行为大多是从前殖民地到宗主国的单方向的、静止的，如他的前两部小说《最后的通道》与《独立国家》，两位主人公都是从加勒比海地区到英国去，都在英国遭遇了种族歧视，试图或已经返回家乡。从《更高的地面》开始，菲利普斯作品中越界人员变得复杂起来，除了到宗主国去的有色人种外，增加了白人越界者，如《更高的地面》中对黑人翻译表露出友好举动的白人。而《剑桥》中黑奴和白人都尝试越界，只不过是内容不一样。黑奴剑桥试图借用统治阶级的工具——基督教和英语——来提升自己的身份地位，而白人小姐则试图突破性别的限制行使主人的权力。《渡河》中的人物连接起了美洲、非洲、欧洲，涉及了非洲传教、美国西部拓荒、贩运黑奴、二战驻军等文化历史事件，所以《渡河》中的人物真正具有跨文化的视野，而他们的身份处于不断的变化之中。海娜·梅斯·杰林克（Hena Maes Jelinek）总结了威尔逊·哈里斯（Wilson Harris）的创作方法：“他的创作方法把人物从静态的思想框架中解放出来，这种方

---

① Mary Louise Pratt, *Imperial Eyes: Travel Writing and Transculturation*, London: Routhledge, 1992, p.6.

法采用的是对构成现实叙事的所有实体（人物塑造、空间、时间、叙述结构和意象）的重复碎片化，同时，在更深的层次上，在角色的心理空间或他们经历的心理宇宙剧场的既对立但又相关的隔阂之间架起桥梁。”① 而威尔逊·哈里斯提出的“创造性的跨文化主义”观点也适用于菲利普斯，因为菲利普斯的作品中的人物具有跨文化交流的主观愿望，并为此做出了尝试。

《血的本质》同样糅合了多个地方、多种文化，如纳粹死亡集中营、巴勒斯坦复国、奥赛罗、埃塞俄比亚难民等。《遥远的海岸》则由黑、白两股线组成，两个人生故事既平行，又有交集，而且黑人男子与白人女人都试探性地进行了短暂的交往，最终的结果是一死一伤。《在黑暗中起舞》反映的是来自加勒比海的黑人表演者与美国文化的艰难接触，而《在飘落的雪中》描绘的是加勒比海移民与英国社会的摩擦碰撞。

从上面的小说可以看出，菲利普斯的作品大多会呈现两种或两种以上的文化，能够把看似不相干的关联起来，通过历史与迁移的相互作用来探究其他的社会表述，对故事与历史采用不偏不倚的、批评的方法来重新诠释，使“遭受压制的重新回归”。当有人问他写《渡河》的主要目的时，菲利普斯表达了他的“关联”思想，其实也就是他的跨文化思想：“我想把留在后面的非洲世界和人们过河后进入的离散世界联系起来。我想建立一种肯定的联系，不是基于剥削、痛苦或苦难的联系，而是基于某种生存的联系。”②

菲利普斯作品中人物有跨文化交流的愿望，如《最后的通道》中的白人老太太和社会工作者曾有过友好的表示，《更高的地面》中的白人主管曾有过让人匪夷所思的友好举动，伊琳娜与加勒比海的男子有过短暂的亲密关系等，但是最终这种模糊的友好举动往往无疾而终。文化的交流与归属或许可以用萨义德的话来说明：“文化不仅具有被看作有

① Hena Maes Jelinek，“‘Latent Cross-culturalities’：Wilson Harris's and Wole Soyink's Creative Alternative to Theory”，*EJES*，2（1），1998，p.45.

② Reneé Schatteman，ed.，*Conversations with Caryl Phillips*，Jackson：University Press of Mississippi，2009，p.21.

排外功能，还具有输出作用，这是一种需要你去理解和学习的传统，但是你却无法真正地融入其中。对我来说，这是一个非常有趣的问题，需要做更多的研究，因为没有一种排他性的做法能够维持很长时间。然后你就跨过了交叉点……当然，流放和移民等一系列问题也就接踵而至，而那些越界人根本不属于任何文化。"①

当今社会呈现出越来越明显的多元文化趋势，而在不同文化相遇与交流过程中，必然会出现主导文化与次要文化、主流文化与非主流/边缘/外来文化等的差异，是排斥，是融合，还是和平共处？无论是虚构的世界还是现实社会，都没有现成的答案可循。斯梅瑟斯特认为："在菲利普斯的小说中，两种文化之间的接触从未预示着同化与和解。两种文化交汇，但是在汇合之下，分界线泾渭分明。"② 人与人的交往仍在继续，社会与社会的交流依然在进行，对于跨文化交流中出现的问题，菲利普斯没有也无法给出答案。

① Edward W. Said, "Media, Margins and Modernity", *The Politics of Modernism: Against the New Conformists*, eds. Raymond Williams and Tony Pinkney, London and New York: Verso, 1989, p.196.

② Paul Smethurst, "Postmodern Blackness and Unbelonging in the Works of Caryl Phillips", *Journal of Commonwealth Literature*, 37 (2), 2002, p.12.

第二章　菲利普斯作品的主题

在来自前大英帝国殖民地的作家中，菲利普斯是当代英国文学中一位举足轻重的人物，其独具一格的叙事风格既反映了他的文学传承，也凸显了他的独特视角，给人耳目一新的感觉，同时又能引发深刻的思考。菲利普斯基于其成长经历创作了大量的作品，其中小说占了绝大多数，这些作品凭借着亟须解决的主题和新颖别致的形式为英国文学加入了新鲜的血液。

菲利普斯对于归属、身份、移位等抱有浓厚的兴趣，这恰好是移民及离散等涉及的关键问题。菲利普斯出生在加勒比海地区的圣基茨，三个月大时与父母一起移民至英国，现定居纽约市，他的个人经历为他来体验和思考外来人所面临的困境提供了得天独厚的条件。早年的成长经历让他对英国社会强加给加勒比海移民的"无归属感"刻骨铭心，成年后他开始对错位、无家可归等进行探究，并借助不同的文学载体对历史上鲜有表述的人物展开文学想象。在菲利普斯的关注中，总有一些对他来说是萦绕于心、挥之不去的主题贯穿其中，比如奴役、移民、女性、家园、种族等。

菲利普斯作品中的奴役，首先指的是在奴隶制度下遭受迫害的黑奴；其次，白人既是奴隶制度的施害者，也是受害者，也带着或有形或无形的枷锁，所以奴役可以说是人类无法挣脱的命运。菲利普斯的作品塑造了形形色色的移民个体和群体，移民的队伍呈现多种肤色，人在旅途是人类的生活写照。女性在菲利普斯的作品中占有很突出的位置，其多部小说均采用女性视角进行叙述，这既反映了成长经历对他的影响，也说明了他对女性给予的特别关注。家园是菲利普斯不想说，但又无法不说，并且时时存在的令人烦扰的问题。菲利普斯融合自身的经历，塑造了“渡河人”的离家、寻家、建家、归家到无家的家园困境，这同样是一个难以得到圆满解决的难题。在菲利普斯的作品中，种族、阶级是一个不可避免的沉重话题，黑白始终是其不变的主色调，如何协调这两者关系是一个世界性难题。

第一节 菲利普斯作品的奴役主题

菲利普斯的写作有一个引人注目的特点，那就是他的大部分作品都包含着历史因素，特别是奴隶贸易。菲利普斯之所以对奴隶制时期的题材感兴趣，那是因为英国对奴隶制历史的表述是存在问题的，他们要么极力弱化，要么就完全忽略英国作为贩奴国家的角色。在英国，假如说政府想让人们铭记奴隶制历史，重点也是放在废奴主义者上。这样，人们只会记住，英国在这场贩运黑奴中充当的角色只是为了结束这场贸易，而其作为重要的参与者的历史反而被人刻意忽略过去。

一、奴隶制带来的迫害

英国于 1562 年参与奴隶贸易，标志是约翰·霍金斯（John Hawkins）第一次航行到西非的几内亚。1807 年，英国宣布废除奴隶制，但是直到 1833 年《废奴法案》的颁布，英国的殖民地内的奴隶制才宣告结束。[①] 与其他的欧洲国家相比，英国后来才加入这场早已开始的有利可图的奴隶贸易大战。虽属于后来者，但是英国在其中充当的角色不应该被低估或忽略。就像詹姆斯·沃尔文（James Walvin）所说的：“在大西洋奴隶制度的鼎盛时期，英国运送的非洲人比任何其他国

---

① 根据埃里克·威廉姆斯（Eric Williams），他将约翰·霍金斯（John Hawkins）在1562 年的航海记录为“第一次英国奴隶贸易远征”，所以他把 16 世纪中叶作为英国参与奴隶贸易的开始。参见 Eric Williams，*Capitalism and Slavery*（London：Andre Deutsch，1964，p.30）。另见 Hugh Thomas，*The Slave Trade：The History of the Atlantic Slave Trade：1441-1870*（London：Basingstoke and Oxford：Papermac，1998，p.12）。

家都多，其中在英国的殖民地，奴隶们生产的农产品，其数量和规模举世无双，由此带来了殖民地的繁荣，英国本身也从奴隶制度中获益，然而在某种程度上，这些大多没有引起人们的重视。”[①] 这些未被关注的利益促进了英国随后的繁荣，在原先的奴隶贸易港口，如布里斯托尔、利物浦和伦敦，有一些气势雄伟的房屋和公共建筑，它们的建造恰恰是由于奴隶贸易中累积起来的财富。如今，这些建筑已经成为英国卷入这场奴隶贸易的看得见的标志和见证。

相较于历史真相，英国参与奴隶贸易似乎是一段不太为人所了解的历史。沃尔文在对奴隶贸易的研究中写道：官方历史表述倾向于贬低奴隶制在最有利可图的阶段对英国经济的重要性。

> 一般来说，英国历史学家一直致力于要么不理会，要么降低17～18世纪英国人的生活汇入到跨越大西洋奴隶贸易的程度……英国历史学家倾向于将奴隶制视为一个遥远的（比如，殖民地的、帝国的、美国的、航海的）问题，对英国主流社会来说，这只不过是微不足道的插曲或暂时的兴趣。[②]

沃尔文指出，英国历史学家一方面竭力地忽视奴隶贸易在17～18世纪对英国繁荣的重要性，另一方面又提出奴隶制是多个历史的交叉点，并列举了其中的四个交叉点。因此那些对英国卷入奴隶制的官方叙述不满意的人认为，有必要提出另外的观点，即奴隶贸易远非是边缘问题。在这种背景下，有几位当代英国黑人作家创作了他们的作品，尝试着从另一个角度来讲述历史，来呼应英国官方鼓吹的同质历史。对历史、奴隶制的遗产及移民感兴趣的比较有名的作家有戴维·达比丁、卡里尔·菲利普斯及弗雷德·德阿吉亚等，这三位作家选择在20世纪后期重写奴隶制历史，当然他们采用的方法截然不同。

菲利普斯的作品中涉及奴隶制的小说有《更高的地面》《剑桥》

---

① James Walvin, *Making the Black Atlantic*: *Britain and the African Diaspora*, London and New York: Cassell, 2000, p.x.

② James Walvin, *Making the Black Atlantic*: *Britain and the African Diaspora*, London and New York: Cassell, 2000, pp.x-xi.

《渡河》，还有非小说《异乡客：三个英国人的生活》。菲利普斯在这些作品中塑造了众多深受奴隶制之害的黑奴形象，如为白人奴隶贩子充当翻译的黑奴、黑奴基督徒、女黑奴西部拓荒者、黑奴雇佣军、名人的家仆等，反映了在奴隶制不同时期、不同地点的奴隶们个人的故事，而把这一个个故事串起来，就组成了一个完整的奴隶制的历史叙述。

奴隶制给人们带来了无尽的伤害，不仅表现在对于遭受奴役的人们身份命运的改变，即由自由之身变为失去人身自由的奴隶，而且更为重要的是对人思想的禁锢。比如在《更高的地面》第一部分“心地”中，通过那位黑人“中间人”的视角，读者们可以了解奴隶贸易的驻扎据点的内部情况，了解奴隶贩子从事黑奴交易的装备，特别是他们对从非洲内陆贩卖来的黑奴使用的各种惩罚工具，如“鞭子、连枷、轭、烙铁、金属面罩”等。这些黑奴们被关进臭气熏天、老鼠满地的临时地牢里，等候被装上船运走。在一般监狱里，女人和她们的孩子通常会被关押在一起，体现人文关怀。但是在关押黑奴的地牢里，却是一种骇人的情景，女人是被单独关着的，因为她们“试图夺走她们孩子的性命”。这种“人形货物”的苦难不仅弥漫在《更高的地面》第一部分“心地”，而且第二部分“货物监禁”的黑人犯人依然备受煎熬，并且第三部分含蓄地把奴隶贸易与犹太人大屠杀联系在一起，这是另一个人为的大灾难。①

奴隶是被剥夺了自由的，《更高的地面》中的黑人翻译虽然没有被关押着，也没有戴着手铐脚镣，但他也并非完全自由之身，他也遭受着某种形式的束缚。之所以没有佩戴奴隶的标志——手铐脚镣，那是因为他有一个生存之道——为白人奴隶贩子充当翻译，语言的优势使他暂时处于一种无羁押的束缚状态。事实上，作为白人与黑人奴隶之间的中间人，这位黑奴翻译在这生存的真空中“勉强生存”，他在他的非洲同乡与白人奴隶贩子之间处于“孤立无援状态”。此外，在他被奴隶贩子捉住，成为翻译后，他的生活转为静止状态，他进入一种永恒的现在，这种停滞是由把人转为财产的制度引起的，从而他被剥夺了时间的概念。然而当他

① Caryl Phillips, *Higher Ground*, London: Viking, 2006, p.15, p.16, p.39.

沦为被贩卖的黑奴时，这种奴役反而让他得到了解放，因为这使他重新恢复了时间，获得了某种形式的人的尊严，也透露出某种希望，因为他在和其他的黑奴们的大合唱中郑重承诺“有朝一日重返家园”。[①]

除了饱受苦难的黑奴，生活在贩奴堡垒之外的自由的非洲人也不是没有枷锁，这可以看作是他们自己的隐喻性的牢房。这种思想上的束缚表现在他们的行为上就带有一种仪式性的野蛮行径。比如，白人奴隶贩子的头目从村民中挑选了村长的女儿，在对她进行野蛮的虐待之后，又把她遣送回村。结果村里人不但没有给予受害者家人般的包容、同情和安慰，反而视姑娘为不洁，把她放到一个人迹罕至的小屋里，任其自生自灭。村里人这样做尽管是出于恐惧，但是盲目地屈从于这种野蛮的习俗只能是泯灭人性，扼杀亲情，纵容这种野蛮行径的后果会使更多的黑人成为牺牲品。

《剑桥》与《渡河》中都塑造了黑奴基督徒的形象。在成为奴隶之前，《剑桥》中的主人公剑桥生活自由富足，他认为正是因为“英国航海人士对财富的可恨的贪婪，还有他们随后施行的残忍、欺诈及其他邪恶的阴谋诡计，才使我们这些善良诚实单纯的族人们从天然的善良和真诚的感情转变为面目可憎”[②]。于是在这种恶习的熏染下，非洲当地人与白人相互勾结，把无数的非洲人变为奴隶，然后再贩卖到世界各地。几经转手，剑桥最终被卖进了加勒比海种植园，遭到白人监工的种种伤害：除了身体上被处以鞭刑，他还被诬告偷窃，受到精神上的打压，同时他的妻子因被霸占而导致精神失常。《渡河》中的三个孩子被父亲以庄家歉收为由卖掉了，成了被贩卖的奴隶。一旦打上奴隶的烙印，无论是男性还是女性，无论是从事什么职业——传教、作战或是淘金，就难以摆脱被奴役和剥削的命运。

基督教是西方进行海外殖民扩张的法宝，而传教士往往会充当先行军。因此，白人培训黑奴成为传教士，绝不仅仅是为了让其脱离文盲，而是有其战略的考虑。《剑桥》与《渡河》中的两位黑奴剑桥和纳什都是在白人的手下接受基督教教育，他们完全听从白人主子的安排，在经

① Caryl Phillips, *Higher Ground*, London: Viking, 2006, p.24, p.22, pp.59-60.

② Caryl Phillips, *Cambridge*, London: Bloomsbury, 1992, p.133.

过基督教教化后，被派往非洲传教。虽历经磨难，但是剑桥并未能到达非洲进行传教，而是再度沦为奴隶。他对于基督教无比虔诚，并且他的英语表达精准无误，这两项技能让他觉得自己几乎跟主人平等了，但是他至死都没有参透基督教的虚伪本质。相反，基督教是他自己给自己带上的精神枷锁。与剑桥不同，纳什到达了非洲大陆，随着向内陆的步步推进，他睁开了眼睛，开始觉醒了，“我们这些有色人种，被压迫的时间已经够长了。我们需要为我们的权利而战，坚持我们的立场，感受到你们美国永远找不到的自由之爱”。于是他毫不犹豫地“抛开无知的外衣，它曾把我的一生都牢牢地裹住”。同时，他在非洲大陆的传教工作是“徒劳无益的”，因为非洲人不会真正地向基督教的上帝祈祷，他们只会向他们自己的神祷告，基督教在非洲大陆很难扎根发芽。由于要在非洲生存下去，纳什要“暂停我的信仰，从而我可以自由地选择过非洲的生活”。[①] 剑桥没有机会回到故乡去再续血缘，所以他无法打破统治阶级的宗教魔咒，而纳什因为回到故土接了地气，所以最终抛去了由宗教编织的“紧身衣”。

二、故步自封的帝国优越性

菲利普斯作品中的奴役，除了是指被迫沦为奴隶遭受种种压迫的黑人，还有白人也同样带着有形或无形的枷锁。在《更高的地面》的“心地”部分，囚禁（capativity）是一种人类普遍的生存状态，非洲人是这样，生活在“高高的石墙”筑成的堡垒之内的欧洲人也不例外。在这封闭的社会，两个集团都被“相似的情况所困”，锁定在对对方的恐惧之中。用威尔逊·哈里斯的话来说，他们是生活在“天生就存在偏见的监狱里”，而囚徒的角色是由殖民行为规范所赋予的，因为白人被看成是“天生的”高人一等，而黑人被看作是“低等人”。[②] 假如说殖民行为规范被看作是安全保障，那么它同时又是一种束缚黑人和白人

---

① Caryl Phillips, *Crossing the River*, London: Bloomsbury, 2006, pp.61-62.

② Wilson Harris, “The Frontier on Which *Heart of Darkness* Stands”, *Explorations: A Selection of Talks and Articles 1966-1981*, ed. Hena Mae-Jelinek, Mundekstrup, Denmark: Dangaroo Press, 1981, p.135.

的枷锁。就像《更高的地面》中黑人翻译对白人的看法，他们“在很多方面……就跟我们一样”[①]。不管白人主管有什么自相矛盾的目的，他是试图跨过殖民牢房高墙的唯一一位白人。但是他的突然死亡更加强调了殖民者与被殖民者之间的友好关系是不太可能的，对此艾梅·塞泽尔（Aimé Césaire）作了有力的论述。

> 在殖民者和被殖民者之间，只有强迫劳动、恐吓、压力、警察、税收、盗窃、强奸、强制种植作物、轻蔑、不信任、傲慢、自满、轻率、无头脑的精英和堕落的群众有存在的空间。没有人与人之间的接触，有的只是统治与顺从的关系，这种关系将殖民者变成了课堂监督员、陆军中士、狱警、奴隶监工，把土著人变成了一种生产工具。[②]

对于殖民者与被殖民者之间的关系，弗朗茨·法农在《黑皮肤，白面具》中也表达了类似的观点，“被自卑感所奴役的黑人，被优越感所奴役的白人，同样表现出神经质的倾向”[③]。如果说黑奴是因为低人一等而遭受奴役，那么白人则是由于其优越性而故步自封，这种奴役经过长期的外部历练，逐渐内化到他们各自的内心深处，所以他们条件反射似的言行举止反映了各自固守的奴役状态。《渡河》中的爱德华对待养子、前黑奴纳什表现得高高在上，对于纳什从非洲发来的求助以沉默来应对，未能施以援手。而当他得知纳什失踪之后，便打算从他的后代中再培养一个小纳什。可见，他所做的一切无时不牢记自己的尊贵地位。在遭遇精神危机时，他笃信的基督教无法与非洲当地的神灵相抗衡。在《剑桥》中，白人认为，只有“坚定不移地维护白人在道德和精神上的优越性，才有可能使黑人在身体方面的优越性受到制约”[④]。于是为了维护主人的

---

① Caryl Phillips, *Higher Ground*, London: Viking, 2006, p.20, p.41.

② Aimé Césaire, *Discourse on Colonialism*, trans. Joan Pinkham, New York: Monthly Review Press, 2000, p.21.

③ Frantz Fanon, *Black Skin, White Masks*, trans. Charles Lam Markmann, London: Pluto Press, 1986, p.60.

④ Caryl Phillips, *Cambridge*, London: Bloomsbury, 1992, p.97.

身份，白人往往对奴隶采用严厉的管教，鞭挞是司空见惯的手段。而白人小姐则是“没有意外地采取了一种社会优越姿态，而她似雪花膏的肌肤恰好表明其优越性”，这种根深蒂固的白人种族优越性展露无遗。长期以来，伴随着奴隶制而来的是黑、白两大阵营的对峙，白人牢牢地固守着种族优越性，“一张白皙的皮肤就是足以保证获得一种特权生活的通行证”；而黑人则被种族歧视捆住了手脚。[①] 所以说奴役不能不说是奴隶制留给人们的不太受欢迎但却暂时还无法抛开的遗产。

在黑、白依然不平等的时代，要想摆脱这种奴役的状态，需要黑、白双方的共同努力。弗朗茨·法农在《黑皮肤，白面具》中指出，要想实现黑人世界和白人世界之间的平等，首先要“最坚定地抖落那件几个世纪的不理解所编织的悲惨的号衣”，同时“两者都应摒弃他们可敬的祖先们的非人道的声音，以便产生真正的沟通”。[②] 黑白双方只有相互理解、沟通，才能拆除藩篱，打通壁垒，才能为“渡河”架起一座友好的桥梁。

在某种程度上，人人都是奴隶，比如，习惯的奴隶，期望的奴隶，尤其是女性，总是遭受各种各样的束缚。不论是被迫处于奴役状态，还是乐在其中的作茧自缚，长久的封闭势必会带来孤立、导致对峙、引起冲突甚至战争。因此，要想突破这种状态，就需要跨越疆界，加强理解，实现对话。

第二节 菲利普斯作品的移民主题

有人问黑人到达英国的历史，菲利普斯回答道：“黑人络绎不绝地到这儿已经有五个世纪了，第一次高潮与奴隶制有关，第二次与大英帝国有关。”[③] 而这两段历史正是菲利普斯的作品所关注的核心。在

---

① Caryl Phillips, *Cambridge*, London: Bloomsbury, 1992, p.164, p.72.

② [法] 弗朗兹·法农：《黑皮肤，白面具》，万冰译，译林出版社 2005 年版，第 6、183 页。

③ Maya Jaggi, “The Final Passage: An Interview with Writer Caryl Phillips”, *Black British Culture and Society: A Text Reader*, ed. Kwesi Owusu, London and New York: Routledge, 2000, p.159.

菲利普斯看来，奴隶制没有引起足够的重视，它虽然从时间上早就结束了，但是它对现在依然有影响，其遗产表现在种族歧视和随后的移民问题中。因此，菲利普斯追溯奴隶制的“根茎与路径”[①]，目的就是为了在过去与现在之间建立起联系。21世纪的世界充斥着越来越多的迁移和流动，而多种形式、多方向的纵横交错的流动以锐不可当之势裹挟着时代前行。当今世界有越来越多的人加入了移民队伍中，他们带着某种目的加入流动大军，当然他们更多的是被欧美国家吸引而来。

尽管承认迁移会得到潜在的政治上的解放，但是菲利普斯对通过迁移来获得新秩序持怀疑态度，因为在这个新的世界秩序中，“没有人会有家一样的感觉，会感到完全自在”，他把迁移看作是在当代全球化背景下的一种孤立的状态。菲利普斯还宣称，“面向大众，但只能是有限参与的、无人能完全参与的全球化对话”[②] 的时代到来了。这种全球化的趋势看似拉近了地理空间，但是人与人之间缺乏真诚的心灵沟通，就像菲利普斯在《新世界秩序》的结论部分所总结的那样，越来越常见的是“高度的归属焦虑症”。在奴隶制时代，黑人是因为被卖身为奴隶而被迫离开他们的家乡，这种迁移是被动的，是自己难以主宰的。时代虽然在向前发展，但是类似的情况却依然存在。人们离开故国家园而移居他乡，看似是自觉自愿的选择，实则有不得已而为之的潜在的原因。在很多情况下，移民们放弃他们的家并离开家园，“不是因为他们的自愿选择，而是因为某些状况使他们不得不去接受、承认和让步”[③]。

---

① “根茎”源于美国作家阿历克斯·哈利（1921～1992）的著名小说《根》，书中把非洲称为非洲以外的非洲后裔的根。而“路径”可以与非洲人离开非洲的路线联系起来。保罗·吉尔罗伊在《黑色大西洋：现代性与双重意识》（1993年）中使用了这两个术语，他摈弃“根茎”，赞成“路径”。

② Caryl Phillips, *A New World Order*, London: Secker and Warburg, 2001, p.5.

③ Jenny M. Djundjung, “Living in Limbo: *The Buddha of Suburbia* and *The Final Passage*”, *Decoding Contemporary Britain: Essays in British Literary and Cultural Studies*, ed. Mao Shihui, Beijing: Peking University Press, 2003, p.154.

一、宗主国的向心力

英国患有历史健忘症，其中的一个表现是把“帝国疾风号”海船那代移民与黑人到英国的久远历史联系起来，或者说，他们把“帝国疾风号”海船的到达看成是黑人第一次抵达英国的时刻。“帝国疾风号”海船指的是在1948年把数目众多的加勒比海移民运到英国的第一艘船。1948年6月22日，“帝国疾风号”海船载着492名加勒比海移民停泊在蒂尔伯里（Tilbury）港口。英国政府为缓解二战后劳动力短缺的情况，而向殖民地索要工人，所以这些来自加勒比海的工人们是应英国政府的邀请而来的，这些人拥有根据《1948年国籍法案》所给予的英国公民身份。在随后的10年里，大约有125000名加勒比海移民进入英国。[①] 大批的黑人在这个时期集中涌进了英国，其规模盖过了早期到达的黑人，以至于“帝国疾风号”那代移民常常被当作是黑人到达英国的开端。詹姆斯·普罗克特认为：“就黑人在英国的定居而言，把1948年看作是一个事件的发端而不是最初的时刻是很重要的。鉴于对那一年的描述有抹去之前英国黑人存在的趋势，这一点变得尤为紧迫。”[②]

因此，“帝国疾风号”海船那代移民对英国与加勒比海地区具有里程碑式的意义，它常常用来指英国的多元文化，或者有时候称为“多种族”英国的开始。黑人在英国已经生活了好长时间，但是“帝国疾风号”的停泊则预示着新一代英联邦移民被招募来填充劳动力市场，他们往往从事无需多少技能的工作。报刊评论员、英国开放大学的达克斯·豪（Darcus Howe）呼吁庆祝“帝国疾风号”的到达，“在‘帝国疾风号’停靠码头50年后，我们应该记住，我们不仅作为黑人移民来到这里，而且作为工人阶级的一员来到这里”[③]。的确，西印度群岛的

---

① Peter Fryer, *Staying Power: The History of Black People in Britain*, London and Sterling, VA: Pluto Press, 1984, p.372.

② James Procter, ed., *Writing Black Britain 1948-1998: An Interdisciplinary Anthology*, Manchester and New York: Manchester University Press, 2000, p.3.

③ Darcus Howe, “A Cause I Will Fight for”, *New Statesman*, 12 (6), 1998, p.30.

移民不仅仅把英国看作是机遇之地，而且也看作是某种意义上的家和宗主国。他们对她的历史、文化及文学非常熟悉，因为这些东西就写在他们学校的教科书上。

迈克·菲利普斯（Mike Phillips）和特雷弗·菲利普斯（Trevor Phillips）在《帝国疾风号：不可阻挡的多民族英国的崛起》（*Windrush：The Irresistible Rise of Multi-Racial Britain*，1998年）一书中谈到那批1948年的移民要面临未知的恐惧时认为："他们感到自己正面临着一种独特的、难以逾越的英国社会形象，这种社会形象在种族和种族优越感的意识形态的支持下，长期以来一直是帝国主义力量的重要支柱。这是一种道德环境，它坚定不移地拒绝承认国家自我形象的改变或改变的可能性。"毋庸置疑，自从"帝国疾风号"到达后，船上的那一代及后继者们从根本上改变了英国社会。他们"所属的少数民族已成为英国社会真正的一部分"，但是他们的贡献没有得到应有的承认。因此，"整个国家有必要来重新评价的不仅是它的身份、它的历史，而且还有成为英国人意味着什么"。[①]

这种幻灭的经历艺术性地体现在20世纪中期移民到英国的作家作品中，如塞缪尔·塞尔文与乔治·莱明等，这个阶段的移民都怀揣着寻求改变的愿望，他们所接受的教育是培养他们对殖民者、宗主国的依附感。然而，他们得到的却是对殖民教育所带来的期望的幻灭。尽管到达不太友好的宗主国的经历让人心灰意冷，但是基于这种经历创作的作品，反过来开始改变"英国文学"，从而赋予它一种重新书写文化中心的后殖民移民表达。塞缪尔·塞尔文的《孤独的伦敦人》（*The Lonely Londoners*，1956年）就是这种殖民文学的典型，作为他所在时代的代表，塞尔文与他同时代的其他作家通过文学作品讲述着他们自己的移民经历。

作为第二代移民，菲利普斯在重走父母移民的路线时，他完全理解了父辈的希望，"新旧两个世界或许都属于他们，他们希望宗主国会信守承诺，来保护他的帝国的子民们"[②]。而菲利普斯这一代，在尝试着

① Mike Phillips and Trevor Phillips, *Windrush：the Irresistible Rise of Multi-Racial Britain*, London：Harper Collins, 1998, p.4, p.5.

② Caryl Phillips, *The Atlantic Sound*, London：Faber and Faber, 2000, p.15.

建构身份时却备受折磨，因为这一行为挑战了西方对于民族与国家概念的边界。移民建构民族身份认同的想法给英国的疆界安全带来威胁，而且移民身份又对英国白人同质的文化身份构成挑战。斯图亚特·霍尔(Stuart Hall)把主流文化对后殖民移民的反应称为一种"防御性的排外主义。……对英国性、文化特性进行狭隘的、民族性的定义，采取严阵以待的防御性措施"[①]。

除了奴隶制，菲利普斯以移民为主题的作品不在少数。尽管移民的理由有多种，但是最终的目的大致相当，那就是他们希望到宗主国重新开始，他们的子女能成为英国或美国居民。在菲利普斯的作品中，移民也大致归结为以下类型：寻求新的开始；为了学业；逃避战争与迫害；谋求发展等。

菲利普斯的第一部小说描述的移民情况具有半自传性质，代表的是菲利普斯父母作为"帝国疾风号"海船那代移民。在菲利普斯看来，20世纪50年代中期移民到英国具有象征意义，因为这个事件促使"英国社会结构方面产生最重要的变化"。另外，第一代移民作家与第二代的一个重要区别在于第一代讲述的是他们自己的移民经历，而菲利普斯作为第二代移民作家讲述的是他父母的故事。因此，菲利普斯写第一部小说的目的是"向他父母那一代致敬，并试图重获被某些政客所否认、削弱和轻视的尊严。在过去的50年里，来自前殖民地的移民改变了英国，做出了贡献，产生了显著的影响"[②]。这个事件不仅仅属于菲利普斯的父母，因为"我想让我这一代及下一代的孩子们认识到，这不仅仅是一部关于20世纪50年代末戴着奇怪的帽子、从远方来的人的古装戏，而是关于他们自己的生活"。[③] 这也就解释了为何他最早的两部

① Stuart Hall, "The Local and the Global: Globalization and Ethnicity", *Dangerous Liaisons: Gender, Nation and Postcolonial Perspectives*, eds. Anne Mc Clintock et al., Minneapolis: University of Minnesota Press, 1997, p.177.

② Maya Jaggi, "The Final Passage: An Interview with Writer Caryl Phillips", *Black British Culture and Society: A Text Reader*, ed. Kwesi Owusu, London and New York: Routledge, 2000, p.157.

③ Maya Jaggi, "The Final Passage: An Interview with Writer Caryl Phillips", *Black British Culture and Society: A Text Reader*, ed. Kwesi Owusu, London and New York: Routledge, 2000, p.157, p.160.

小说包含一点自传的因素。比如，《最后的通道》所写的时间也是在1958年，菲利普斯移民到英国就是在这一年，并且两部小说都描述了英国与加勒比海之间的接触。之后，菲利普斯的创作逐渐地从近代历史深入到较遥远的历史中去了。

菲利普斯的作品塑造了抱有不同目的形形色色的移民者，自从到达宗主国，他们就开始质疑白人主流社会的一些观念，并尝试与之进行协商，从而开启了磋商的空间。"在这里权力当然并不对等，而且其表达也是模棱两可的。这种磋商既不是同化，也不是合作。"[①] 凭借着帝国文化教育的宣传，宗主国像磁石一样吸引着众多移民来到"理想之地"。一旦移民对宗主国的期望变成失望，在看清宗主国只是把他们当成解决社会劳动力短缺的权宜之计而不是亲人时，之前的向心力就会变为离心力，由此而引发的社会问题便不难理解了。

二、无奈的自我流放

除了来自外乡的移民，迁移的人群中也出现了白人的身影。就像爱德华·萨义德所说的"事物之间的相互依赖"[②]，菲利普斯反复强调奴隶制历史是由黑人和白人构成的，这个特征不仅仅只限于小说。从《大西洋之声》开始，菲利普斯就强调：许多世纪以来，各个种族的人们都曾横渡过大西洋，有时候他们是自愿的，有时候是不自愿的。同时，菲利普斯认为奴隶制的遗产已经延续到20世纪和21世纪，典型地表现在种族歧视上。因此，黑人们面对的问题也同样困扰着白人，比如，家园、身份、种族偏见、孤独与排外等。在菲利普斯的作品中，《剑桥》中的艾米莉·卡特赖特、《渡河》中的乔伊斯、《遥远的海岸》中的多萝西以及《大西洋之声》中的沃林法官，他们都是白人迁移者。与黑人不同的是，黑人是外来者，而这些白人则是在他们自己种族内部遭受歧视的牺牲品，他们是在自家土地上的被流放者。

英国社会对待移民和难民采用排外和种族歧视的态度，对自己同种

---

① Homi K. Bhabha, "Culture's In-Between", *Questions of Cultural Identity*, eds. Stuart Hall and Paul du Gay, London: Sage, 1996, p.58.

② Edward W. Said, *Culture and Imperialism*, London: Chatto & Windus, 1993, p.72.

族的“异己分子”也毫不手软。《剑桥》中的艾米莉为了逃离父亲对她婚姻生活的掌控，欣然接受了父亲的委派，去英国的殖民地加勒比海地区视察自家的家产，同时也想趁此机会施展她的雄心壮志。然而，艾米莉的自我流放让她遭遇了身份危机，最终陷入了有家难回的境地。《渡河》中的乔伊斯特立独行，由于她对外来人没有种族歧视，所以她与她所居住的村子的人们格格不入。她对美国黑人大兵特拉维斯主动示好，在与特拉维斯交往时，遭受了同族人的敌意和排斥。在生下了儿子后，迫于族人施加的强大压力，她也没有逃脱母子被迫分离的命运。她尝试着在家乡跨过种族之“河”，但是却招致族人的责难和逼迫，最终缩回了族人的圈子。《遥远的海岸》中的多萝西在搬到新住宅区后受到不公的对待，原因是她与黑人守夜人交往过密。结果黑人被种族极端分子打死，而多萝西也住进了精神疗养院。多萝西出现在本不应该出现的地方——精神疗养院，慢慢地她把自己变成了没有归属感的无根的陌生人。而且，多萝西把斯通利小区（Stoneleigh）当作休养之地，所罗门（Solomon）把斯通利小区当作庇护所，二者不可思议地产生了交集。换句话说，多萝西从韦斯顿村（Weston）迁移到伯明翰（Birmingham），再到斯通利小区，即多萝西的小规模的移动与所罗门从非洲通过法国到英国的大规模移动相呼应。多萝西与所罗门在一个很难称得上是自己的国家里寻求避难，他们都是流放者。菲利普斯在一次访谈中称，多萝西“与自己的国家分离，但同时她就像生活在这个国家的人们一样，对这个国家感到困惑”，因为她也同样“陷入孤立状态”。①

《大西洋之声》中的白人法官沃林试图凭借自己的权力为黑人争取投票权，这种“吃里扒外”的行为撼动了界线分明的黑白阵营，侵犯了白人种族优越感的权益，而被家乡的人们视为异己，并遭到排挤。无奈之下，沃林离开家乡，最终客死他乡，永远地成了异乡人，他成为种族歧视的牺牲品。

菲利普斯曾经说过：“我不太相信宣称拥有某个‘根’有多重要——一个你随身携带的景观或地理。”人们可能无法终其一生地待在

① Jonathan Heawood, “Distance Learning”, *The Observer Review*, 23 (3), 2003, p.17.

一个地方，但是执着于“根”似乎并不现实。菲利普斯喜欢流动性，喜欢关联，所以与到达和归属相比，他更喜欢在途中的感觉。“我感兴趣的是什么让我们聚在一起，是什么让我们相遇，而水，对我来说，是一条我们继续相遇和彼此打交道的途径。我宁愿走在路上，也不愿在旅程的开始或结束时待在‘家’里”。[①] 迁移的队伍越来越庞大，而且包含着多种肤色，迁移的人们已经不再局限于某一地，于是就出现了“中间”“间隙”或“边缘”空间[②]，这成了迁徙者生存的空间，人在旅途越来越成为人类生活的真实写照。

第三节 菲利普斯作品的女性主题

除了奴隶制和移民外，女性也是菲利普斯非常关注的一个主题。在菲利普斯的作品中，女性人物往往比男性角色更加鲜明和突出，特别是在他的多部小说中采用了女性的叙述视角。这既反映了成长经历对作者的影响，也说明了他对女性给予的特别关注。

菲利普斯对女性的特别关注是基于他的成长经历。他曾说过：“性别也一直让我感兴趣——可能是因为我是由母亲抚养长大的。”[③] 在他的童年时代，性别和阶级起着非常突出的作用。菲利普斯在英国工人阶级社区长大，这既决定了他的种族，也塑造了他的身份。同时，菲利普斯生活在一个主要由女性（母亲）支撑的家庭中，这使得他对于女性的挣扎特别敏感。他在许多访谈中都提到，他能成功地捕捉到女性的声音，谈到家庭对他的影响他也从不避讳。在他还小的时候，父母离异，他和三个弟弟跟随母亲生活。当母亲生病时，他就被送到白人家庭里寄养，有时候会在几个家庭之间辗转，他也曾跟随父亲短期生活过。他的母亲多年来每天几乎只睡两个小时的觉，她给菲利普斯灌输的观念是

① Reneé Schatteman，ed.，*Conversations with Caryl Phillips*，Jackson：University Press of Mississippi，2009，p.98.

② Homi K. Bhabha，*The Location of Culture*，London and New York：Routledge，2000，p.3.

③ Reneé Schatteman，ed.，*Conversations with Caryl Phillips*，Jackson：University Press of Mississippi，2009，p.33.

“我必须要成功，英国能提供的向前行的唯一途径就是教育——刻苦和纪律，而我们周边的孩子大都是来自工人阶级，他们的成绩不理想”[①]。菲利普斯兄弟四人是唯一通过“11＋考试”的孩子，所以菲利普斯才能够进入牛津学习。

有人问菲利普斯为何对女性给予更大的同情，为何在生活与艺术中更信任女性，他这样回答：“我在查阅历史文献时，发现了一件有趣的事情，那就是女性的声音，尤其是当她们在写日记、日志以及对前殖民地的旅行所做的非小说描绘，比如《渡河》与《剑桥》，她们的声音总是显得更诚实，语调比较直接，而男人的声音总有一种会议程序的味道，这显然是旅程背后经济和政治目的的不可或缺的内容。女性的声音似乎更清晰、更激动、更复杂，这就是为什么我常常使用女性声音的原因，因为它提供给作为小说作者的我更多的空间来四处移动，我想她赢得了某种形式的同情。”[②]

在菲利普斯的11本小说中，至少有4本是以女人作为叙述的视角，即《最后的通道》中的西印度群岛女人莉拉（Leila），《剑桥》中的白人小姐艾米莉（Emily，取自《呼啸山庄》作者的名字），《血的本质》中的犹太姑娘伊娃（Eva，联想到人类的祖先夏娃）以及《遥远的海岸》中的白人多萝西。另外还有一些小说中，其中的某一部分是以女人为中心写的，如《更高的地面》中，与小说同名的第三部分中波兰犹太姑娘艾琳（被英国人随意叫成“伊琳娜”）［Irene（Irina）］为躲避纳粹大屠杀逃到英国。《渡河》中有两个部分是通过女性的视角，分别为“西部”中的玛莎（Martha）和“英国某地”中的白人乔伊斯。在菲利普斯作品的女性角色中，有遭受多种歧视的黑奴、黑白混血儿、犹太姑娘，还有不同时期的处于社会边缘的白人。

---

① Reneé Schatteman，ed.，*Conversations with Caryl Phillips*，Jackson：University Press of Mississippi，2009，p.79.

② Reneé Schatteman，ed.，*Conversations with Caryl Phillips*，Jackson：University Press of Mississippi，2009，p.43.

一、移民时代的先锋

《最后的通道》是菲利普斯创作的第一部小说，重述了20世纪中期加勒比人移民到英国的情景。路易斯·詹姆斯（Louis James）认为，该小说首先叙述了莉拉的旅行，但更为关键的是，对重新唤起加勒比人的集体记忆具有重要意义："这部小说具有里程碑意义……自从简·里斯、乔治·莱明和塞缪尔·塞尔文的小说问世以来，英国第二代黑人作家的共同记忆一直是空白的。在这里，卡里尔·菲利普斯探索了1958年他出生时在圣基茨发生的移民问题。这也标志着对重要历史领域的'意识的觉醒'。"[①]

菲利普斯创作的首部小说《最后的通道》先从自身的历史写起，以父母与自己移民英国的经历为素材，而小说颇耐人寻味的是，这么重大的历史事件却是通过一个女性的视角来讲述的。菲利普斯选择女性视角包含着多重含义：通过莉拉，读者可以了解加勒比海地区的妇女的情况。女人似乎在家庭中扮演着更负责任的角色——也许是因为男人更不负责任。妇女在抚养孩子和负责日常管理方面扮演着更为重要的角色，但她们实际获得权利的机会——政治权利、社会权利——与战前英国一样十分有限。她们在加勒比社会中的作用似乎微乎其微。父母离异后，菲利普斯主要是由妈妈抚养长大。同样，在小说中，莉拉的妈妈就是独自把莉拉抚养大的，而她对于自己的白人父亲一无所知。莉拉也是一个人照看儿子，尽管她怀着第二个孩子，丈夫仍悄无声息地离开了家。透过莉拉的叙述，菲利普斯重温了父母既怀着希望又遭遇失望的移民经历，特别是莉拉外表脆弱、内心坚强的形象中有菲利普斯母亲的影子。

菲利普斯的《最后的通道》很容易让读者联想到20世纪60～70年代的移民作品，如乔治·莱明和塞缪尔·塞尔文等的小说，但是《最后的通道》修改了以男性为视角的写法，如塞缪尔·塞尔文的小说就多以男性为视角。评论家经常把莉拉描述成一个令人恼火的被动角色，

---

① Louis James, "Review of *The Final Passage*", *Wasafiri*, 4, 1986, p.33.

而菲利普斯居然选择这么软弱的一个角色来填补加勒比移民小说长期没有女性的空缺，这不是自相矛盾吗？有些评论者或许会说，一个“坚强的女性”或许更合适一些。然而，菲利普斯的选择可能恰恰表明，他与女权运动之间存在着某种距离，或者他只是想在小说中再现现实生活中赋予许多女性的顺从角色，并将其嵌入传统文学中，无论是英国还是加勒比。①

选择女性（莉拉）作为小说的主角对加勒比传统与帝国历史记录意义重大，海伦·蒂芬（Helen Tiffin）认为这一策略可以瓦解“主人叙事”，在这里作者“采取了被西方唯物史观所排除或被边缘化的人——被压迫或被消灭的民族、妇女——的立场”②。这样，《最后的通道》对传统的社会体制提出质疑，既涉及大英帝国话语，也涉及了作者祖辈居住过的加勒比海，所以小说通过采用女性视角，瓦解了两种叙事——主人叙事和男人叙事。通过聚焦个体的移民经历，菲利普斯挑战了历史的整体性，表明历史实际上是由像莉拉一样的无数个体的经历组成的，所以她们的意义不应该被忽视。而莉拉的孤立与隔绝反映了像她一样的人们的生存状态，也预示了菲利普斯在随后小说中主要人物的处境，即“每个人都是他们内心深处思想的囚徒”。

说到女性开时代风气之先方面，就不能不提另一女性玛莎。她是《渡河》第二部分“西部”的主要人物，是小说开篇时非洲父亲卖掉的女儿，经过多次的转卖，最后由奴隶转变为美国西部的拓荒者。她的前半生充满了生离死别，后半段则是满怀期望的西部之旅，从她短暂的一生可以看出，奴隶制对她命运起了决定性作用。在文学作品中，奴隶叙述并不少见，但是在描述西部拓荒的先驱时，女性则并不多见，像菲利普斯借用女性黑奴来讲述西部之旅的作品更是很少见的。因此，玛莎作为黑人女拓荒者的形象有特别的意义。

---

① Bénédicte Ledent, *Caryl Phillips*, Manchester: Manchester University Press (Contemporary World Writers Series), 2002, p.31.

② Helen Tiffin, "Post-Colonialism, Post-Modernism and the Rehabilitation of Post-Colonial History", *Journal of Commonwealth Literature*, 23 (1), 1988, p.173.

二、犹太人大屠杀的见证者

除了黑奴，菲利普斯对犹太人及他们的历史也倾注了很多笔墨，其小说《血的本质》与《更高的地面》就塑造了犹太姑娘的形象。这两部小说都同时涉及黑人离散与犹太离散，如果说《更高的地面》是把两种经历并置在一起进行讲述，它们只是在内部有关联性，那么《血的本质》则把两种经历交织在了一起，通过小说的核心叙述者伊娃把众多的历史关联起来，如纳粹死亡集中营、巴勒斯坦复国、奥赛罗、埃塞俄比亚难民等。小说聚焦欧洲历史及欧洲的代表人物，目的是让读者从新的视角来看待同样的元素、同样的故事，这是对“变化着的相同”观念的另一种解释，并希望能对“血的本质”，也就是人的本性，产生一种真正的反思，这对菲利普斯来说是他进行文学创作的其中一个最根本的目的。[①]

《更高的地面》中波兰犹太姑娘伊琳娜在二战前为躲避犹太人大屠杀转移到了英国，她虽然躲过了纳粹的种族灭绝，但是却要日日承受种族歧视和殖民剥削。邻居对她进行语言上的攻击，“闭嘴，你这个波兰疯婊子”[②]；老板对她施行冷暴力，监视的目光可比刀剑；男人对她身体的占有堪比殖民征服，之后对她弃之如敝屣。菲利普斯似乎想借此传达的信息是：我们都被殖民过，但是我们也有可能会成为殖民者。饱受创伤的、处于幽闭状态的犹太姑娘形象让人很容易联想到被贩卖的黑奴、移民到英国等地的黑人或犹太人等。由于种族歧视和语言障碍，又加上缺乏应有的爱和支撑，犹太姑娘独自在那片异国的土地上求生是很艰难的，所以说，“我们的生活都是不同的，但又都是一样的”[③]。

伊琳娜的犹太身份有安妮·弗兰克（Anne Frank）的影子，这一形象也同样容易联想到《血的本质》中的伊娃。伊琳娜躲过了犹太集中

---

① Anita Desai，“The Other Voice：A Dialogue between Anita Desai，Caryl Phillips，and Zlan Stavans”，*Transition Issue*，64，1994，p.88.

② Caryl Phillips，*Higher Ground*，London：Viking，2006，p.218.

③ Anne Frank，*The Diary of Anne Frank*，London：Pan，1974，p.212.

营，伊娃则是犹太集中营的幸存者。同《最后的通道》借用女性的视角来讲述移民的历史一样，菲利普斯通过伊娃来讲述犹太集中营亲历者的经历，而这种大的历史事件大多是从男性的角度进行记录，所以女性叙述更凸显了犹太人大屠杀中那些“未被记住的”人们所遭受的双重伤害[①]，即女性除了同男性一样要遭受种族灭绝，还要遭受男性的性侵犯。《安妮日记》中安妮命丧集中营，而菲利普斯笔下的伊娃从集中营中幸存下来了，并且进入了尚不可知的未来。

通过这些女性形象的塑造，菲利普斯让读者更深刻地体会到了安妮故事背后隐藏着的人性的邪恶，就像辛西娅·奥齐克（Cynthia Ozick）所说的：“贝尔根-贝尔森[②]，无论受到多么神圣的激励，永远也不能发出光。”[③] 菲利普斯在重述犹太人大屠杀的历史时，并没有把伊娃刻画为无辜的女主人公，她的不完美使她更富有人情味，比如，她对于“肮脏的不文明的东方人”持有偏见，而且她还由于绝望而伪造了一封上面带着签名的求婚信。因此，跟《剑桥》中艾米莉·卡特赖特与剑桥的忏悔文本的真实性无法确定一样，伊娃的叙述也让读者对她所提供证词的可靠性产生疑问。对于欧洲人来说，犹太人大屠杀是他们的梦魇，每一次提及都会触动他们无尽的痛苦。但不管怎么样，菲利普斯塑造的女性幸存者，为惨无人道的犹太人大屠杀增添了一位见证者。

三、挑战父权的形象

除了遭受重重压迫的黑人和犹太人，菲利普斯对处于英国社会边缘的白人女性也给予了很多的关注，如《剑桥》中的白人小姐艾米莉·卡特赖特，《遥远的海岸》中的白人多萝西，《渡河》第四部分“英国

---

① Andrea Dworkin, “The Unremembered: Searching for Women at the Holocaust Memorial Museum”, *Ms.*, 11/12, 1994, pp.52-58.

② 贝尔根-贝尔森集中营（Bergen-Belsen），又称“贝尔森”。纳粹德国集中营，在距汉诺威州采勒（当时属普鲁士）西北16千米处的贝尔根和贝尔森两村附近。1943年7月建立，部分为战俘营，部分为犹太人转运营。安妮·弗兰克于1945年3月在贝尔根-贝尔森集中营内死于伤寒，她的战时日记后来轰动了全世界。

③ Cynthia Ozick, “Who Owns Anne Frank?”, *New Yorker*, 6 (10), 1997, p.79.

某地”的白人乔伊斯。

小说《剑桥》由五部分构成：主体分为三部分，再加上序幕和尾声。在这五部分中，艾米莉的叙述占有突出的位置，其中，序幕、第一部分和尾声部分均是从她的视角来讲述的。在主体的这三部分中，第一个也是最长的就是艾米莉的叙述，她的叙述中包含着无意识的反讽以及她对“黑暗的热带未知区域”的描述。菲利普斯选择艾米莉作为小说主要叙述者有着诸多的因素。他指出，在小说的构思阶段，首先出现的是女性的声音，他一直寻找一种描写约克郡妇女的方式。他读过《呼啸山庄》，作者艾米莉的名字一直在脑海中，但当时还只是对这个名字念念不忘。也许是由于在约克郡成长的经历，菲利普斯对《剑桥》中的艾米莉给予很大的同情，因为她处在英国社会的边缘，“我想，我之所以能够找到她，并且倾听她所说的话，其中一个原因是，我和她一样，在英国长大，感觉自己也很边缘化。她也去了加勒比，目的是保持身体和灵魂的结合，这也是我所做的一次旅行”①。

在英国这样的父权社会，妇女甚至包括白人小姐，都一样处于边缘地位。艾米莉·卡特赖特痛恨自己作为女性没有权力的地位，感觉到自己“成了对她的性别抱有偏见的牺牲品”②。她的父亲已把她许配给一位50岁的富有的鳏夫——托马斯·洛克伍德（Thomas Lockwood，这个名字显然是暗指艾米丽·勃朗特的《呼啸山庄》中的租客洛克伍德先生——笔者注），一旦艾米莉从西印度群岛返回后就要嫁给他。

在英国自己的家中，父亲的专横（对她的注视带着帝国主义的侵略性）让艾米莉变得沉默寡言，像非洲奴隶要遭受种植园主的专制管理一样，艾米莉同样忍受着父亲家长制的作风，因为她的父亲将妇女视为“长大了的孩子”③。

当到达西印度群岛后，她曾正面与庄园代理经理（父亲庄园的代

① Reneé Schatteman, ed., *Conversations with Caryl Phillips*, Jackson: University Press of Mississippi, 2009, p.14.

② Caryl Phillips, *Cambridge*, London: Bloomsbury, 1992, p.113.

③ Caryl Phillips, *Cambridge*, London: Bloomsbury, 1992, p.4.

理）据理力争，迫使他稍微收敛自己的怠慢，她也获得了有限的权力，但是随后发生的事情却一再地提醒她所处的从属地位。[①] 同样，剑桥也是殖民制度的牺牲品，他被迫与家人分离，并遭受了被贩运、出售、殴打和羞辱等一系列的厄运。妇女和黑人的状况经常被拿来做比较，这种类比之所以可行，主要是由于他们之间所谓的"自卑情结"具有相似性，正如西蒙·德·波伏娃说的那样："如今，他们都从一种相似的专制中解放出来，前主人希望'让他们留在他们原来的位置上'，也就是说，为他们选择的地方……"[②]

对于像艾米莉这样的白人女性来说，与一个带有三个孩子、收入有保障的鳏夫的包办婚姻就是一种奴役。基于这种认知，艾米莉急于挣脱父权制对她的约束。于是，对于父亲的委派，她选择"将计就计"，由此找到了解决这种困境的出路。对于父权的专制，她先是沉默应对，然后逃离掌控，并逐步向父亲的权威发起挑战：她改变着装风格，对父亲的代理人发起责难，树立女主人权威等。然而经历了一系列的变故后，她变得成熟起来，并清醒地意识到自己既不是单纯的英国人，也不是纯粹的西印度群岛人，而是处于一个"中间"的空间地带。这反映了在废除奴隶制前夕，英国的殖民地已不再是白人主子的天堂，各种势力在较量着，女性的处境依然是危机重重。

四、跨越种族疆界者

乔伊斯是《渡河》第四部分的叙述者，作者通过白人妇女乔伊斯讲述了前黑奴特拉维斯（Travis）的故事以及她自己的人生经历。作者的这种选择是凭着声音，"我试着为特拉维斯找一个声音……我在任何地方都找不到它，但我不准备发明一个声音。它只是不起作用，如果不起作用，我就不在乎平衡了。你通过你认为是通往真理的道路接近它。我知道的一件事是，乔伊斯对我用力地说话，因为乔伊斯说的正是约克

---

① Caryl Phillips, *Cambridge*, London: Bloomsbury, 1992, p.78.

② Simone De Beauvoir, "Woman and the Other", *Literature in the Modern World: Critical Essays and Documents*, ed. Dennis Walder, Oxford: Oxford University Press, 1990, p.310.

郡，这一点我是凭直觉弄明白的"[①]。

显然，白人女孩乔伊斯并不"属于"她所在的小村庄。由于与其他人不一样，她的不同对村民构成了威胁，没有偏见和友好的天性使她与其他人形成了鲜明的对比。她重视自己的差异，并且很高兴从一个黑人美国兵特拉维斯那里得知，她与其他人不同。乔伊斯也许是独一无二的，因为有些评论家认为她是"色盲"[②]，因为她并不是在开始时而是过了一段时间后才透露出特拉维斯是黑人。她是镇上新来的人，当她的前夫莱恩由于做黑市交易而被投进监狱时，乔伊斯决定不再和他有瓜葛。在她后来与特拉维斯确立了关系后，村里人对她变得疏远起来。

温迪·韦伯斯特（Wendy Webster）在《想象的家园：性别、"种族"和国家身份，1945～1964》一书中写道："'异族通婚'这个概念在20世纪50年代的种族话语中被大量使用。这一概念表明，种族不仅体现在不同的生物类别上，而且异族之间发生异性关系会有很多问题，同时也违反常规。"[③] 正如韦伯斯特所说，那些关于种族的著作抓住了他们所认为的混合种族关系的"不自然性"。在村民眼中，乔伊斯的越界行为违背了他们种族的纯洁性，同时她也受到了特拉维斯的上司军官的警告。莱恩也称她为"对同类的叛徒"，他的用语强调跨越种族界限不符合自然规律。"叛徒"一词也表明，这是一种基于黑白两极分化的警告。在弗朗茨·法农看来，"白人和黑人代表世界的两极，永远在斗争的两极，真正的善恶二元论的世界观"[④]。由于种族隔离法，乔伊斯无法和特拉维斯一起去美国生活，也由于他们的关系是一种由奴隶制建

---

① Maya Jaggi, "Crossing the River: Caryl Phillips Talks to Maya Jaggi", *Wasafiri*, 20, 1994, p.26.

② 关于"色盲"可参阅 Benedicte Ledent, "'Overlapping Territories, Intertwined Histories': Cross-Culturality in Caryl Phillips's *Crossing the River*", *Journal of Commonwealth Literature*, 30 (1), 1995, p.59; Gail Low, "'A Chorus of Common Memory': Slavery and Redemption in Caryl Phillips's *Cambridge* and *Crossing the River*", *Research into African Literatures*, 29 (4), 1998, p.138.

③ Wendy Webster, *Imagining Home: Gender, "Race" and National Identity, 1945-64*, London: UCL Press, 1998, p.48.

④ ［法］弗朗兹·法农：《黑皮肤，白面具》，万冰译，译林出版社2005年版，第31页。

立起来的联系，这也是不被认可的。

村民们对同族人乔伊斯并不信任，而对来自“外来者”的威胁，他们会做出敌意的反应，这一点在美国军人到来时得到了证实。伊诺克·鲍威尔（Enoch Powell）和玛格丽特·撒切尔（Margaret Thatcher）曾把战后的加勒比移民描述为“入侵”，在这里，作者用这种语言来描述来到英国的美国人，“我们正在遭受入侵，但不是德国佬，我们被血腥的美国佬入侵了”[①]。

村民们不仅对乔伊斯和美国军人心生怀疑并带有明显的敌意，连对疏散到村里的儿童也感到不满，“他们的确应该返回他们来的地方”。这一声明回应了 20 世纪后半叶英国对黑人男女所表达的情感，并暗示他们应该回到“他们来的地方”。乔伊斯这样描述道：“在我们面前站着十几个受惊吓的孩子，农民们看着那些健壮的小伙子，女孩们和瘦骨嶙峋的男孩们几乎要哭了。”这个场景也让人想起奴隶拍卖，孩子们排成队，脖子上挂着“身份证”。这样，菲利普斯又一次追溯了不同的人和不同的时间段之间的联系，这是循着剥削的这条线来追踪的。[②]

尽管乔伊斯已经越过种族障碍与特拉维斯结合了，但在特拉维斯死后，她无法反抗主宰他们儿子命运的对立势力。她无权独自抚养自己的混血儿子格里尔，只能眼睁睁地看着格里尔被“作为孤儿移交给郡议会照顾”[③]。乔伊斯只能屈从于外界的压力，回到了她白人朋友那边。当她儿子格里尔在成年后去看望她时，她对于儿子没有给她带来压力感到如释重负。无论如何，《渡河》的结尾意味着格里尔对未来仍充满了希望。因此，笔者并不认同斯梅瑟斯特的看法，他认为：“在菲利普斯的小说中，两种文化之间的接触从未预示着同化与和解。两种文化交汇，但是在汇合之下，分界线却泾渭分明。未来被缩减，历史要么被打破，要么自我循环，重复着文化差异化造成的偏见和迫害。”[④] 斯梅

---

① Caryl Phillips, *Crossing the River*, London: Bloomsbury, 2006, p.134.

② Caryl Phillips, *Crossing the River*, London: Bloomsbury, 2006, p.144.

③ Caryl Phillips, *Crossing the River*, London: Bloomsbury, 2006, p.230.

④ Paul Smethurst, "Postmodern Blackness and Unbelonging in the Works of Caryl Phillips", *Journal of Commonwealth Literature*, 37 (2), 2002, p.12.

瑟斯特似乎暗示了黑、白人种之间的接触是毫无希望的，是徒劳的。然而，作为乔伊斯和特拉维斯的孩子，格里尔是他们爱情的结晶，他也许算得上是这场黑、白种族文化交会所产生的积极成果。

当然，格里尔来到乔伊斯家则预示着未来仍有希望，但这并不意味着家庭关系的恢复，也不意味着格里尔已经回到了“家”。格里尔的到来并没有使家庭关系得到愉快的恢复（“没有归期”，正如非洲父亲在小说开头和结尾所说的那样），却预示着一种新型的关系，代表着对无法改变过去的接受。至于这对分开的母子，菲利普斯并没有提供一个乌托邦式的会面时刻，而是在一个尴尬而艰难的时刻，“我知道他永远不会叫我母亲”，这是小说中的一次关键会面，隐含着一种未来和解和被理解的希望。乔伊斯无法放下孩子被人领养的罪恶感，格里尔也没有因为她的行为而责备她，“沉默变得更加尴尬，但至少他们没有受到指责”。联系到前面提到过爱德华对纳什的愧疚，在所有这些“沉默”中，可能隐含着一种历史的愧疚，这种愧疚可以追溯到早期白人对黑人后代的否认。具体来说，种植园监督人或所有者拒绝承认孩子是他们与黑奴结合的产物。然而，对于乔伊斯来说，这一点得到了承认，“我的上帝，我想拥抱他。我想让他知道我对他有感情。从那时到现在，他是我儿子，我们的儿子”。[①] 与爱德华和纳什、玛莎和伊丽莎·梅、汉密尔顿和他的父亲不同，乔伊斯和格里尔重聚了，尽管他们无法恢复过去，或是成为母子。乔伊斯穿过种族边界与黑人特拉维斯结合在一起，但最后迫于自己种族的压力，她退缩到“河”的另一边。改变已经发生的事情是不可能的，但菲利普斯似乎建议，有可能在诚实和理解的基础上建立新的关系。

与此相似，《遥远的海岸》关注着人物之间奇怪的“没有关系的关系”，两个流离失所的人物之间的偶然相遇，黑人与白人之间暂时的友谊。《遥远的海岸》讨论英国对难民和移民的反应，讲述了一位英国妇女在新的住房开发区中的奇怪举动，也记述了一位来自非洲国家，为躲避种族灭绝的难民的怪异行为。因此，小说的第一行中写道：“英格兰

---

① Caryl Phillips, *Crossing the River*, London: Bloomsbury, 2006, pp.223-224.

已经改变了。"[1] 这不是指非洲移民的到来，而是指中产阶级化的到来，像从镇上来的女人一样的人的到来，他们在传统的小村庄外购买新的平房。因此，《遥远的海岸》通过在地区和国际领域探究国家暴力史，来反驳对英国本国人和非英国陌生人的刻板印象。在某种程度上，菲利普斯比较了人类的孤独和被排斥的经历。他认为镇上排斥陌生人的动机是由于本土主义价值观的泛滥，这种价值观与攻击来自其他国家和文化的陌生人的价值观相似，都倾向于攻击性，这是令人不安的。

英国女人多萝西喜欢把她居住的世界看作是一场戏。她虚构的世界是一个舞台，每个人都扮演一个角色，除了她自己、斯通利的居民和所罗门之外，因为这些人都是这个村庄的新人。她是一个"多余的女士"，仅仅是一个女配角。小说开头的句子即表明了主旨，"英格兰已经改变了。现在很难分辨谁是这里的人谁不是，谁属于这里谁是陌生人。这很烦人。感觉不对劲"[2]。因此，在自我和他人、内部人和外部人、属于和不属于之间无法建立明确的界限，这是很令人不安的。

多萝西待在了人们没有料到她会出现的地方，她不断地将自己转化为一个没有归属的无根的陌生人。此外，被多萝西看作是隐居地的斯通利，与所罗门当作避难地的斯通利诡异地重叠了。换言之，多萝西从韦斯顿村到伯明翰再到斯通利的移动（即多萝西的小规模行动范围）与所罗门从非洲通过法国到英国的迁移（即所罗门的大规模活动轨迹）在位移方面具有不可思议的相似之处。多萝西和所罗门都在寻求国家的庇护，但是他们却都不能把英国称为自己的国家，因为他们都是流亡者。正如菲利普斯在一次访谈中所说，多萝西"与自己的国家分离，但同时她就像生活在这个国家的人们一样，对这个国家感到困惑"，因为她也同样"陷入孤立状态"。[3]

多萝西的自我流放有三个因素：婚姻破裂、早退休和妹妹去世。

① Caryl Phillips, *A Distant Shore*, London: Secker and Warburg, 2004, p.3.

② Caryl Phillips, *A Distant Shore*, London: Secker and Warburg, 2004, p.3.

③ Jonathan Heawood, "Distance Learning", *The Observer Review*, 23 (3), 2003, p.17.

其中，婚姻破裂直接导致她的早退休。对于失败的婚姻，多萝西总结成一个词："遗弃。"她认为她堕落的罪魁祸首应该是她的丈夫布赖恩，因为她"多年来默默忍受着他以独白的形式与她进行谈话"。虽然结婚已有30年，但是布赖恩只是把她当作一个倾听者，因为"布赖恩对她的意见完全不感兴趣，但她不回嘴，让他看透她，超越她，直到他最终说服自己她不存在"。[①] 菲利普斯在一次采访中表示了他的同情："可以肯定的是，多萝西的困境在某些方面比所罗门的更令人心碎。"[②]

因此，50岁的多萝西决定回到家乡"重新开始"，"在自己的家乡找到一个职位"。在这种情况下，她搬到了斯通利，一个新开发的小区，并希望"这是一个新的开始，在一个没有人认识她的地方"。奇怪的是，她的遭遇和她的新希望几乎与黑人所罗门的一致。不同的是，所罗门最后死了，多萝西幸存了下来，被关进了精神病院。当她从学生卡拉那里得知所罗门去世的真相时，多萝西觉得她不能再和那些心胸狭窄的人生活在一起了。多萝西以为她能在一个小村庄里找到宁静，"一个静修之所。你可以在某个地方舔你的伤口，获得一些力量，然后再回到这个世界"。然而，经过如此多的变化，"我的心仍然是一片沙漠"。多萝西在她的家乡找不到家，因为"这不是我的家"。[③] 外来人或他者都渴望在大都会定居下来，同时一些边缘白人也在他们的家乡寻找隐居之地。因此，菲利普斯将无根性视为后现代人的象征。"当环顾四周时，我看到许多人把两个地方联系在一起。两个都不是家，但都成了家。"[④] 结婚后，多萝西从一个地方搬到另一个地方；离婚后，特别是退休后，她离开了家乡。这意味着她永远不会停止在自己的国家寻找她的归属

① Caryl Phillips, *A Distant Shore*, London: Secker and Warburg, 2004, p.199.

② Alfred A. Knopf, "Author Q & A: A Conversation with Caryl Phillips", *Borzoi Reader*, 2005, p.2.

③ Caryl Phillips, *A Distant Shore*, London: Secker and Warburg, 2004, p.208, p.268, p.312.

④ Alfred A. Knopf, "A Conversation with Caryl Phillips, Author of the Novel *A Distant Shore*", *Chicken Bones: A Journal for Literary & Artistic African-American Themes*, 11, 2003, New York: Alfred A. Knopf, p.18.

和家。

菲利普斯的作品中有一个显著的特点，即菲利普斯似乎对黑人或白人女性角色表现出极大的关注或同情。事实上，在菲利普斯的小说中，有多部是以女性为叙述者或其中一个叙述者的。当有人提到菲利普斯在作品中对性别的兴趣时，菲利普斯总是给出肯定的回答，并将其与他的成长背景联系起来，“这可能和我是由母亲抚养长大的事实一样简单。这可能是因为我对那些听不见的声音感兴趣，而且从历史上看，女性的声音是听不见的”①。同时，他强调性别与种族的关系，“把阶级问题和性别问题与整个种族问题联系起来对我来说一直都很重要”②。菲利普斯还比较了英国和加勒比的区别，加勒比是一个“母系社会”，而英国是一个“父系社会”，这可能导致英国的性别权力转移和潜在的婚姻破裂。③

在这样一个可怕的父权社会中，妇女不可避免地处于受支配地位，非白人妇女一直遭受各种各样的迫害。在奴隶制时期，非白人妇女往往成为性剥削的对象。《逆写帝国：后殖民文学的理论与实践》一书的作者提出：“许多社会中的女性都被贬为‘他者’，被边缘化，在隐喻意义上，指的是‘被殖民化’。”④ 对于非白人妇女来说，她们的处境或许可以称为被“双重殖民化”。例如，在《更高的地面》的第一部分，匿名女孩遭受野蛮的性虐待，然后遭白人奴隶贩子普莱斯抛弃；《剑桥》中会奥比巫术的奴隶克里斯蒂娜遭到种植园经理布朗先生的霸占，布朗先生对她后来的怪异行为负有部分责任。在《更高的地面》中，艾琳娜首先是遭到了同事的性剥削，然后又因为她弄出的噪音被隔壁邻居口头虐待，而且她还必须忍受男上司的视觉暴力。

---

① Maya Jaggi, “Caryl Phillips with Maya Jaggi”, *Writing Across Worlds: Contemporary Writers Talk*, ed. Susheila Nasta, London and New York: Routledge, 2004, p.119.

② Jenny Sharpe, “Of This Time, of That Place: A Conversation with Caryl Phillips”, *Transition*, 68 (5), 1995, p.159.

③ Jacqueline Bishop and Dolace McLean, “(Re) Rooted: An Interview with Caryl Phillips”, *Calabash: A Journal of Caribbean Arts and Letters*, 4 (2), 2007, p.8.

④ Bill Ashcroft, Gareth Griffiths and Helen Tiffin, *The Empire Writes Back: Theory and Practice in Post-Colonial Literatures*, London and New York: Routledge, 2002, p.206.

当读者问菲利普斯为什么选择一个英国女人作为《遥远的海岸》的主要声音时，他回答说："她需要引起注意。她生活的复杂性和她所遭受的伤害吸引了我。一种看似安静的、几乎是隐姓埋名的生活，却充满了戏剧性和内心的痛苦，就像外面那么多人一样。"[①] 而在等级制度森严的英国，女性与被殖民种族在遭受政治压迫方面有着相似的经历。菲利普斯就是在这样一个社会中长大，他感到"完全被边缘化了"。正如西蒙·德·波伏娃指出的那样，这种类比的有效性主要取决于用来证明他们所谓的"自卑方法"之间的相似性，"如今，他们都从一种相似的专制中解放出来，而前主人希望'让他们留在原来的位置上'，也就是说，为他们选择的地方……"[②] 因此，菲利普斯评论道："在某种程度上，多萝西的困境比所罗门的更令人心碎。"[③]

在这种情况下，《剑桥》中处于边缘的白人女性，即艾米莉·卡特赖特小姐感到她成了"轻视（她）性别的偏见的牺牲品"。她完全是她父亲按照理想女性的刻板印象塑造出来的，这些标准恰好反映了家长制的权力。这既指家庭，也指社会。在这种父权主义的思想下，艾米莉不得不把自己奉献给陌生人。这首先指的是她与一个富有的老鳏夫的包办婚姻，然后是她被迫到未知的西印度群岛做巡视员。即使是在种植园里，她受白人提供的错误消息的误导，甚至帝国主义的专横目光使她变得沉默不言，所有这些都最终促成了她的夹缝身份和无归属感。同样，多萝西也是父权和夫权制的受害者。她经常受到父亲关于种族优越性教诲的影响，这种教诲滋养了种族主义青年，而他们就是寻求庇护者所罗门的直接杀手。多萝西人生失败的主要原因与男人有着密切的关系，丈夫在婚姻中的背叛直接导致了她后来与其他男人发生风流韵事，所以当与其他男人在一起时，多萝西无法逃脱被遗弃的命运。一连串的打击导

① Alfred A. Knopf, "A Conversation with Caryl Phillips, Author of the Novel *A Distant Shore*", *ChickenBones: A Journal for Literary & Artistic African-American Themes*, New York: Alfred A. Knopf, 2003, p.18.

② Simone De Beauvoir, "Woman and the Other", *Literature in the Modern World: Critical Essays and Documents*, ed. Dennis Walder, Oxford: Oxford University Press, 1990, p.310.

③ Alfred A. Knopf, "Author of A: A Conversation with Caryl Phillips", Borzoi Reader, 2005, p.2.

致了她的精神疾病，让她成了一个边缘人物，这使她意识到：在她自己的家乡没有一个地方可以称为“家”。

第四节　菲利普斯作品的家园主题

“家”是文学中永恒的主题之一，菲利普斯的作品也不例外。在菲利普斯关注的众多问题中，家园及无家可归是一个不想言说，却总是不得不说的话题。尽管菲利普斯把“家”称为令人烦恼的问题，但他还是在小说和非小说中试图探索“家”的问题。家、身份、归属，这三者相互交织、密不可分。菲利普斯作品中的人物与他本人一样，从一个地方穿梭到另一个地方，身体力行地诠释着这三者的含义。对于许多人来说，也许很难永远固定在某个地方，这也是当今世界人们的共同困境。作者融合自身的经历，塑造了“渡河人”离家、寻家、建家、归家到无家的困境，这同样是一个无法得到圆满解决的难题。

一、“家园”问题

字典里给出“家”的定义：既是“一个人居住的地方”，又是“一个人或一个人祖先的故乡”，这两层含义并没有包括途中人的流动性。其实，“家”有着丰富的内涵，除了传统的认知，还意味着宗法等级制度、性别自我认同、庇护、舒适、养育和保护的私人领域。因此，“家”作为一个意蕴丰富的术语，正如文学作品中描述的：“‘家’是一种愿望，它让在叙述中构建起来的主体（包括小说人物和读者）得到不同程度的满足或否认。因此，‘家’沿着几条轴线移动，但它通常表示为固定的、根深蒂固的、稳定的，与旅行完全相反的。”[①]

通过以上的定义可以看出，“家”的主要内涵是其固定性，是温暖舒适的安全港湾，与身份、地位等息息相关。而对于处于流动中的人来说，哪怕是想象一下家园，那隐在身后的静止的家园就被赋予了另外的

---

① Rosemary Marangoly George, *The Politics of Home: Postcolonial Relocations and Twentieth-Century Fiction*, Cambridge and New York: Cambridge University Press, 1996, pp.1-2.

含义，“家不是中立的地方。想象一个家就像想象一个国家一样，是一种政治行为”[1]。拥有了家，就等同于拥有了与此相关的身份，而这对于外来人来说，是相当困难的。因为欧洲人确立身份是以排除为前提的，比如英国在二战后通过专门排除非白人的立法来实现身份认同。菲利普斯也曾说过：“几个世纪以来，英国身份主要是一个由种族构成的概念……种族和民族是砖块和灰泥，英国人用来在岛国周围筑起一道围墙，并创造出固定性。”[2]

在种族和民族基础上形成的身份，经过精挑细选，由此形成的家族必定会倾向于严格的自我保护。罗斯玛丽·马兰戈里·乔治认为：“被称为‘家’的地方有一个显著特征，那就是里面包含的东西是经过精心选择的。这些包含物是建立在一种通过学习（或教导）形成的血缘关系意识的基础上的，这种血缘关系能够延伸到那些拥有同一血统、同一种族、同一阶级、同一性别或同一宗教的人身上。会员资格是由爱、恐惧、权力、欲望和控制的纽带维持的。”[3]

作为一个非白种人，菲利普斯无论身在何处，都必须面对一个问题：家。他不止一次地将其称为一个“有问题的问题”。在《大西洋之声》中，一个加纳人问他：“你从哪里来?”他的反应非常强烈：

> 这个问题。对于我们这些成长在通过排除其他人来定义自己的社会中的人来说，这是个有问题的问题。排除的通常是我们。加了密码的问题。你是我们中的一员吗？你是我们的人吗？你来自哪里？你到底是哪里人？……同样笨拙的问题。他是说，我是谁？他是说，我属于这里吗？[4]

对于移居的国家，菲利普斯没有归属感，因为英国人通过排除其他

---

① Rosemary Marangoly George, *The Politics of Home: Postcolonial Relocations and Twentieth-Century Fiction*, Cambridge and New York: Cambridge University Press, 1996, p.6.

② Caryl Phillips, "A Dream Deferred: Fifty Years of Caribbean Migration to Britain", *Kunapipi*, 21 (2), 1999, p.112.

③ Rosemary Marangoly George, *The Politics of Home: Postcolonial Relocations and Twentieth-Century Fiction*, Cambridge and New York: Cambridge University Press, 1996, p.9.

④ Caryl Phillips, *The Atlantic Sound*, London: Faber and Faber, 2000, p.98.

人来确立自己的身份。与此同时，对于加纳兄弟偶然提到的“回到非洲的家”，菲利普斯一再否认：“不，我不回家。”菲利普斯进一步比较了他们之间的相似性和差异，“像我一样，他在某种程度上是大英帝国冒险的产物。他不像我，他是个非洲人，加纳人，一个完整的人，某个地方的人，一个对‘你从哪里来的?’这个问题从不退缩的人，一个回家的男人……我羡慕他有深厚的‘根基’”。[①] 在菲利普斯看来，他们都是帝国冒险的产物，但同时他也羡慕自己的加纳兄弟有固定的根基。因此，菲利普斯将无根性视为后现代人的象征。“当我环顾四周时，我看到许多人在他们心目中把两个地方联系在一起。那两个地方都不是家，然而又都变成了家。”[②]

菲利普斯曾经说过:“我不太相信能够宣称拥有一个根基的重要性——一个你随身携带的景观或地理。”人们无法终其一生都待在一地，执着于“根”似乎并不现实。菲利普斯喜欢流动性，喜欢关联，所以与到达和归属相比，他更喜欢在途中，“我宁愿走在路上，也不愿在旅程的开始或结束时待在‘家’里”[③]。“人在旅途”也越来越成为人类生活的真实写照。

二、“渡河人”的家园困境

菲利普斯的家园主题不是一成不变的，而是在发展变化的。在菲利普斯的小说中，渡河人一开始是决定回家的。例如，在他的第一部小说《最后的通道》中，莉拉在宗主国感到沮丧，所以她想回家，因为她在家乡可以找到安全和友谊。在第二部小说《独立国家》中，受过西方教育的西印度群岛移民伯特伦·弗朗西斯（Bertram Francis）返回了故乡，并打算建立企业以摆脱对帝国的依赖。同样，《更高的地面》中的

---

① Caryl Phillips, *The Atlantic Sound*, London: Faber and Faber, 2000, p.98, p.100.

② Alfred A. Knopf, “A Conversation with Caryl Phillips, Author of the Novel *A Distant Shore*”, *Chicken Bones: A Journal for Literary & Artistic African-American Themes*, New York: Alfred A. Knopf, 2003, p.18.

③ Reneé Schatteman, ed., *Conversations with Caryl Phillips*, Jackson: University Press of Mississippi, 2009, p.98.

西印度群岛移民也希望能回家。然而，到《渡河》问世时，“渡河人”对于“家园”的观念开始有了一些变化。非洲父亲一方面后悔自己把三个孩子卖掉的愚蠢行为，另一方面又强调“没有回程”。三个孩子就像树上被折断的树枝一样，很难在外来的土壤中生长——“把希望之根埋进困难的土壤里”。值得注意的是，作为三个被卖掉的孩子之一，纳什在后来确实回到了非洲。然而，他首先是一个基督教化了的传教士，目的是让非洲“异教徒”接受基督教育，并使他们成为基督徒。虽然他发现利比里亚是“我们种族的家园”，“真正的我们唯一的家园”，但他被“连根拔起”并移居到了国外（即美国）。因此，当他返回时，他的祖先的土地已经不再适合他生长了。[①] 在《血的本质》中，史蒂芬为了理想的“应许之地”而抛弃了妻子和儿子，于是他与其他人一起在异国巴勒斯坦进行斗争。而《遥远的海岸》中的移民决定在宗主国“创造新生活”，所罗门对他位于英国斯通利的新家几乎是喜出望外。在《异乡客：三个英国人的生活》的“北方的灯光”的部分中，移民们为生存而奋斗，但他们“大多数人不想再回到非洲”[②]。尽管这部作品的最后有一个悲惨的结局，例如，奥卢瓦尔死后被埋在利兹，具有讽刺意味的是，他们以这种方式留在了英国。

同样的情况也适用于菲利普斯的戏剧作品。在《奇异的果实》中，第二代移民阿尔文有一个强烈的愿望，就是要回到加勒比的家里。但当他真的回去的时候，他所看到和经历的与他理想中的完全不同，并且在某种程度上，他的回国破坏了他对祖国的梦想。《黑暗之处》描绘了一位西印度群岛人返回加勒比前夕的困境，事实上，他的返乡计划在途中搁浅了。“渡河人”的返乡之旅都发生过一些不愉快的事情。《乱世交汇：英国、奴隶与美国革命》追述了一群黑人试图在西非定居的艰难旅程。菲利普斯通过他的小说和戏剧，探讨了“家”对“渡河者”的意义，他的“家园”概念在逐渐发生变化：从最初的返乡到最后试图停留，这有字面上的意思，也有比喻意义。此外，《大西洋之声》通过

① Caryl Phillips, *Crossing the River*, London: Bloomsbury, 2006, p.1, p.8, p.18.

② Caryl Phillips, *Foreigners: Three English lives*, London: Harvill Secker, 2007, p.192.

揭露一些非洲裔美国人“回到非洲”的怪癖，菲利普斯暗示了返回祖国是不切实际的。

菲利普斯塑造的人物在英国或美国都遭受过侮辱。然而，他并不主张大规模地回到家乡，相反地，他认为，把“家”想象成一个固定的地理位置是有问题的。因此，正如菲利普斯反复指出的那样，迁移和重新安置所带来的困难也许只能通过这样一种领悟才能得到缓解，即领悟到无论身处何方，我们只能把自己的“家”放到自己的心里随身携带。

三、大西洋之家

每个人都有对家园的“浪漫的渴望”，对于漂泊在外的游子来说，更是如此。阿凡达·布拉赫（Avtar Brah）认为，对于离散者来说，“家”永远是一个想象的地方，而不是一个真实的实体。“一方面，‘家’在离散者的想象中是一个神话般的存在。从这个意义上讲，它是一个没有归程的地方，即便有可能亲临被视为‘起源地’的地理区域。”[①] 所以，布拉赫认为，家园可能只是向往的、作为一个想象的地方，是永远无法接近的。

菲利普斯不断探索“家”的概念和地理位置，这不仅体现在他的小说和戏剧中，而且出现在他的非小说中。在《大西洋之声》中，他通过重新追寻奴隶贸易之路阐述了“家”的含义。这本书里使用的副标题，如“离家”“驶向家乡”“家”等，更突出地表现了“家”的主题。除了在作品中关注“家”的主题外，菲利普斯本人也在寻找问题的答案。菲利普斯拥有的多重身份展示了他与三角地带的依附关系，即“他的祖先在非洲，他出生在加勒比，他成长在英国及他现在居住的美国”。在《新世界秩序》的序言中，菲利普斯提到他分别访问了非洲、新世界（美国）、圣基茨（加勒比）和利兹（英国），他访问每一个地方的结论都是一样的，“我认识这个地方，我在这里感觉很自在，但我不属于这里。我是这个地方的，又不是这个地方的”[②]。虽然他曾在不

---

① Avtar Brah, *Cartographies of Diaspora: Contesting Identities*, London and New York: Routledge, 1996, p.192.

② Caryl Phillips, *A New World Order*, New York: Secker and Warburg, 2001, p.6, p.4.

同的地方教书和定居，但他仍然认为他既属于又不属于所有这些地方。菲利普斯将“起锚”的情况归因于历史。正是由于“历史给了四张牌”，所以他身份变得不明确。正是由于人类不断地运动，所以说“我们的身份是流动的，归属是一种有争议的状态”。当他的律师问他将来如何处理自己的遗体时，他毫不犹豫地回答：“我希望我的骨灰抛洒在大西洋中部，在距离英国、非洲和北美相等的地方。”大西洋是非洲黑人从自由人变成奴隶的必经之路。因此，从“根茎”到“路径”，这个大西洋的交叉口，或中间航道，流淌着黑奴们无法言说的血泪之苦。基于这段苦难史，作者对家园作了如下的阐述：“这条水上十字路口位于某个地方的中心，这个地方已经成为我的另一个‘家’；多年来，我一直把它称为我的大西洋之家。”①

穿越大西洋，也就切断了移民与自己家园和祖国的联系。一方面，因为抛弃了自己的家园，所以他们对自己的祖国没有归属感；另一方面，移入国不能容忍他们，所以很难接受他们。这些从菲利普斯的很多作品中可以找到佐证，比如《最后的通道》中对有色人种的种族歧视告示，《更高的地面》和《血的本质》中描述的冷漠和仇恨。同族之间缺乏亲情，因此流落在外的人们难以从同族那里找到归属感。对于那些移居他乡的人来说，要想在异国的土地上扎根更加困难。即使是取得了成功的黑人，也无法在白人社会中获得认可。在《异乡客：三个英国人的生活》中，黑人拳击手伦道夫·图平（Randolph Turpin）赢得了世界冠军，得到了社会的认可，可惜好景不长，最后，他们发现自己终究是“外国人”，不管他们成功与否。“异乡客”既是小说的标题，也是主题，作者似乎借此来暗示黑人移民的处境，这种情况可借用杜波依斯的“双重意识”概念②，当然含义有所不同。在菲利普斯的作品中，这

---

① Caryl Phillips, *A New World Order*, New York: Secker and Warburg, 2001, p.6, p.304.

② 保罗·吉尔罗伊在《黑色大西洋：现代性与双重意识》一书中分析杜波依斯的“双重意识”：“一个人总是感觉到自己的存在是双重的——是一个美国人，又是一个黑人；两个灵魂，两种思想，两种彼此不能调和的斗争；两种并存于一个黑色躯体内的敌对意识，这个躯体只是靠了它的百折不挠的毅力，才没有分裂。”（Paul Gilroy, *The Black Atlantic*, p.126）

种“双重意识”实际上指的是介于两者之间的中间地带，或者不属于任何一方。

在全球化进程不断加快的时代，国与国之间的迁移更加明显，其方向主要是从前殖民地向国际大都市转移，而多样化的地理分布为各种移民创造了更加真实的全球化基础。因此，对不同类型的“渡河”进行分类，也就是对本书所指的迁移进行分析，为人们进行思考提供了空间。这些动荡不安的移动让我们重新思考民族和民族主义的含义，同时也重新审视公民和民族国家的关系。移入和移出是流动的，迁移的人们正在路上，他们“受某个民族国家的羁绊，但是又明确地反对某个民族国家”[①]。迁移，指的是跨越了地理、文化和精神边界，同时涉及多个地点。伴随着迁移而来的身份认同则强调，身份始终是多元的，一直处于变化发展的过程中，这样就挑战了英国秉持的一直不变的、同质的、稳定的身份观念。值得注意的是，由于经济和政治上的压迫、饥荒、对教育的渴望以及迫切期待加入他们的海外同胞的愿望，非洲和西印度群岛以及其他地方的人们仍在继续向世界各地迁移，而且目前的移民态势依然是活跃的。斯图亚特·霍尔（Stuart Hall）强调身份的流动性，在他看来，“身份是一种从未完成，始终在进行中，始终在代表内部而非外部构成的‘生产’”[②]。迁徙引起的错位和流离失所问题，迫使“渡河人”探索家庭、身份和归属的真实含义，而连根拔起和切断联系或许意味着人类普遍的生存境况，移民的队伍中也不乏白人的身影，他们也在寻找家园。

第五节　菲利普斯作品的种族主题

由于种种原因，越来越多的人踏出了国门，离开了或苦难或舒适的家园，进入想象中的理想国度。然而，移民的存在破坏了移入国宣扬的

---

① James Clifford, “Diaspora”, *Cultural Anthropology*, 9 (3), 1994, p.302.

② Stuart Hall, “Cultural Identity and Diaspora”, *Colonial Discourse and Post-Colonial Theory: A Reader*, eds. Patrick Williams and Laura Chrisman, Harlow: Person Education, 1994, p.392.

所谓的“同质化”，对于移入国构成了潜在的威胁，也为种族冲突埋下了隐患。

在菲利普斯的作品中，种族是一个无法绕过的沉重话题。从第一部作品开始，黑白始终是其不变的主色调，并且作品中的人物常常会出现黑人男子和白人女子，他们之间的交集则构成作品的基本内容。黑、白之间的对立由来已久，如何协调这二者关系是一个世界性难题。

一、黑白的正面冲突

菲利普斯作为加勒比裔移民到了英国，在英国白人工人阶级社区的成长经历让他对英国的种族歧视有切身的体会。他把他的成长经历描述为困难重重，因为他拥有“两种交流方式，两种生活方式”，也就是说，“既是黑人又是英国人所引起的文化混乱”。在他年轻的时候，菲利普斯总是为这种两难境地所困扰，即“感觉上是英国人，同时别人又不断地以或含蓄或露骨的方式告知（他）不属于这里”。[①] 在这里，种族无疑是造成这一切的重要因素，也是使他的非英国背景甚至他的社会阶层遭受疏离和不安全的因素。“像英国所有的非白人儿童一样，在这段时间里，我小心翼翼地从生活中充分了解到，英国对我和我父母这一代人的矛盾心理可能会导致陌生人、朋友，甚至是老师在我最意想不到的时候攻击我。”[②]

在这种情况下，菲利普斯认为，如果非白人想要生存下去，他们应该尽快学会两件事，即“如何奔跑和如何战斗”。不论是黑人还是其他种族的移民，在踏上宗主国之路时，他们将要面临种种的困难，然而出乎他们意料的是，迎接他们的首先是监狱。这在菲利普斯的一些作品中可以找到例子。有些移民在下船后不久便被冠以“偷渡”的名义关进了监狱。例如，在《异乡客：三个英国人的生活》中，“约鲁巴男孩在英国，一辈子都在他面前的，首先是监狱”。还有一些外来人被投进监狱是因为被控犯了某些罪行，例如强奸。在《遥远的海

---

① Caryl Phillips, *The European Tribe*, London: Faber and Faber, 2000, p.2, p.9.

② Caryl Phillips, “A Dream Deferred: Fifty Years of Caribbean Migration to Britain”, *Kunapipi*, 21 (2), 1999, p.114.

岸》中，黑人所罗门因与一个英国女孩有亲密关系而被捕，通过所罗门，许多被关在监狱里的人的凄惨遭遇被揭示出来。比如，所罗门的牢友赛义德，因为被指控偷窃而入狱，最终死在那里，留下了他未曾实现的“英国梦”。在《更高的地面》中，黑人鲁迪被频繁地调换牢房，不断地在一个大型的公共监狱和单间牢房之间来回切换，裁定的依据就是看他的日常表现，然后监狱警察就借此以各种方式惩罚鲁迪。与监狱有关的是警察——这是权威的象征，在《异乡客：三个英国人的生活》中，黑人奥卢瓦勒遭到警察的全城搜捕，最后被殴打致死，然而他没有做错任何事，只是因为“他什么都没做，他只是像往常一样站在墙边”。[①]

除监狱外，种族歧视是所有移民不可避免的一道关卡。在宗主国，一个人的肤色是最容易引起关注的，因此种族主义者采用不同的方式来表达他们赤裸裸的歧视。首先，侮辱性的标语随处可见。比如，《最后的通道》中莉拉在找出租房屋时，满目所及的是“有色人种没有空房”“不要黑人”“不要有色人种”[②] 等字句。除了在房屋出租上存在着种族歧视，黑人在其他领域也遭到拒绝，例如，一些酒吧采取了明显的种族歧视措施，要么“在窗户上放个大招牌，上面写着：‘不要有色人种，不要狗，不要吉普赛人。’……要么他们实行限额制度，这意味着他们只会让一定数量的黑人进来，这样就不会‘糟蹋’英国的气氛”[③]。在《遥远的海岸》中，种族歧视达到了高潮。对于根深蒂固的种族极端分子来说，黑人的存在被视为一种挑战，一种对他们所谓的同种民族身份的威胁。这种言论一直存在，而且父母会传给他们的下一代，比如多萝西曾说：“爸爸告诉我，他把有色人种视为对我们英国身份的一种挑战。”甚至英格兰和不列颠之间的差异也与黑人有关，例如“成为英格兰人比

---

① Caryl Phillips, *Foreigners: Three English Lives*, London: Harvill Secker, 2007, p.174, p.168.

② Caryl Phillips, *The Final Passage*, London: Faber and Faber, 1985, p.156.

③ Caryl Phillips, *Foreigners: Three English Lives*, London: Harvill Secker, 2007, p.184.

成为不列颠人更重要，成为英格兰人意味着没有有色人种”[①]。即使有一些善良的英格兰人没有种族偏见，他们也会担心涌入大量的黑人，“你们人数真多，体制已经濒临崩溃了……只是这不是一个很大的岛屿，我们没有那么多的空间。人们认为其他国家应该优先考虑你们，因为我们已经尽到了我们的责任”[②]。

更糟糕的是，几个年轻人先是给所罗门写恐吓信，然后把他骗出来，用石头打死了他，最后把他的尸体扔到河里，造成了他自杀的假象。弗兰兹·法农在《黑皮肤，白面具》中分析了黑、白关系，他认为这种对立是有历史原因的，“欧洲文明及其最有地位的代表们对殖民地的种族主义负有责任”，并进一步提出“欧洲有个种族主义结构”。在欧洲的意识形态中，黑人等同于劣等和邪恶，因此，“白人和黑人代表一个世界的两极，永远在斗争的两极，真正的善恶二元论的世界观”。为了可能的解决办法，他表示希望“说服我的兄弟，不管是黑人还是白人，用他所有的力量，撕掉几个世纪的不理解所编织的可耻的号衣”[③]。

二、改善黑白关系的尝试

除去了占统治地位的白人外，有些白人并没有那么深的种族偏见，他们试图越过种族之河，尝试着伸出他们的手表示友好，然而，这种抽象的行为并没有给黑人提供实质性的帮助。例如，在《最后的通道》中，莉拉受到了两位白人妇女的关注，一位是善良的邻居，另一位是社会工作者。因为莉拉怀疑她的丈夫可能是因为勾搭上了白人妇女而抛弃了她，所以她不再与隔壁的白人老太太进行交流。而那位社会工作者仅仅去拜访了莉拉，但从未提供过真正的实质性的帮助。在《更高的地面》中，生病的白人主管试图帮助那位充当翻译的黑人中间人，但他甚至没有问那位中间人的名字。所以，他的体贴和关爱是抽象的，特别

---

① Caryl Phillips, *A Distant Shore*, London: Secker and Warburg, 2004, p.42.

② Caryl Phillips, *A Distant Shore*, London: Secker and Warburg, 2004, p.289.

③ [法] 弗朗兹·法农：《黑皮肤，白面具》，万冰译，译林出版社 2005 年版，第 67、69、31、14 页。

是他的死亡使得这一切恰似一场幻觉。在《渡河》中，玛莎在去美国西部的路上被遗弃了，一位无名的白人老妇人给她提供了个临时的住处。但是当这位白人老太太“伸出戴着手套的手”时，玛莎并没有立即接受，因为经过这么多年的旅行，她知道“这只手既是侮辱又是拯救”[①]。主动伸出手可以看成是友好的表示，施以援手可以救人于水火之中，但是如果伸出戴着手套的手，那就会有多层含义。与人握手时，应先脱去手套，这是最基本的礼仪。戴手套与人握手是一种不礼貌的做法，它意味着要么厌恶别人与你的手相接触，要么就是显示自己的地位高贵，因为根据西方传统，地位高的男人和妇女有戴手套握手的特权。最后，炉火的熄灭意味着像玛莎这样的黑人妇女无法从白人社会获得温暖。

某些善良的白人的确带来了一点儿希望，但是如果不去除黑白二元论观念，那么将会使更多的黑人连同白人成为受害者。追溯到以前，白人的确有跨越疆界的历史，但是白人的祖先跨越河流的目的是攫取财富，由此迫使数百万非洲人跨海越洋成为奴隶。其实，白人和黑人的子孙后代都在穿越河流，当然抱着不同的目的，颇具讽刺意味的是，有一些白人最终却有着与黑人相似的命运。种族问题是菲利普斯作品中一直关注的话题之一，有些评论者对此颇有微词。对此，菲利普斯研究专家、比利时学者本尼迪克特·莱德特（Bénédicte Ledent）持不同的见解。她认为，应该透过种族的表象，看到更深层次的真相，“当人们打开一本卡兹（Caz）（指的是菲利普斯）的书时，他们想阅读关于种族的东西，但他们发现的却是人类的状况”[②]。追根溯源，最初黑人被卖身为奴，从而被迫横渡大西洋，他们的迁移是被迫的，有历史原因的。但是当越来越多的白人也加入“过河”的队伍时，这种行为说明了跨越是人的本性，从而反映了人类普遍的生存现状。所以要想彻底解决黑白对立的局面，就需要双方向前迈出步子，抛掉各种固守的种族刻板印象，才能在相互理解的基础上达成最终的和解。

---

① Caryl Phillips, *Crossing the River*, London: Bloomsbury, 2006, p.75.

② Donald Morrison, “A Writer of Wrongs”, *Time*, 11 (5), 2003, pp.62-63.

第三章　菲利普斯作品的叙事艺术

在菲利普斯的作品中，他早期的小说采用传统的叙述模式，比如，一部小说主要包含一个完整的故事情节，涉及的地域也较明确固定，人物之间的关系清晰。然而到了20世纪末期，小说的故事情节虽然仍继续围绕着奴役、移民、种族、家园、女性等主题展开，但他的创作风格却发生了变化。

一般认为，直到1989年菲利普斯出版了他的第三部小说《更高的地面》，他才开始将不同时代和空间的故事拼接在一起。但菲利普斯在一次访谈中，谈到自己作品何时最早开始使用“碎片结构”时，他说，实际上他在1983年创作的一部名为《避难所》的戏剧中，就已经开始“探索跨世纪的写作和关联的方式”[①]。细数起来，菲利普斯在大多数作品中都采用了“碎片结构”。这种叙述形式的新颖之处，在于它采用支离破碎的风格以及在各种叙述风格之间的跳跃性。针对这种形式的逻辑性和相关性，菲利普斯侃侃而谈，提到他为自己创作设计了这种形式，因为没有其他的模板可参照，几乎所有的小说中都不同程度地使用了这种形式，只有《独立国家》是个例外。

对于为何会采用这种新形式，菲利普斯做过很全面的表述：

> 我一直在努力写一本有开头、中间和结尾的书，但后来失败了。在线性结构似乎不奏效时，这期间有些事情发生了。这就像我精心制作了一个美妙绝伦的陶瓷水果工艺品，我故意让它掉下来，

① Reneé Schatteman, ed., *Conversations with Caryl Phillips*, Jackson: University Press of Mississippi, 2009, p.20.

摔碎了，然后我必须重新开始。在某种程度上，就像我不相信时间的线性，我不相信它，我想世界上很多人已不再相信它了。所以按照一个开始、一个中间和一个结尾的顺序，然后有一群人物，这是19世纪的一种古老的形式。我说“老”，并没有任何贬义，但19世纪的老现实主义小说似乎不适用于我要处理的主题。我想，这就是我每次都让瓷器掉下来的原因。①

菲利普斯作品中采用的碎片式叙事为何如此引人注目，他在很多访谈中解释过，那是因为他作品中人物的人生被历史的力量，比如奴隶制和移民等力量，给深深地打乱了。他指出：“要写一部关于人生支离破碎、分崩离析的小说，却没有在叙述中努力去反映其中的破碎和断裂，这似乎是不对的。”② 既然主题反映的是“破碎和断裂”，叙事方式自然也会采用相应的方式。由此可见，采用何种形式是由主题所决定的，菲利普斯创作风格上的变化，恰好反映了他与时俱进的思想，只有内容和形式上达到和谐统一，才会让更多的人来关注这些社会话题，才有可能找到解决之道。

《渡河》不仅是受到较高评价的小说之一，也是菲利普斯小说和非小说作品的主题之一。在菲利普斯的作品中，“跨越”的行为并不局限于身体或社会的移动，还有延伸到隐喻意义上的移动。这些“跨越”发生在多个维度上，不仅代表了文化之间的内在流动性，而且也代表了“自我”建构中所涉及的转变。因此，菲利普斯提倡黑色大西洋离散的时间结构，这种结构将历史观念与当代现实联系起来，在时间和空间的缝隙中，对断裂和分离的观念不断进行探究。③

推而广之，“过河”也意味着类别的跨越，指的是菲利普斯在他的小说中混合了各种风格，比如，体裁上仍然是小说，但却加入了书信、日记等；不再沿用传统的线性叙事；多个叙述者，而且会从一个叙述转

---

① Reneé Schatteman, ed., *Conversations with Caryl Phillips*, Jackson: University Press of Mississippi, 2009, pp.43-44.

② Caryl Phillips, *Writing in the Key of Life*, ed. Bénédicte Ledent & Daria Tunca, Amsterdam, New York: Rodopi B. V., 2012, p.51.

③ Helen Thomas, *Caryl Phillips*, London: Northcote, 2006, p.40.

到另一个叙述。因此，在某种意义上，菲利普斯本人超越了传统上决定小说应该是什么的界限。另外，菲利普斯创作中体现的“跨越”，还表现在读者本人有机会进入小说人物的大脑中，这就突破了将小说人物与现实人物分开的界限。对于菲利普斯的读者来说，跨越的另一个概念是，可以在他的小说和非小说之间架起桥梁。当然，这是指一种更抽象的过河。因此，本章主要从写作技巧的角度来考察“跨越”的广泛意义。所有这些策略都是围绕着共同的主题，即跨越河流的人物追寻家园、认同和归属的主题。本章将着眼于分析菲利普斯作品中的叙述技巧，从而得以管窥其叙事艺术。

菲利普斯还借助腹语手法把声音赋予“属下/庶民”。这样，他成功地让缺席的声音重新发声了，例如奴隶的声音和妇女的声音。正是采用了复调、主人叙事与奴隶叙事及腹语等手法，菲利普斯的小说得以融入了多种叙事声音，从而颠覆了官方唯一的声音，挖掘了被湮没的历史，反映了“渡河人”的寻家梦想。

第一节　菲利普斯作品的复调叙事艺术

当玛雅·扎吉问菲利普斯为什么他的许多作品呈现的是一种颠覆性的历史观时，菲利普斯这样表达了他的目的：“这是为了矫正英国人对英国历史叙事的不正确的看法，目的是把被官方历史剔除的人们重新写进历史。”[①] 事实上，菲利普斯的主要兴趣似乎在于探索那些从奴隶制的官方历史记录中缺席的声音，无论这个声音是来自奴隶，还是来自种植园主的女儿。他还借用萨尔曼·拉什迪的话，让其他边缘人物，如移民、妇女和边缘化白人“发出声音”。[②] 菲利普斯承认，他在小说中运用了很多技巧，并警告读者“要警惕是谁在讲故事。我不太信任那种

① Maya Jaggi, “The Final Passage: An Interview with Writer Caryl Phillips”, *Black British Culture and Society: A Text Reader*, ed. Kwesi Owusu, London and New York: Routledge, 2000, p.159.

② Salman Rushdie, “Minority Literatures in a Multi-cultural Society”, *Displaced Persons*, eds. Kirsten Holst Petersen and Anna Rutherford, Mundelstrup: Dangaroo, 1988, p.37.

自始至终用一种声音或者一个视角的叙事方式，因为这种叙事没有意识到会导致一种焦躁不安的氛围，没有意识到会导致一种挑战作者主宰的声音”①。因此，他将一种声音转化成多种声音，即复调的声音，不同的声音由相似的遭遇关联起来，讲出不同的故事；或者不同的声音讲述相同的事情。小说的叙述不断地在不同人物之间切换，视角也在第一人称和第三人称之间交替。

菲利普斯采用多种声音的表述方式与他的出生地——加勒比海地区密切相关。就其作品中的复调形式，菲利普斯说：“我喜欢不同的声音这个观念，因为当我去加勒比的时候，听到的就是不同的声音，这也是我在加勒比海地区所感受到的。它由形形色色的人们组成，我觉得我无法轻易地把代表作者立场的第三人称叙事应用到这个环境里，因为这个社会是由许许多多不同的声音和经历组成的。”②

正是加勒比的特殊位置以及其支离破碎的历史和群岛地理环境，激发了作者的创作灵感。菲利普斯的目标是，通过复调的声音，来试图瓦解英国官方历史叙事的同质性神话。他认为，其中的一些声音可能就是被官方叙事排除的，正如奴隶制已经被悄悄地遗忘。

一、复调理论

复调，即多个声音，最初用于音乐中，意思是几个部分同时并存，特别是指各种声音在对位点上结合在一起的乐曲。俄罗斯形式主义批评家米哈伊尔·巴赫金（Mikhail Bakhtin）以其对复调理论的阐释而闻名，他的关于“对话”小说的著作对于复调在文学领域的应用与传播起到了非常关键的作用。巴赫金认为，复调指的是文本中采用了好几个声音，但是没有哪个声音具有凌驾于他人之上的特权。在巴赫金看来，“有着众多的各自独立而不相融合的声音和意识，由完全有效的不同声音组成真正的复调——这确实是陀思妥耶夫斯基（Dostoevsky）长篇小

① John Johnston, “History from His Perspective”, *The Cicinnati Enquirer*, 22 (2),2004, p.4.

② Frank Birbalsingh, “Caryl Phillips: The Legacy of Othello, Part (2)”, *Frontiers of Caribbean Literature in English*, London: Macmillan, 1996, p.195.

说的基本特点”。这句话的意思是，不同人物的不同观点没有被统一到作者单一的意识中，或者说也没有屈从于作者的观点，但他们是“多个意识，权利平等，各自有自己的世界”，同时保持完整性和独立性。因此，各色人物“不仅是作者话语的客体，而且也是他们自身直抒己见的主体”[①]。

巴赫金把复调这种叙事方式比作是民主政治，在这里相互排斥的立场可以共存，没有任何一种声音被赋予具有无可撼动的权威，这在采用单一模式的叙事中却是司空见惯的，特别是某个控制全局的作者的声音确实拥有至高无上的权力。巴赫金使用“复调”这个术语用来指陀思妥耶夫斯基这类作者的叙事惯例，虽然没有直接提到后殖民话语，但是复调在后殖民作品中早已得到了广泛的应用。它可以提供机会来代表其他观点，这些观点被赋予平等的权利，这样就动摇了通常与殖民主义话语相关的单一文化感知模式。更为激进的是，复调挑战了霸权主义的话语，动摇了善恶二元论的分类体系。在这个体系中，权威的声音一向将自己与“异己”搞得泾渭分明。

在后殖民主义时期，文学作品中不乏使用复调手法的例子，比如，阿玛·阿塔·阿杜（Ama Ata Aidoo）的短篇小说《这里没有甜蜜》（*No Sweetness Here*）、卡里尔·菲利普斯的《渡河》等。在一个单一的、可控的叙述性声音的框架内使用多个聚焦点（或视角）也会产生类似的效果，比如，恩古吉（Ngugi wa Thiong'o）的《一粒麦种》（*A Grain of Wheat*，1967年）和安妮塔·德赛（Anita Desai）的《白日悠光》（*Clear Light of Day*，1980年），但是在这些例子中，复调的效果通常会有所降低。[②]

米哈伊尔·巴赫金把复调描述为文学的一个独特特征，凭借它代表各种意识形态立场的对立的声音可以平等地进行对话，不受权威评判或束缚。作者被平等地置于话语之中或“肩并肩”地与其他人物进行对

---

① Mikhail Bakhtin, *Problems of Dostoevsky's Poetics*, ed. and trans. Caryl Emerson, Manchester: Manchester University Press, 1984, p.6, p.7.

② John Thieme, *Post-Colonial Studies: The Essential Glossary*, London: Arnold, a member of the Hodder Headline Group, 2003, p.211.

话，没有一个单一的观点是有特权的。因此，在文本中多重意识共存是合情合理的，这种话语的自由发挥排除了任何一种观点的主宰地位，作者的观点也不例外。人物从作者的控制中解放出来，意味着对话在理论上没有终结。没有最终的言论，不可能有绝对的或者是单一的解释。只要人们活着，就没有最终的真理，艺术作品也永远没有完成。巴赫金认为，“两个或多个未被湮没的声音构成对话和谐”，他称这种特殊的统一为“事件的统一”。这种新的统一是处在动态的创造过程中，而不是存在于完成的作品中。①

巴赫金通过陀思妥耶夫斯基的小说指出，小说的复调观念意味着人物不是通过客观的预先决定的特点而存在，比如他们的社会地位或者种族，也不是通过他们对自身及与他们发生作用的世界的单一观点而存在。同样，在菲利普斯的小说中，由于种族、性别及阶级不同，各种声音也就迥然不同，有黑人和白人，男人和女人，还有奴隶和主人。这些声音也代表各种风格和体裁，因为它们包括日记、书信、日志、诗歌、内心独白及报刊摘录等。然而，仅仅把这些迥然不同的声音并置在一起只能算是表面上的复调，只有这些说话声音彼此互动，在更深的层次上产生意义，才是真正的复调。这种表层与深层之间的区别似乎跟多元文化与跨文化的差异有异曲同工之处。威尔逊·哈里斯在接受弗雷德·德阿吉亚（Fred D'Aguiar）采访时，曾经就多元文化和跨文化之间的区别发表了一些新颖的观点：“跨文化与多元文化截然不同。多元文化中没有创造性和再创造性的共同维度，多元文化中势力最强的文化凌驾于其他文化之上，其他的文化别无选择，只能是遵循强势文化认定的普遍真理，而跨文化则开启了我们无法囊括的真正的、多样的普遍真理。尽管当我们意识到它们时，我们在永不止息地争取一种开放的统一。”②

① Mikhail Bakhtin, *Problems of Dostoevsky's Poetics*, ed. and trans. Caryl Emerson, Manchester: Manchester University Press, 1984, p.6, p.289, p.21.

② Fred D'Aguiar, "Interview with Wilson Harris", *Bomb*, 82, 2002, p.77.

二、多声部的合唱

在菲利普斯的小说中有各种不同的声音，而每种声音中又包含有其他人的声音，这种无法采用“单一声音”的情况在《剑桥》中就有体现。《剑桥》中有多个叙述的声音，讲述了废除奴隶制期间加勒比一个种植园的生活，小说的主要情节由艾米莉的叙述、剑桥的叙述及一篇耸人听闻的新闻报道组成，外加序幕和尾声。艾米莉在叙述中不知不觉地成了很多人的代言人，这其中包括种植园医生麦克·唐纳德先生、牧师罗杰斯先生以及肆无忌惮的种植园监工布朗先生，他们对奴隶制的狭隘观点一度被艾米莉接受并且毫无批判地加以使用。只是到了小说的结尾，当艾米莉名誉扫地、成为边缘人时，她似乎才重新获得自己的声音。但即使是这个时候，她依然在为他人代言，为像她一样被剥夺了权利，并且“背井离乡”的人们代言。所以当艾米莉的声音越来越偏离白人男性机制，唐纳德先生以高高在上的口气训斥艾米莉并让她“闭嘴”时，这绝非偶然。这个时候艾米莉已接近她的黑奴斯特拉(Stella)，还有她死去的黑奴朋友伊莎贝拉（Isabella），“她们的话语就如同河流在涌动和流淌，一会儿缠绕在一起，一会儿又分成各自的意识流”。[①]

小说家在这里把远近不等的各种声音汇总起来，汇成一出声音的交响乐。这在《渡河》的最后几页可以得到很好的说明，在这里离散的非洲人的后裔加入了“由多种声音汇成的共同记忆的大合唱中”。有趣的是，这部小说的其余部分是建立在呼叫和响应模式之上的，这种模式是属于非洲裔美国人的音乐类型，由深感内疚的父亲在序幕部分向不同时代、离散到各地的子孙们发出呼声。而那三个离散的孩子发出了自己的声音，特别是在尾声部分，高涨的和声对父亲的呼声做出了应答。古巴评论家兼作家安东尼奥·贝尼特斯-罗乔（Antonio Benítez-Rojo）在一篇题为《关于克里奥尔化的三个词语》(*Three Words toward Creolization*)的文章中，强调了菲利普斯叙事中具有节奏的特点：“（菲利普斯）文

---

① Caryl Phillips, *Cambridge*, London: Bloomsbury, 1992, p.180, p.183, p.182.

学语言中的表现……是由作家内在的节奏所决定的。”[①] 在他看来，每个人物诠释一个不同的节奏，也就是说，一部多节奏云集的作品，汇聚了从整个世界收集来的节奏。

通过把各个人物汇入不断变化又各不相同的声音万花筒中，这种悦耳动听的音乐具有小说内在对话的特点。然而，在菲利普斯作品中还存在一种“外在”的对话。这种外在的对话可以称为“互文性”，其中又包括音乐和绘画。从广义上看，这组成了另一种形式的复调，它在某些早期的奴隶叙事中出现过，比如汉娜·卡拉夫茨（Hannah Crafts）的《女奴叙事》（*The Bondwoman's Narrative*，2002 年）。这本书或多或少地提到了狄更斯的《荒凉山庄》（*Bleak House*）及其他 19 世纪的小说。菲利普斯作品中的互文性涵盖的范围更广，伊弗林·奥·卡拉干（Evelyn O'Callaghan）认为，《剑桥》大量地依赖早期的忏悔文学，特别是刘易斯（Monk Lewis）与纽金特夫人（Lady Nugent）的日志，还有艾奎亚诺（Equiano）的叙事。[②] 在《渡河》中又有约瑟夫·康拉德与托尼·莫里森的影子，同时还暗示黑人音乐家的影响，尤其是吉米·克里夫（Jimmy Cliff）那首著名的歌《淌过大江大河》（“Many Rivers to Cross”），小说的题目或许就是受了这首歌的启迪。

对于这内外两种形式的对话，读者很有必要积极地把自己的声音加入这个声音链条中，不论是文学方面还是其他方面。菲利普斯也提议读者参与到他的小说中，“有很多的空白……可以让你（读者）加入你的理解、你的意思、你的关联及你的桥梁。我不想牵着人们的手，或者更糟糕的是牵着人们的鼻子从这儿领到那里。我希望他们自己把疑惑集中起来，去找到他们自己的意思，去发现自己的痛苦及快乐”[③]。因此，从某种意义上说，读者的参与或许正是菲利普斯小说深层次的复调特

---

① Antonio Benítez-Rojo, “Three Words toward Creolization”, *Caribbean Creolization: Reflections on the Cultural Dynamics of Language, Literature and Identity*, eds. Kathleen M. Balutansky and Marie-Agnès Sourieau, Gainesville: UP of Florida, 1998, p.57.

② Evelyn O'Callaghan, “Historical Fiction and Fictional History: Caryl Phillips's *Cambridge*”, *Journal of Commonwealth Literature*, 29 (2), 1993, pp.34-47.

③ Reneé Schatteman, ed., *Conversations with Caryl Phillips*, Jackson: University Press of Mississippi, 2009, p.104.

点，具有“共同的维度”，也就是哈里斯所说的跨文化特点。

作者之所以特别热衷于采用多个声音，是因为他的加勒比裔背景，所以他的作品中出现多声部的叙事方式也就不那么令人惊讶了。另外，多种声音叙事会给人们提供一种更加广阔的时空背景，让人们关注过去和现在之间、个人和社会之间、归属和不归属之间的许多紧张关系，这些紧张关系反映了人类的生存境况。

正是由于采用了复杂的复调叙事方式，菲利普斯设法来重新书写历史，因为历史在官方记录中即使没有被篡改，也被简化了。因此，作者把声音赋予了奴隶制中的参与各方，不仅是奴隶及奴隶的后裔，还有他们的主人及奴隶贩子，这多种声音显然颠覆了历史的宏大的主人叙事方式。然而，要达到颠覆的目的，并不是简单地把中心与边缘加以颠倒，而是通过把发言人的个体性呈现出来，用一种新的包容性方法取代原来的排他性，这种包容性方法涉及尽可能多的观点。这种颠覆性的特质非常强大，因为小说家想突出最边缘化或者最脆弱的人物的叙述，如《剑桥》中艾米莉，她的声音“缠绕在沉默中”。如果说复调的确是推动了个人感情的充分表露，那么这些依然存在的个体汇成了大合唱，他们的共同声音表达了一种集体的苦难，正如菲利普斯所说：“这种苦难不可避免地把我们彼此捆绑在一起。”①

需要特别指出的是，这些采用复调叙事的涉及奴隶制的小说与现在是有关联的。尽管奴隶制小说以记忆开篇，进而讲述发生在过去的事件，但是需要强调的是，它们并不是历史小说而是当代小说，是小说家在当代对历史人物或事件进行的颠覆性的重新书写，不是简单的回溯历史。这种与现在的关联直接体现在《渡河》的尾声部分，在这里菲利普斯暗示了当下社会存在的问题，如贫穷、吸毒及卖淫等，这些问题依然困扰着离散的非洲人的子孙后代。因此，这些小说中复杂的复调再现了后殖民社会的异质性，而导致其发生质变的是奴隶制及其后果。颇具讽刺意味的是，这种表述方式在使用单一视角和线性叙事的现实主义小说中却难见其踪影。从某种程度上说，菲利普斯的奴隶制小说反映了我

① Caryl Phillips, “Water”, *AGNI*, 39, 1994, p.30.

们目前所生活的世界，反映了菲利普斯在他的散文集中所描绘的世界新秩序："不久会出现一种全球对话，虽面向所有人但却只能是有限人参与其中，而全面的加入对话并不存在。"[①]

对菲利普斯来说，复调是描绘形形色色的渡河人的一种恰当的手段，每个"渡河人"都有"独立的"声音，讲述着不同但又大致相似的故事。所以，"有着众多的各自独立而互不融合的声音和意识……不仅是作者话语的客体，而且也是他们自身直抒己见的主体"[②]。在菲利普斯的小说中，除了第一部和第二部采用了单一的叙述者外，其余的大多都由多个声音组成。这些不同时代、不同地点的"渡河人"组成了"由多种声音汇成的共同记忆的大合唱"。正是这种多重叙事使菲利普斯开启了尘封的记忆，展示了另一种历史真实，他对历史的责任感促使人们去重新审视历史，以史为鉴，这或许是他重写历史所要达到的目的。

第二节　菲利普斯作品的奴隶叙事与主人叙事艺术

历史是菲利普斯极为喜欢的题材，其中奴隶制是他非常关注的主题之一，他创作了多部与奴隶制历史相关的作品。来自对立阵营的黑人奴隶与白人主子，因属于不同的阵营，对同一件事就有不同的看法，因为主人叙事代表着白人统治阶层的官方观点，而奴隶叙事则是受压迫剥削的奴隶们的集体控诉。

在《文化与帝国主义》（1993 年）中，爱德华写道："重叠的领土，交织的历史，对于男人和女人、白人和非白人、大都会和周边地区的居民来说是司空见惯的。"[③] 同样地，在菲利普斯的作品中，多重声音构成的叙事文本对传统意义的身份认同增添了多种可能性，而这些叙事文本见证了奴隶制及其遗产中出现的多重声音。例如，在《剑桥》中，除了艾米莉和剑桥的叙述之外，还有第三种声音——报纸报道。值

---

① Caryl Phillips, *A New World Order*, London: Secker and Warburg, 2001, p.5.

② Mikhail Bakhtin, *Problems of Dostoevsky's Poetics*, ed. and trans. Caryl Emerson, Manchester: Manchester University Press, 1984, pp.6-7.

③ Edward W. Said, *Culture and Imperialism*, London: Chatto & Windus, 1993, p.72.

得注意的是，艾米莉和剑桥的叙述似乎形成了对位文本，尽管它们并没有处于完全相反的位置。也就是说，剑桥采用了奴隶叙事，而艾米莉则采用了主人叙事（尽管她是一位小姐）。这两种叙述类型主要是根据各自的社会地位来定义的。

一、奴隶叙事

奴隶叙事指的是从英国及其殖民地被奴役的非洲人的经历中发展起来的一种文学形式。首先，它指的是来自北美（包括加拿大、美国和加勒比）的前奴隶，描述了他们在18世纪和19世纪的生活情况，汇集成册，作为单独的书籍或小册子出版。另外，有些回忆录也属于奴隶叙事，它们是由在北非被俘虏和奴役的白人或欧洲人写的，通常是由北非海盗写的。[①] 奴隶叙事讲述了美国内战前非洲裔美国人的个人经历，他们是逃跑出来的奴隶，找到了通往北方的安全之路。作为反奴隶制运动的一个重要组成部分，这些叙述借鉴了圣经的典故和意象、废奴主义的修辞、囚虏叙事的传统以及吸引他们听众（通常是白人）的自传。其中一些叙述带有一个“框架”或前言，证明了它们的真实性和所描述的痛苦。毕竟，奴隶故事是自由人写的。[②]

正如小亨利·路易斯·盖茨（Henry Louis Gates，Jr.）所指出的，奴隶的叙述不仅是“某个人的自传”，更是有一个共同的层面，在这里每个故事都与之前所写的其他奴役和解放的故事相呼应。此外，即使早期的奴隶故事讲述了他们自己写的个人生活故事，他们“同时也代表仍被囚禁的数百万沉默的奴隶”[③]。我们应该进一步牢记，奴隶叙述往往表达了废奴主义者的观点。据说，其中的一些故事就是废奴主义者编辑的，有些甚至是他们写的。然而，原始的奴隶叙事形式上是

---

① 巴巴里海盗：最早是北非以突厥人和摩尔人组成的海盗组织，是从十字军东征时期到19世纪初在北非活动的穆斯林海盗和私掠船长。更多关于奴隶故事的信息可以参见 http://en.wikipedia.org/wiki/Slave_narrative.

② Charles Twitchell Davis and Henry Louis Gates，Jr.，eds.，*The Slave's Narrative*，Oxford：Oxford University Press，1990，p.x.

③ Henry Louis Gates，Jr.，ed.，*The Classic Slave Narratives*，New York：New American Library，1987，p.x.

单声的，他们的叙述者仍然是唯一的声音，历史事件就是通过他们来进行筛选的。当然，有些奴隶叙事前后可能会有稍稍偏差，比如，描述自己的年轻和年长之间会有前后不一致的情况。奴隶叙事，正如词语所暗示的，指的是“一个逃亡的奴隶或获得自由的奴隶对他（或她）所经历的奴隶制所做的书面叙述”①。一般来说，奴隶叙事是由一个前奴隶写的，所以它通常追溯从奴役到自由的经历。然而，具有讽刺意味的是，剑桥的叙述恰恰相反。他的证词追溯了他的每一个身份，详细描述了他童年时期从非洲自由人到被卖身到英国为奴的生活经历，在他获得自由人身份后，他又再度沦为奴隶，并在加勒比海岛度过了余生。在小说中，读者对剑桥的了解是根据他自己提供的证词。在这里，奴隶证词就是奴隶叙事，这种叙述借鉴了具有悠久历史的英国奴隶书写，包括很多著名人物，比如奥拉达·艾奎亚诺(Olaudah Equiano)、弗雷德里克·道格拉斯（Frederick Douglass）②、奥托巴赫·库戈亚诺（Ottobah Cugoano）③ 及伊格内修斯·桑乔(Ignatius Sancho)④ 等。尽管奴隶被禁止阅读或写作，因为主人们担心一旦他们有了识字能力，他们就有可能会搞破坏和抱怨，但也有很多有名的例外。保罗·爱德华兹（Paul Edwards）和戴维·达比丁(David Dabydeen）在他们编辑的《1760～1890 年英国黑人作家》(1991 年）的序言中写道：“到 18 世纪末和 19 世纪初，英国已经出

---

① Chris Baldick, *Oxford Concise Dictionary of Literary Terms*, Shanghai: Shanghai Foreign Language Education Press, 2000, p.206.

② 弗雷德里克·道格拉斯（1818～1895），是美国废奴主义者，19 世纪美国黑人运动的政治领导人。奴隶出身的道格拉斯是著名的改革家、作家和辩论家。他一生致力于废奴和为黑人权利而斗争。他出版过三部自传，其中第一部自传《弗雷德里克·道格拉斯：一个美国奴隶的生平自述》（1845 年）是美国众多奴隶叙事作品中最优秀和最著名的作品之一。

③ 奥托巴赫·库戈亚诺（1757～1800），是 18 世纪非洲著名的废奴主义者和反奴隶制作家。1787 年，在他的朋友奥拉达·艾奎亚诺的帮助下，他发表了《关于奴隶制与人类商业罪恶的思想和情感》，他的经历与艾奎亚诺颇为相近。

④ 伊格内修斯·桑乔（约 1729～1780），是一位作曲家、演员和作家。他在他所生活的时代以“非凡的黑人”而闻名。《非洲人伊格内修斯·桑乔的书信》（1782 年）是最早用英语描述非洲奴隶制的书信之一。

版了‘相当多’的黑人文学作品，这在废奴运动中起到了重要作用。”[①]对英国及其殖民地不识字而又无特权的奴隶群体来说，像桑乔和艾奎亚诺这样著名的前奴隶就是例外。此外，即使奴隶的叙述出版了，人们对写作的真实性也常常抱有重大的怀疑。这种怀疑的部分原因是，黑人没有足够的智慧来创作这些叙述，同时白人编辑和代笔者在创造奴隶证言中扮演了重要角色。此外，这些叙事有许多没有保存下来。在《剑桥》中，菲利普斯将奴隶叙述者的形象赋予了新的历史意义，可以说是对18世纪的作家，如艾奎亚诺，作为典型的英国黑人偶像形象做出的回应。菲利普斯塑造的剑桥这个人物挑战了这一偶像，表明这些英国化了的非洲人可能是有问题的，所以他们的叙述可能存在问题。

就像著名的奴隶桑乔和艾奎亚诺一样，剑桥也是一个英国化了的奴隶。他对英国国籍的信仰使他难以接受自己后来再度沦为奴隶这件事，“我，一个实质上的英国人，被当作非洲的低贱货物来对待，这给我带来了难以忍受的痛苦”。然而，他可能被认为是一个“实质上的英国人”，这只是一个更大的身份转变过程的一部分，“我，奥卢米德，他变成了黑汤姆，然后是大卫亨德森，现在是剑桥”。[②] 正如《更高的地面》中的鲁迪所说：“一个拿着一本书的黑人是‘白人的噩梦’。”[③] 剑桥对基督教的虔诚使得他成为监工头惩罚的对象，而他准确地使用英语并没有帮助他改变作为局外人的地位，“他似乎决心在运用我们的英语单词时采取一种疯狂的精确态度，好像这个黑人想象自己是我们白人种族的一部分”[④]。因此，剑桥采用了一种反映其英国化身份的笔调叙述，或者用保罗·斯梅瑟斯特（Paul Smethurst）所说的“被转化了的奴隶的声音”[⑤]。尽管剑桥显然把自己看作是一个英国人，但是他的肤色是一个看得见的、永久的标签，这使他区别于英国白人。同时，对于他在

---

① Paul Edwards and David Dabydeen, eds., *Black Writers in Britain 1760-1890*, Edinburgh: Edinburgh University Press, 1991, p.x.

② Caryl Phillips, *Cambridge*, London: Bloomsbury, 1992, p.156, p.167.

③ Caryl Phillips, *Higher Ground*, London: Viking, 2006, p.165.

④ Caryl Phillips, *Cambridge*, London: Bloomsbury, 1992. p.120.

⑤ Paul Smethurst, *The Postmodern Chronotope: Reading Space and Time in Contemporary Fiction*, Amsterdam and Atlanta: Rodopi, 2000, p.249.

非洲的家，他的偏见不亚于他的主人，尤其他在被基督教化之后，他愿意把它像衣服一样扔掉，“我的不文明的非洲人的言行举止开始从我的身上消失，因为我决定按照我的上帝所同意的方式行事”。[①] 剑桥的身份在不断发生变化，可以联想到斯图尔特·霍尔的关于“文化身份与离散”的文章，在该文中，他将身份描述为远非稳定的存在，而是“一个从未完成、始终在进行中的‘生产’”[②]。

二、主人叙事

“主人叙事”一词通常指预先存在的社会文化解释形式。它们的目的是在个别学科和社会机构中描绘和限制地方解释策略。让-弗朗索瓦·利奥塔（Jean-Francois Lyotard）最初创造了“堂皇叙事”（grand récit）和“元叙事”（metanarrative）这两个术语，这两个术语现在通常被称为“宏大叙事”。他进一步描述了启蒙运动（无限进步和自由的叙事）和科学（纯知识的胜利）作为现代性的两个伟大的宏大叙事。[③] 然而，本书将运用“主人叙事”（master narrative）的字面意义，即主人的叙事，尽管它也有其通俗用法的一些特点。菲利普斯的《剑桥》就是奴隶叙事和主人叙事并存的一个很好的例子。

《剑桥》的故事背景发生在废除奴隶贸易和解放奴隶之间动荡不安的时期。小说主要的叙述者艾米莉是一个种植园主人的女儿，作为处于从属地位的女人，艾米莉别无选择，只能听从父亲的命令“奉献给陌生人”——先去一个陌生的地方旅行，然后准备嫁给一个老鳏夫。当着父亲的面，尤其是面对他专横的决定和他为女儿树立的女性榜样时，艾米莉无法提出任何反对意见，“她一言不发”。然而，艾米莉似乎很期待自己的离开，事实上，她把自己的被迫旅行视为一种逃避，从“把

① Caryl Phillips, *Cambridge*, London: Bloomsbury, 1992, p.120, p.144.

② Stuart Hall, “Cultural Identity and Diaspora”, *Colonial Discourse and Post-Colonial Theory: A Reader*, eds. Patrick Williams and Laura Chrisman, Harlow: Person Education, 1994, p.392.

③ 更多的细节可参考 http://www.marxists.org/glossary/terms/g/r.htm。

她绑在后板、胸衣和绳索上以改善姿势的孤独政权”① 中逃出来。因此，艾米莉在摆脱了淑女的束缚后，从去西印度群岛的过程中就开始模仿或“仿效”和练习主人的叙述方式。

艾米莉试图改变自己的边缘地位，这可以从几个方面找到证据。艾米莉的叙述采用了旅行日记的形式。旅行叙事在19世纪是一种很流行的形式，尽管这种叙事被认为是一种特别男性化的类型。② 在艾米莉的日记中，伪科学术语使她显得有点学究气，她也很乐观地把自己定义为冒险殖民者，“我退隐到了我的小木屋……心中充满了期待的喜悦，这是我在这个新的世界里所看到的，这个新世界是我穿过海洋去发现的”。在她的旅行叙述中反映出的写作行为表明，她在努力地“穿戴”一种身份，比如在上述这个例子中，艾米莉试图“乔装”自己，穿上男性帝国冒险家的衣服。尽管起初她似乎有废除奴隶制的抱负，但当她接近“黑暗热带未知区域”时，她情不自禁地站到了主人的立场，从主人的角度上看待奴隶制。例如，她鄙视黑人奴隶所使用的克里奥尔语，称其为“怪诞的行话”或“动物的聒噪”。③

萨拉·米尔斯（Sara Mills）在《差异的话语：女性旅游写作与殖民主义分析》（*Discourses of Difference: An Analysis of Women's Travel Writing and Colonialism*，1992年）中写道：“女性旅游作家无法像男性作家那样轻松自然地采用帝国主义者的声音。”④ 事实上，就像她在英国时穿在身上的精心设计的华美服装，这同样的衣服，在加勒比群岛上穿着的时候却变得越来越不合身，以至于无法穿戴。同样，旅行叙事这种体裁也不太适合艾米莉的写作。这种不恰当可以说是由于她不愿意被它的形式所限制或奴役，“我希望超越以往旅行者的平凡回忆录，（这些回忆录）没有任何值得记录的，但是却记录了热带生活中最奇异的

---

① Caryl Phillips, *Cambridge*, London: Bloomsbury, 1992, p.4.

② Rana Kabbani, *Europe's Myths of Orient: Devise and Rule*, London: Pandora Press, 1986, pp.1-9.

③ Caryl Phillips, *Cambridge*, London: Bloomsbury, 1992, p.18, p.119.

④ Sara Mills, *Discourse of Difference: An Analysis of Women's Travel Writing and Colonialism*, London and New York: Routldge, 1991, p.13.

特征”[①]。因此，艾米莉希望超出或“超越”旅行叙事形式的局限性，将重点放在旅行的“最奇异”或异域方面，这表明她不愿意受预期的旅行叙事形式的约束。

虽然艾米莉是代表她父亲到岛上的，也可以说她是加勒比群岛上英格兰的代表，但她似乎并没有从奴隶和白人主人那里得到应有的尊重。她强烈反对黑奴克里斯蒂娜“以下犯上”，因为她竟然坐在大宅的餐桌旁与主人共享美味，这可以看作是她争取权力的一个标志性事件。在这里，艾米莉强调主人（这里指的是女主人）和仆人之间的支配和奴役关系，“我告诉这个黑如煤炭、长得像猿猴一样的女人，我希望她穿上侍者的衣服，担负起服侍的角色”[②]。在白人主子的眼里，黑奴低贱如同动物（如猿猴）。法农也这样说过：“白人殖民者提到土著人时，使用的词语是动物学术语。”[③] 这恰好可以解释为何艾米莉对黑人使用“动物学”的形容词和集体名词（如：“拥挤不堪的”“多产的”“牲畜”“成群结队的黑人”）。她与布朗先生面对面对峙是权力斗争的高潮，“我们两个孤独的白人站在强烈的阳光下，针锋相对地对峙了一段时间，就当着那群黑奴的面，把我们的白人礼仪如同一件外衣一样脱掉了，互相在较量着，试图夺得压倒对方的最大权力”。[④] 在这里，英国人的身份被描绘成一种使人有压抑感的礼貌和行为举止，要想展示权力的威力就必须将它们去除掉。艾米莉本以为逃脱了英国父权制的掌控，却没有料到在这里遭受白人男主子和黑人奴隶的双重忽视，这令她怒不可遏。于是她不再理会传统的女性准则，主动向布朗先生代表的父权统治发起挑战。艾米莉在某种程度上成功赢得了行使主人的权力，因为从那时起，克里斯蒂娜确实被剥夺了布朗先生赋予的与主人一起坐在餐桌上的特殊权利，布朗先生也稍稍收起了倨傲，对待艾米莉也变得绅士起来。然而，布朗先生温和的态度让艾米莉不加批评地接受了他对奴隶制的偏见，而她短暂的主人叙述

---

① Caryl Phillips，*Cambridge*，London：Bloomsbury，1992，p.97.

② Caryl Phillips，*Cambridge*，London：Bloomsbury，1992，p.73.

③ Frantz Fanon，*The Wretched of the Earth*，trans. Constance Farrington，London：Penguin Books，1990，pp.32-33，p.38.

④ Caryl Phillips，*Cambridge*，London：Bloomsbury，1992，p.73，p.38，p.77.

也是昙花一现，并再度被男性话语取而代之。比如，她后来一直使用“据麦克唐纳先生说”这样的措辞。当最终名誉扫地、成为边缘人时，她才完成了自我发现——她意识到了自己岌岌可危的身份处境。

尽管剑桥和艾米莉的叙述对同一事件提供了不同的观点，但不能简单地把剑桥的叙述看成是艾米莉叙述中“缺失的部分”，反之亦然。在由拉纳吉特·古哈（Ranajit Guha）和佳亚特里·斯皮瓦克（Gayatri Spivak）编辑的论文集《精选庶民研究》（1998 年）前言中，萨义德强调了精英历史和属下/庶民历史之间的相互依存性，“无论人们如何试图将属下/庶民从精英历史中解脱出来，都无法实现。它们是不同的，但它们又相互重叠，有着令人惊奇的相互依赖的领土……因为如果属下/庶民历史被构建成一个分裂主义的冒险行为……那么它就有可能成为一个镜子，与它所争论的暴政相对”[①]。因此，不管某个历史事件如何被边缘化，如果允许它支配其他历史，那它就会变得跟原始的精英历史一个样，因为被压迫者和精英的历史是不可分割的，或者说“奇怪地相互依赖”。在审视奴隶制过去的时候，非常有必要了解奴隶和奴隶主的历史。然而，在大多数情况下，传统上只有奴隶主的历史被记录下来，这对于那些探索被压迫群体历史的人来说，这种代表统治阶级立场的叙述是有问题的。菲利普斯通过创作《剑桥》，阐述了他对于历史叙事的观点，站在对立立场上的叙述，比如艾米莉或剑桥的叙述，展现的是一段不完整的却相互交叉重叠的过去片段，应该把它们要么并列在一起，要么按照对位法排列，形成复调叙事。菲利普斯显然不愿意用更巧妙的方式来解释他的创作素材来源，或者将相互冲突的叙述混合起来。这种叙事结构安排，说明作者拒绝创造出一个同类版本的奴隶历史，这样反而恰好强调了多声部组成的复调叙事。

对于奴隶和主人来说，由于他们各自的地位，奴隶制确实有着不同的含义，因此，奴隶使用主人的语言或叙述成为渴望权力和地位的象征。这对于奴隶和女主人来说，这是事实，正如法农所说：“精通语言

① Edward W. Said, “Preface”, *Selected Subaltern Studies*, eds. Ranajit Guha and Gayatri Chakravorty Spivak, New York and Oxford: Oxford University Press, 1988, p.viii.

相当于获得了非凡的力量。"[①] 然而，剑桥在英语词汇方面"疯狂般地精确"，特别是他对基督教的虔诚，使他处于不利地位。通过从白人世界"借用"语言和基督教这两个符号，剑桥试图穿越种族之"河"，但一次又一次地失败了。同样，艾米莉试图横渡性别之"河"的企图并不能保证她能获得统治地位。

第三节 菲利普斯作品的腹语叙事艺术

在1995年出版的菲利普斯作品《更高的地面》的封面上，《旧金山纪事报》对此做出了这样的评论："菲利普斯是一位擅长使用腹语的大师，对于读者密切关注的众多令人难忘的鲜活人物，他认为非常有必要赋予他们声音。"[②] 的确，这个评论恰好指出了菲利普斯在其创作中所采用的一个写作技巧，即腹语的运用。菲利普斯为何会选择在20世纪后期反复写奴隶制的历史？答案是他书写历史绝不是对历史的简单重复，而是借历史来映射现在，并与现在发生关联。菲利普斯在创作这些作品时严格地基于史料档案，正是从得到社会承认的历史记述中来挖掘被官方历史所排除的真实历史，菲利普斯采用腹语这一策略才可以使被忽视的声音和历史得以更多地重现。

一、腹语艺术

腹语（Ventriloquism or Ventriloquy），从词源上看，该词借自拉丁语"ventriloquus"，这个名词是由"venter"（"肚子""子宫"）、"loqui"（"说"），加上名词词尾组成的，意思是"从肚子里说话"。这个术语指的是"说话者嘴唇不动，声音的发出与木偶嘴唇的移动同步，从而给人造成的印象是声音不是来自腹语者（口技者），而是来自他处"[③]。

---

① Frantz Fanon, *Black Skin*, *White Masks*, trans, Charles Lam Markmann, London: Pluto Press, 1986, p.18.

② Caryl Phillips, *Higher Ground*, London: Viking, 1989. 除了 *Higher Ground* 之外，*The Final Passage*, *Crossing the River* 的封面上也做了相同的引用。

③ C. M. Schwarz et al., *Chambers English Dictionary*, Cambridge: Chambers, 1988, p.1637.

因此，“腹语”指的是说话或发声的艺术或实践。采用腹语之后，声音似乎不是说话人发出的，而是来自别处。由此出现了它的引申含义，即用来指某人的观点和态度通过另一人表达出来，尤其是作家通过虚构的人物或文学人格所进行的表述。因此，根据腹语派生的名词“腹语者”，指的是假借受到鬼魂附体，从腹部说话的人。后来，其含义则指腹语的从业者或专家，特别是作为一种公共娱乐形式。

腹语最早出现在古希腊，对腹语的行为和效果的文字记录是从那里开始的。[①] 能从事腹语活动的人被称为“腹语者”（ventriloquist），常常与牧师和先知联系起来，所以有时亦被称之为“腹部说话者”或者“腹部先知”。他们常常通过对嘴唇进行某种程度的控制，采用一种弥漫的声音讲话，从而假称是由于有神灵附身而造成的，问询者就会因此而相信，他们听到的声音来自占卜者或预言者的腹部，因为死去的灵魂被认为是住在那里的。[②]

最初，腹语是一种宗教仪式，常常被看作是来自超人或超自然的领域，要么是上帝发出的启示的声音，要么是恶魔的毒咒，要么是天使带来的福音。由于腹语所具有的神秘的神性特征，它曾被古人用来召唤死去的亡灵。希腊人称腹语为“腹语占卜”（gastromancy），希腊语中的对应词是“εγγαστριμυθία”。腹语被看作是无生命的东西所发出的声音，它们占据腹语者的腹部，于是由腹语者来解释那些声音的意思，他们被看作是既能跟死去的人讲话，也能预知未来。最早有记录的使用腹语技巧的古希腊预言师是皮提亚（Pythia），她是德尔菲城（Delphi）阿波罗神庙的女祭司，担负着对德尔菲神谕（Delphic Oracle）进行解读的传递作用。在中世纪，腹语被认为是一种巫术，从事腹语的活动者常常会遭到囚禁，甚至杀害。[③]

---

① Steven Connor, *Dumbstruck: A Cultural History of Ventriloquism*, Oxford; New York: Oxford University Press, 2000, p.49.

② Valentine Vox, *I Can See Your Lips Moving: The History and Art of Ventriloquism*, Tadworth, Surrey: Kaye & Ward, 1981, p.17.

③ Valentine Vox, *I Can See Your Lips Moving: The History and Art of Ventriloquism*, Tadworth, Surrey: Kaye & Ward, 1981, p.7.

17世纪末，人们对于腹语的看法发生了分歧：一方认为腹语是一种对过去的迷信，另一方则从一种理性的角度来看待它。这可以从布朗特的《词集》（1656年）对腹语给出的两个定义中得到说明，“腹语者：指的是有邪恶灵魂从腹部说话的人；或者是采用，或者是练习，从而说的话似乎是从他的腹部发出来的”[①]。这个分歧恰好说明了人们对于腹语的认识发展过程，一方面，腹语最初被看作是恶魔附身的行为；另一方面，在人们的认识提高后，腹语逐渐被看作是一种无害的习得行为。

在18世纪和19世纪，腹语逐渐成为一种娱乐方式。腹语表演者越来越常见，如奥地利的德·门根（de Mengen）男爵和法国的圣-吉尔（Saint-Gille），他们也开始受到人们的尊敬。这段时期，我们可以说腹语是从神学转向世俗，从备受指责为神灵附身的神性行为转向大众喜闻乐见的广场活动。这样，腹语出现了看得见的转变：从表演转向叙事。[②] 尽管腹语在19世纪50年代已演变成广受欢迎的娱乐行为，但直到19世纪90年代才出现英国人弗莱德·罗素（Fred Russell）用一个坐在腿上的木偶进行的腹语表演。弗莱德·罗素使用一个坐在膝盖上的玩偶改变了腹语的表演方式，他由此被称为“现代腹语之父”，而美国人埃德加·伯根（Edgar Bergen）则把腹语带入大众传媒。至此，许多人依然相信腹语是一种特殊的才能，能使某些人让他们的声音从任何一个方向发出来。[③]

腹语是腹语表演者巧妙地运用其声音，使它听起来像是从身体其他部位发出来的戏剧表演。腹语的表演方式就是用口技发出声音。“腹语术”一词容易导致误会，使人以为腹语者是以腹部发音，但是实际上腹语仍旧是用声带发音，只不过是腹语者通过练习使得其口部看似完全

---

① Thomas Blount, *Glossographia*（1656年）。转引自 Valentine Vox, *I Can See Your Lips Moving: The History and Art of Ventriloquism*, Tadworth, Surrey: Kaye & Ward, 1981, p.32.

② Steven Connor, *Dumbstruck: A Cultural History of Ventriloquism*, Oxford; New York: Oxford University Press, 2000, p.228.

③ Valentine Vox, *I Can See Your Lips Moving: The History and Art of Ventriloquism*, Tadworth, Surrey: Kaye & Ward, 1981, p.7.

没有动作，再配合错误引导的技巧，使观众产生一种声音从别的地方发出的错觉。演员在表演腹语时，一般操纵一只木偶，两者之间依据故事情节展开对话，通过表演先后的时间差，以不同的语音、语调，紧凑流畅地表现故事内容。

模仿是腹语产生的根源，它可以模仿远近的声音。腹语这门艺术正是基于这样一个事实，即人的耳朵很难确定听到声音的准确来源。腹语者正是利用了人们的这一缺陷，一边模仿远方和近处的声音，一边误导听者，从而使听者产生错觉。腹语者欺骗人们的耳朵就像魔术师欺骗人们的眼睛一样，但不同的是，腹语不需要秘密地进行。

事实上，腹语是一种发音错觉。与普遍的看法相反，讲腹语不需要任何特殊的天赋，不需要身体上的反常行为，也不需要超人的能力，腹语是可以通过使用、练习来获得的。"腹语"这个名称容易误导人，因为腹语者实际上不是用腹部来讲话，除非他像演员或唱歌的人一样，用他的腹部肌肉来帮助横膈膜发声而增加力量。产生腹语错觉的关键要素包括：腹语声音、操控嘴唇及错误引导。这门艺术又可以分为两类：近腹语和远腹语。近腹语指的是腹语者与一个人物进行表演时，发出的声音显得与那个人物很接近。远腹语是指腹语发出的声音似乎从远处来的，比如外面、楼上、地板下或者后台。①

当然，腹语并非是西方的专利，在中国的史书上也有腹语表演的记载。在中国，腹语者就是平常人们讲的"肚仙""灵鸽""灵哥"或者"灵姑"，被赋予迷信和神秘的色彩。② 这些人常常会假称是神灵附身，打着"治病救人"的幌子骗取钱财。如蒲松龄《口技》中的女子借口技之术来售药。林嗣环的《口技》中充分展示了口技人的高超技巧，他借着屏障的掩护，把各种各样的声音模仿得惟妙惟肖，等屏障撤去，却只有"一人、一桌、一椅、一扇、一抚尺而已"。有些武侠小说中，为了突出人物的武功如何高深，内力如何了得，便赋予人物能够通过控制体内真气，隔腹传音的能力。最令人称奇的是，所传之音只会传至某

① Valentine Vox, *I Can See Your Lips Moving: The History and Art of Ventriloquism*, Tadworth, Surrey: Kaye & Ward, 1981, p.154.

② 参见腹语基础知识，http://wenku.baidu.com/view/6ef503a1b0717fd5360cdc0e.html。

个人的耳朵，而在场的其他人却浑然不知。比如，金庸在《天龙八部》中塑造了精通腹语的人物——居四大恶人之首的段延庆。段延庆凭借深厚的内力，能让声音从腹部传出很远，令人闻声丧胆。这些描述更让腹语多了一层“武林绝技”的神秘外衣。

今天，腹语的表演多采用腹语人物，如玩偶、木偶，腹语人物不但成了腹语艺术的同义词，而且也成了表演的关注点。当然，木偶并不能发出声音，它只不过是一种注视的陷阱，吸引观众注意力，成为观众的兴趣点，从而使腹语者更好地完成与之配合的情景。在当今多元文化背景下，腹语表演仍然在扮演着各种各样的社会角色。在当今大众媒体时代，承认腹语的作用，可以为探索和干预我们的生存状态提供一种新的视角。

二、属下/庶民开口之难

菲利普斯努力通过他的作品来挖掘被历史排斥的声音，他试图让那些隐蔽的人（如奴隶、妇女及处于边缘的白人等）发出声音，他采用的其中一个策略就是腹语。这些隐蔽的声音，借用斯皮瓦克的术语来说，就是“属下/庶民”（subaltern）的声音。佳亚特里·斯皮瓦克（Gayatri C. Spivak）是属下/庶民研究领域的著名批评家，属下/庶民研究的关键在于，处于从属地位、被边缘化的人物是无法进行表述的。斯皮瓦克这样写道：“对于（性别不明确的）‘真正的’从属团体，他们的身份就是他们的与众不同，如果作为属下/庶民的人们能够知道并讲话，就不存在不能表述的属下/庶民团体。”① 在斯皮瓦克看来，在属下/庶民团体进行表述时，除了使用迫使他们处于从属地位的人们的语言，并没有其他的语言。从某种意义上来说，这有点像威廉·莎士比亚的《暴风雨》中的卡利班（Caliban），他讲的话没有超出可用的语言，无论是诅咒还是褒扬。所以，斯皮瓦克的观点是：“并不是属下/庶民不能讲话，而是说她受语言的束缚，因为她不得不采用权力集团的话语。她

① Gayatri Chakravorty Spivak, *A Critique of Postcolonial Reason: Toward a History of the Vanishing Present*, Cambridge, MA and London: Harvard University Press, 1999, p.272.

不得不采用使她陷入从属地位的语言，否则她就无法构筑一种体验，也无法采取抵抗的行为。”[①] 另外，斯皮瓦克还认为，后殖民话语的出现就说明属下/庶民可以说话，所以说，后殖民作家要表达多种观念，他们对自己的宗主国及后来的居住国提供了另外的表述方式，这些都是对主流形式的反驳，尽管他们在这样做时采用了主流社会的叙述方式。

按照斯皮瓦克的定义，菲利普斯作品中的许多人物可以归入“属下/庶民团体”里，比如小说《剑桥》中的黑奴剑桥。小说的第二部分是剑桥的自述，历述了他的生命历程：从自由状态到遭受奴役以及谋杀案件的“真相”。这部分的叙述似乎是作为基督徒的剑桥对自己短暂一生的追述。其开头和结尾几乎是一样的，满含着对上帝的忏悔，似乎是他在被执行死刑前写下的。剑桥从一个未开化的黑奴变成了一个虔诚的基督徒，他接受白人对他进行基督教化的主要标志是白人主子对他进行了三次身份命名，而每一次的重新命名，就像是对他进行了一次生命的洗礼，是对他基督教学习的认可和肯定，也使他一步步地向基督教的殿堂内部迈进。作为处于属下/庶民地位的黑奴，剑桥在接受基督教教化的过程中，对于统治阶级的语言——英语——的学习获得了巨大的进步，他“对于英语的掌握程度比任何人，甚至包括工头布朗先生，想能获得的还要熟练得多”。所以在“忏悔录”的开头，他“感谢上帝恩赐他用英语来进行自我表达的能力”[②]，按照斯皮瓦克的“属下/庶民”的定义，剑桥“不得不采用权力集团的话语。他（她）不得不采用使他（她）陷入从属地位的语言，否则他（她）就无法构筑一种体验，也无法采取抵抗的行为”[③]。只有使用权力集团的语言，剑桥才能进行抗辩，工头布朗先生长期以来霸占剑桥的妻子，导致其妻精神错乱，并且经常无缘无故地鞭挞剑桥，这致使剑桥的忍耐力达到了极限。他想找布朗先生理论一番，结果还是遭到了一顿鞭打，最终鞭子被身强力壮的剑桥夺

---

① Gina Wisker, *Key Concepts in Postcolonial Literature*, Palgrave: Macmillan, 2007, p.135.

② Caryl Phillips, *Cambridge*. London: Bloomsbury, 1992, p.133.

③ Gayatri Chakravorty Spivak, *A Critique of Postcolonial Reason: Toward a History of the Vanishing Present*. Cambridge, MA and London: Harvard University Press, 1999, p.272.

走。布朗先生的死并非剑桥对他进行的蓄意谋杀，而是忍无可忍的剑桥在暴力压迫之下进行的抗争，是一种正当防卫。作者正是通过腹语策略来赋予属下/庶民开口讲话的能力，所以剑桥吐露真相对仍然处于奴役状态的人具有警示意义。此外，剑桥对基督教的狂热和痴迷，对英语语言的准确使用并没有带给他身份地位上的改进；作为黑奴的他传播基督福音，引起白人世界的“震惊和骚乱”，他的信仰并没有为他带来福音，没有让他获得上帝的救赎，这说明了基督教的虚伪性。

如果说剑桥吐露的真相是他作为被压迫阶级对压迫阶级——小说中以工头为代表——的控诉，那么艾米莉的叙述则反映了女性遭受压制的现实。艾米莉虽然是白人小姐，但是女性的身份又使她处于劣势。她不但在乘船时受尽歧视，而且在自家的领域——她父亲的庄园里，也受到庄园代理经理的轻视和怠慢。由于对于父亲的庄园、种植园及当地的情况一无所知，她所接触到的仅仅是在庄园代理经理的安排下所获得的有限的直观了解，因此她获得的更多是从医生麦克唐纳那里听到的一些情况。不久，她的叙述中就充满了“据麦克唐纳先生说”这类的话，类似的表达在小说中出现过不止一次。艾米莉对奴隶的最初了解主要是麦克唐纳先生灌输给她的。麦克唐纳先生似乎是使用了腹语术，艾米莉成了麦克唐纳先生手中操纵的木偶，尽管身体是艾米莉自己的，但是表述的观点却是麦克唐纳先生的。腹语包括用另一种声音说话，甚至是用另一个人的声音说话。[①] 这样，菲利普斯通过腹语术转换声音的方式，反映了女性沦为男性的传声筒，说明女性难以有机会表达自己的独立观点。

作为小说中两位主要人物，剑桥和艾米莉各自的叙述既独立组成小说的两个部分，但也有交叉，特别是对同一事件的不同描述。剑桥的陈述在某种程度上弥补了小说的另一主要人物英国小姐艾米莉“语焉不详的部分”，这种“两面性”又恰好符合爱德华·萨义德关于相互依存的理论。萨义德强调精英与属下/庶民的历史相互依存，“不论人们如何千方百计地想把属下/庶民从精英历史中剔除出去，精英与属下/庶民尽管不同，但其历史却有交叉重叠之处，并且令人奇怪地相互依存……假

① David Goldblatt, *Art and Ventriloquism*, London; New York: Routledge, 2006, p.38.

如属下/庶民的历史被构筑为孤立的历史……那么它就会成为与之相对的历史的镜子”[1]。所以，考察奴隶制的历史，倾听奴隶主和奴隶的声音是很有必要的。然而，只有奴隶主的叙事才会被记录下来，成为官方历史，这对于奴隶来说，其真实性是令人怀疑的。如在《剑桥》中，除了艾米莉和剑桥的叙述外，还有代表官方的新闻报道，构成了小说的第三部分，这就是最后流传下来的载入史册的官方历史，但是这则报道与剑桥的自述有很大的出入。如果说艾米莉和剑桥的叙述因代表各自立场，其真实性难以定夺，那么代表官方的新闻报道由于其统治者的立场则更难以还原事实，三种叙述使真相变得像电影《罗生门》[2] 那样扑朔迷离。

当然，剑桥作的“忏悔录”的可靠性也值得怀疑。因为无从知晓它的书写背景，无从知晓忏悔是对谁而发，其创作的动机更是不得而知。许多批评家注意到菲利普斯给他作品中的人物赋予了“腹语”的能力，这种技巧能使声音进行“扩增”，尤其是在离散文学中，或者“黑色大西洋”[3] 作家的作品中，这些作家往往具有多重身份或复杂的背景。至于菲利普斯给予作品中人物的这些声音是不是真的“属于”他们，作者并没有加以说明。但有一点是肯定的，那就是作品中的人物确确实实在关键时刻“发出”了声音，而这些声音常常具有揭露真相、扭转故事发展进程的作用。比如，《遥远

---

① Edward W. Said，“Preface”，*Selected Subaltern Studies*，eds. Ranajit Guha and Gayatri Chakravorty Spivak，New York and Oxford：Oxford University Press，1988，p.viii.

②《罗生门》是日本著名导演黑泽明所拍的经典电影，取自芥川龙之介的《莽丛中》，影片通过强盗、武士、武士的妻子或樵夫等多个人物视角的描述，展现了一个武士被杀案的始末。事件当事人各执一词，分别按照对自己有利的方式进行表述证明或编织谎言，最终使得事实真相扑朔迷离，难以水落石出。因该片在电影界的成就，使得该片片名（Rashomon）成为一个英文单字，用以形容扑朔迷离、众说纷纭、无法厘清事情真相的情况。

③ 保罗·吉尔罗伊的“黑色大西洋”主要用来指黑人，因为“黑人的来回穿梭组成了黑色大西洋的历史”，因此这一概念还会联系到黑奴们从非洲的西海岸穿过大西洋到加勒比或美洲的旅程，当然这一概念还有积极的含义，那就是离散的黑人们借此批判性地思考身份、归属及记忆等问题（Gilroy，*The Black Atlantic*，p.16）。

的海岸》中被极端种族分子用石块打死的黑人，《异乡客：三个英国人的生活》中的三位外来人，《血的本质》中的犹太人等。或许作者想借此说明官方的唯一的声音并非就是真实可靠的，更为可取的是倾听反面的声音，甚至多个声音。

腹语源于宗教的神秘主义，后发展为一种专门的娱乐形式。虽然据称这是一门正濒于灭亡的艺术，但是它经受住了时间的考验而幸存了下来。如今，尽管腹语者已很少像以往那样众星云集，但是他们非同寻常的艺术依然受到世界范围内观众的欣赏。同几个世纪之前的观赏者一样，他们被腹语者奇怪的发声技能以及会讲话的玩偶所深深地吸引。像腹语者一样，哲学家、艺术家等在向外面表达他们的声音时，这个声音是不同于他们平时的声音的。这个声音的扩散代表着从普通的自我转为另一个自我，这是声音的外部表现。

斯皮瓦克对“属下/庶民”的定义，除了前面提到的含义，还赋予这个词贬义：它用来指精英知识分子对属下/庶民阶层的“恩赐”。在《后殖民理性批判：走向行将消失的当下历史》中，斯皮瓦克在强调她对法国知识分子的“表述现实主义”的批评时，又增加了以下评论：“让属下/庶民能通过腹语开口说话，这只不过是左翼知识分子的惯用伎俩罢了。”[①]

菲利普斯在描述种族的接触中，没有褒扬或贬低哪个民族，也没有为任何民族或个人做代言。菲利普斯作品中所使用的“腹语”更像是对殖民主义索要自由的一种宣泄，它常常是通过第三人称叙述者发出的。此时，作者的声音“消退了，进而和作品中人物的声音合二为一”[②]，詹尼·夏普这样评论菲利普斯的作品。这样，在菲利普斯的作品中，呈现在读者面前的不是单一的声音，而是由无处不在的腹语所产生的声音。腹语就是给不同寻常的声音发出的机会。正是借助腹语，沉寂的故事得以传播，不一样的声音得以发出，但是菲利普斯不能也无法把声音赋予处于边缘的人们或者属下/庶民阶层。比如，在《渡河》一开始，三个孩

---

① Gayatri Chakravorty Spivak, *A Critique of Postcolonial Reason: Toward a History of the Vanishing Present*, Cambridge, MA and London: Harvard University Press, 1999, p.55.

② Jenny Sharpe, *Allegories of Empire: The Figure of the Woman in the Colonial Text*, Minneapolis: University of Minnesota Press, 1994, p.156.

子都被卖为奴隶，随后小说分别讲述了三个孩子纳什、玛莎和特拉维斯的不同的经历。事实上，作为奴隶，读书和写字都是被禁止，因为奴隶主害怕一旦奴隶们能识文解字，就会有被奴隶推翻的威胁。因此，在千千万万的奴隶中，能够开口讲话的只是很少一部分，如，奥拉达·艾奎亚诺、弗雷德里克·道格拉斯、奥托巴赫·库戈亚诺及伊格内修斯·桑乔等，而绝大部分奴隶的血泪都湮没在了历史的长河中。因此，在《渡河》中，纳什讲述他自己的故事时采用的是模仿，这是19世纪英国文学的叙述方式。玛莎的故事是以第三人称叙述夹杂着间接自由话语，特拉维斯的故事则完全通过他的情人——英国白人妇女乔伊斯之口。

由此看来，作者之所以采用腹语的技巧，恰恰是因为在现实生活中属下/庶民阶层难以有开口的机会。英国朝野极力宣扬其社会的同质性，因为只要没有异质的声音，那么黑人们的血泪史就永远不为人知。也正是同质声音抹杀了其他的声音，英国朝野几乎已经实现了把奴隶制的罪恶降到最小，从而达到遗忘的目的。所以说，采用腹语叙事实在是作者的无奈之举。但不管怎么说，借助腹语而增加的声音有力地反击了英国官方历史所认定的同质的单一声音，作者希望借此使英国认识到其对待历史有失偏颇，同时启发人们来反思历史，面向未来。

第四节　菲利普斯作品的互文性叙事艺术

在菲利普斯的作品中，由各种声音汇成的复调，除了其存在的内部对话之外，还有一种外部对话的形式。从广义上来说，这种外在的对话构成了另一种复调形式，其中又包括音乐和绘画，这种外在的对话又可以称为“互文性”。“互文性”一词是由朱丽娅·克里斯蒂娃（Julia Kristeva）创造的，用来表示某文本可能与其他文本之间的各种关系。所以，“这些互文关系包括变位、典故、改编、翻译、戏仿、仿冒、模仿和其他形式的转换”[①]。

① Chris Baldick, *Oxford Concise Dictionary of Literary Terms*, Shanghai: Shanghai Foreign Language Education Press, 2000, p.112.

一、音乐启迪

菲利普斯的作品中呈现出的互文性涵盖的范围很广。在菲利普斯的作品中，互文性首先体现在音乐中，特别是爵士乐和灵魂音乐，这两块音乐领域对非洲离散的子孙后代来说至关重要，可以说是黑人领军的领域，他们对于该音乐的流行发挥了关键作用。菲利普斯对这一领域的兴趣可以从他写的一篇关于马文·盖伊（Marvin Gaye，Jr.）[①] 之死的文章以及他为 BBC 制作的柯蒂斯·梅菲尔德（Curtis Mayfield）[②] 的纪录片中窥得一二。这些艺术家的影响要比文章中反映的还要深远得多，当然影响深厚的不只有这两位艺术家。这些黑人音乐家给予菲利普斯一种"文化力量"[③]，帮助他处理种族和身份问题，这些问题尽管在 20 世纪 70 年代被英国教育系统和社会忽视，但仍然是他早年生活的一部分。其次，黑人音乐成为年轻作家菲利普斯进行创作的灵感来源，这反映在人们喜爱的一些主题中，如孤独、不可能的爱和一种世俗的灵性形式等。同时，菲利普斯的一些作品的名字受到了文化上与他关系密切的艺术家的影响，这些书名取自那些艺术家的歌曲或诗歌。例如，菲利普斯的第一部戏剧《奇异的果实》的标题借用了比莉·荷莉戴（Billie Holiday）[④] 的同名歌曲，这是歌的第一节：

南方的树木结出奇怪的果实，

---

① 马文·盖伊（1939～1984）是一位美国歌手、作曲家和乐器演奏家，有"摩城王子"之称，对许多灵魂歌手都有巨大影响，可说是黑人流行音乐史上一个最受人敬重及喜爱的超级巨星。

② 柯蒂斯·梅菲尔德（1942～1999）是美国的灵魂、R & B 和 Funk 歌手，作曲人和唱片制作人，以他的国歌音乐而闻名，他被视为 Funk 和有政治意识的非洲裔美国音乐的先驱。《新世界秩序》是柯蒂斯·梅菲尔德的最后一张专辑。

③ Aimé Césaire，*Discourse on Colonialism*，trans. Joan Pinkham，New York：Monthly Review Press，2000，p.15.

④ 比莉·荷莉戴（Billie Holiday，1915～1959），美国歌手，出生于美国费城。《奇怪的果实》是她最著名的一首歌。这首歌谴责了美国的种族主义，特别是对美国黑人的私刑。歌词始于一首由犹太高中教师亚伯·米洛波尔（Abel Meeropol）写的诗，以笔名刘易斯·艾伦（Lewis Allan）出版。

叶子上的血和根上的血，
黑色的身体在南风中摇摆，
挂在大树上的奇异果实。

其他与菲利普斯作品相关的歌手及作品还有唐娜·莎曼（Donna Summer）[①] 的《独立国家》、史提夫·汪达（Stevie Wonder）[②] 的《更高处》、柯蒂斯·梅菲尔德（Curtis Mayfield）的《新世界秩序》。与菲利普斯有共同关注点的音乐家，如比利·布拉格（Billy Bragg）的《遥远的海岸》[③]。至于《渡河》，则有约瑟夫·康拉德和托尼·莫里森的影子，但也暗指黑人音乐家，特别是吉米·克里夫（Jimmy Cliff）[④]，他的著名歌曲《许多河流要穿过》或许可以看作是其标题的灵感来源。此外，尽管菲利普斯曾表示对此毫不知情[⑤]，《渡河》的标题还让人想起爱德华·卡姆·博列维特（Edward Kamau Brathwaite）的三部曲《到达者》（*The Arrivants*，1973 年）中的一首诗，这首诗追溯了非洲人新世界的历程，“所以过了这条河/走了这条路/我们终于来到了库马西”[⑥]。另外，音乐对菲利普斯作品的影响可以表现在专业技术层面，主要是菲利普斯作品的主题结构采用对位或交响曲模式。《渡河》就是很好的例

---

① 唐娜·莎曼（1948～2012），20 世纪 70～80 年代最成功的美国歌手之一，《独立国家》是莎曼在 1982 年演唱的一首歌，随后成为一个热门歌曲。

② 史提夫·汪达（1950～ ），盲人，美国黑人歌手、作曲家、音乐制作人、社会活动家，《更高处》是他创作的 Funk 歌曲，曾在美国流行单曲排行榜上达到第 4 名，在美国热门单曲排行榜上达到第 1 名。

③ 斯蒂芬·威廉·布拉格（1957～ ），更著名的名字是比利·布拉格，英国音乐家，其歌曲融合了民间音乐、朋克摇滚和抗议歌曲的元素。他的歌词大多涉及政治或浪漫主题。《遥远的海岸》是他 2002 年的一首歌曲。

④ 吉米·克里夫（1948～ ），牙买加斯卡和雷鬼音乐人。他的著名歌曲有《坐在地狱边缘》：“你可以得到它，如果你真的想要……许多河流要跨越。”

⑤ 在一次访谈中，当被问及《渡河》的题目时，菲利普斯并没有反驳博列维特对他的影响，但是把他的小说的标题归结为一种无意识的借用。参见 Carol Margaret Davison，“Crisscrossing the River：An Interview with Caryl Phillips”，*Ariel*，25（4），1994，p.95。

⑥ Edward Kamau Brathwaite，*The Arrivants*：*A New World Trilogy*，London and New York：Oxford University Press，1973，p.136.

子，菲利普斯显然借鉴了爵士乐的特点[①]，各个角色的声音是以近乎合唱的方式来安排的。这样，他能听到他们用“和声”对他说的话。

二、欧洲文化的改写

在菲利普斯的作品中，除了标题暗示其典故出处之外，其作品的内容也具有互文性的特点。他创作的很多作品显示了文学前辈和文学经典对他的影响，其中有些人物和作品反复地出现在他的笔下。对于这个问题，我在对他做访谈时问过：“为什么会把同一个题目或人物不止一次地写在作品中?”他这样回答：“有时候你会想对某个主题或人物多说一点。或者说，几年过去了，你对同一个主题，甚至是同一个人有了新想法，这让你禁不住想再进一步拓展以前写的东西。”所以，同一人物或主题出现在多部作品中，反映了作者对于文化文学传统既有继承的一面，又有在反思的基础上进行文学再创造的一面。

菲利普斯曾不止一次地说过他受很多文学前辈的影响，其中有莎士比亚，而在莎士比亚的戏剧中，《奥赛罗》是他关注最多的一部。不知是由于奥赛罗的种族身份让他有一种天然的亲近感，或者是感同身受，菲利普斯在奥赛罗的身上注入了很多的精力。当然，他对奥赛罗的关注显示了他对威廉·莎士比亚的感激之情，但菲利普斯没有直接把奥赛罗搬过来，而是对奥赛罗进行了改写，比如在《血的本质》中，他就采取了不同的视角，即从内部看待摩尔人奥赛罗。菲利普斯摒弃了强调奥赛罗嫉妒的传统，强调奥赛罗是一个渴望融入 16 世纪威尼斯的外国人。奥赛罗的经历很神奇地让人想起了今天黑人移民所遇到的困难，他们决定像摩尔人那样“从世界的边缘移到中心”，离开了他们所认为的“黑暗边缘”，来到了“即使是傍晚最微弱的光线被捕获，也会在一片荣耀的火焰中被抛了回来”的欧洲。[②] 除了奥赛罗之外，菲利普斯对安妮·

---

① 爵士乐（Jazz），源于 19 世纪末 20 世纪初的美国，诞生于南部港口城市新奥尔良，音乐根基来自布鲁斯（Blues）和拉格泰姆（Ragtime）。其中布鲁斯就源自非洲黑人表达他们遭受奴役、怀念故乡和亲人的痛苦、悲伤的思想情感。爵士则乐讲究即兴，以具有摇摆特点的 Shuffle 节奏为基础，是非洲黑人文化和欧洲白人文化的结合。

② Caryl Phillips，*The Nature of Blood*，London：Faber and Faber，1997，p.107.

弗兰克也很感兴趣，而且这两个人物又被菲利普斯写进了他的非小说《欧洲部落》中，另外，安妮的形象又映射在《血的本质》中伊娃这个人物身上。通过安妮这个人物，菲利普斯把犹太人的离散以及犹太人大屠杀等纳入他的文学版图。除了这两个比较有影响的个人，对菲利普斯影响较大的当然是奴隶制的历史。按照伊夫林·奥·卡拉汉所言，《剑桥》在很大程度上毫不隐瞒其与早期的忏悔文学的依赖关系，“一方面是刘易斯和纽金特夫人的日记，另一方面是艾奎亚诺的叙述”[1]。

时至今日，互文性依然是菲利普斯的创作特点之一。他近期出版的两部小说便是例证。2015 年菲利普斯出版了小说《迷失的孩子》，以莫妮卡·约翰逊为中心，讲述了她与一个外国人坠入爱河后与父母断绝了联系，在英格兰北部荒原的阴影下艰难地挣扎着抚养儿子，后来其中一个儿子走失了的故事。小说的独特之处在于，菲利普斯把《呼啸山庄》和其作者艾米丽·勃朗特的家人融进了小说之中，将莫妮卡的现代叙事与文学史上神秘的迷失男孩——希斯克利夫——的童年交织在一起，通过文学的想象，向读者展示了《呼啸山庄》中希斯克利夫的身世秘密。当老恩肖先生把希斯克利夫带回家的时候，莫妮卡走失的孩子就这样巧妙地“回家”了。

如果说菲利普斯在《迷失的孩子》中关联《呼啸山庄》反映了成长环境对他的影响，那么他的新作《日落帝国之景》则透露了他对出生地的依恋。这本小说是关于《藻海无边》的作者简·里斯的传记小说，讲述了她在爱德华时代的英国、20 世纪 20 年代的巴黎，以及后来在伦敦的令人心灰意冷的生活。她梦想回到家乡，但返回加勒比后却遭遇了来自家乡的敌意，让她最终中断了对家乡的温情与思念。菲利普斯的小说反映了他对文学前辈简·里斯的敬仰之情，同时也揭露了大英帝国对殖民地造成伤害的波及面之广和影响之深远。

菲利普斯在进行创作时使用了大量先前的史料，主要包括信件、日记、期刊、其他小说的摘录、剪报、采访、诗歌和字典等。在某些情况

---

① Evelyn O'Callaghan, "Historical Fiction and Fictional History: Caryl Phillips's *Cambridge*", *Journal of Commonwealth Literature*, 29 (2), 1993, p.36.

下，菲利普斯似乎并不是根据自己的原始想法来创作文本，而是直接使用了之前的文本，所以就出现菲利普斯的作品是“文本的排列，特定文本之间存在着互文性，从其他文本中摘取的若干话语既相互有交集，又彼此保持中立”[①]。这种互文性是一把“双刃剑”，一方面，这些容易辨认的材料方便读者找到作者使用的文化遗产的来源，另一方面也容易招致批评。菲利普斯拒绝对他的引用来源做出解释，原因可能是他不想创建得到承认或预期的故事，而是强调多种声音组成的复调。因此，菲利普斯通过“借用”前人的作品形成互文对照，是一种广义上的跨越，即从一种文本跨越到另一种文本。在这种情况下，读者要想真正领悟菲利普斯的写作用意，就需要打破传统的小说模式，这样才能跨越文本之间的障碍，最终实现人与人之间的交流和沟通。

第五节　菲利普斯作品的旅行文学叙事艺术

旅行是菲利普斯生活必不可少的一部分，对他的创作起很重要的作用。正是在旅行中，他获得了很多创作素材。美国之行让他找到终生从事的职业，到家乡的旅程让他领会了与多地的依附关系。

一、旅行文学

旅行文学，顾名思义，是反映旅行的文学，通过对旅行途中山水风光等的自然景观以及文物古迹、风俗民情等人文景观的描绘，反映了旅行者的思想、情感和审美情趣。除了旅行文学的说法，相近的还有旅游文学、山水文学、游记文学等。之所以使用“旅行文学”，是因为作者以旅行为主，不是传统意义上的旅游，偏重的是作者借由旅行所进行的思考。

菲利普斯认为：“对我来说，旅行的馈赠使我受益匪浅，正如它使英国传统作家、非洲离散传统作家和加勒比传统作家受益匪浅一样，他

① Julia Kristeva, *Desire in Language: A Semiotic Approach to Literature and Art*, ed. Leon S. Roudiez, trans. Thomas Gora, Alice Jardine and Leon S. Roudiez, Oxford: Blackwell, 1980, p.36.

们中的许多人认为有必要四处移动，这样他们便能够让自己再次确认这一事实。那就是，双重和多重的归属感不断地滋润着我们流动的自我意识。”[①]

无论是长途还是短途，是去异国他乡还是在故国家园游走，旅行难免会跨江渡河，碰到风格各异的风土人情，感受不同的文化习俗，最终是产生不可避免的文化交集。菲利普斯经常穿梭在世界各地，作品就是他旅行的最好的成果。同样，菲利普斯在作品中探索了身体力行的“跨越”以及隐喻性的“逾越”，当然，跨越的概念也以不同的方式呈现出来。爱德华·萨义德下面的话恰如其分地反映了跨越的主题。

> 人们认为文化不仅具有排斥功能，还具有输出的作用，这是一种需要你去理解和学习的传统，但是你无法真正地融入其中。对我来说，这是一个非常有趣的问题，需要做更多的研究，因为没有一种排他性的行为能够维持很长时间。然后你就跨过了交叉点……当然，流放和移民等所有问题都随之而来，那些越界的人们根本不属于任何文化。[②]

萨义德关注在移民和离散的背景下的“跨过了交叉点”，这对菲利普斯作品的研究至关重要，因为跨越行为也是他小说和非小说文本的核心。萨义德提供了一个理论上的词汇来解释这种处于未完成或不完整状态下的穿越思想，在这种状态下，即使移民实际跨越到另一个地方，他们也会发现他们“根本不属于任何文化”。此外，萨义德关于文化“排他性行为”的相关性评论与菲利普斯在《漂泊流浪的异邦人：归属文学》中所说的英国“同质性神话”有着明显的联系。[③]

---

① Caryl Phillips, “Necessary Journeys”, *The Guardian*, 11 (9), 2004, http://www.guardian.co.uk/books/2004/dec/11/society 2 (accessed 31 July 2009).

② Edward W. Said, “Media, Margins and Modernity”, *The Politics of Modernism: Against the New Conformists*, eds. Raymond Williams and Tony Pinkney, London and New York: Verso, 1989, p.196.

③ Caryl Phillips, *Extravagant Strangers: A Literature of Belonging*, London: Faber and Faber, 1997, p.xiv.

除了使用复调、互文性等叙事手法，菲利普斯还采用旅行文学的手法，借此探究了家园和归属对“渡河人”的意义，这主要体现在他聚焦旅行的作品，特别是《剑桥》《欧洲部落》和《大西洋之声》等。罗布·尼克松（Rob Nixon）在他对奈保尔作品的评论中写道：“作为一种混合体裁，旅游文学将两种截然不同的权威模式置于奈保尔的掌控之下，半民族的、疏远的、分析的模式和自传体的、主观的、情感纠结的模式。”[①]尼克松给奈保尔的旅行写作下的定义也同样适用于菲利普斯，尼克松所描述的风格交替也同样出现在《大西洋之声》中。在描述他遇到的人时，菲利普斯在近乎忏悔的自传和他所采用的中立、疏远的语气之间摇摆，跟奈保尔不同，这能确保菲利普斯采用的叙述声音在总体上“不受指控”，但是与奈保尔相同的是，他并不畏惧批评他遇到的人。

隐喻性旅行对菲利普斯自我的文学意识至关重要。在《新世界秩序》的绪论中，菲利普斯将自己的生活描述为“生活的车轮滚滚向前，阅读和写作是前行的两条轨道，二者互相启迪”。在文章中，他将自己的“文学激情”等同于某种“逾越的激情”，等同于“跨疆越界的疯狂旅行”。[②] 旅行以及随之而来的流放、流离失所和迁移的经历，无论是自愿的还是被迫的、暂时的还是永久的，都是他所有小说的中心，从他早期作品《最后的通道》到他随后的作品莫不如此。这些小说中有一些甚至包含了在旅游作品中找到的素材，例如，《渡河》包含一位虚构的汉密尔顿船长写的航行日记，记录了从利物浦到非洲的旅程，这本日记是基于18世纪约翰·牛顿的《贩奴者日记》。《剑桥》中奴隶剑桥的叙述借鉴了奥拉达·艾奎亚诺的自传作品《奥拉达·艾奎亚诺生平奇事》（*The Interesting Narrative of the Life of Olaudah Equiano*，1789年），特别是艾奎亚诺叙述他在穿越大西洋到达西印度群岛“中间通道”的这一部分经历。同样是在《剑桥》中，艾米莉的日记回顾了19世纪女性旅行者如纽金特夫人和卡迈克尔夫人的“真实”旅行日记，特别是在采用和模仿“文雅的英语”方面。

---

① Rob Nixon, *London Calling: V. S. Naipaul, Postcolonial Mandarin*, New York and Oxford: Oxford University Press, 1992, p.15.

② Caryl Phillips, *A New World Order*, London: Secker and Warburg, 2001, p.4, p.5.

通过引入这类素材，这些小说表明了小说和非小说在旅游书写方面是没有明显区别的。这似乎说明，描写旅行的作品不可避免地涉及各种体裁的跨界。彼得·休姆（Peter Hulme）和蒂姆·扬斯（Tim Youngs）比较笼统地评论了小说和旅游写作之间的关系，他们认为，这种关系“仍然密切，但常常令人不安”，同时又补充说，“许多读者仍然希望旅游写作具有文字真实性，而他们不期望在小说中能找到。尽管每种形式都长期地借鉴了另一种形式的风格”，而且旅游写作是一种“广泛且不断变化的流派”。[①] 菲利普斯的旅行作品，如《剑桥》《欧洲部落》和《大西洋之声》，可以说明上面的观点。

二、流动的叙事艺术

小说《剑桥》以英国小姐艾米莉·卡特赖特从英国到加勒比海岛视察父亲的庄园为主线，副线是黑奴剑桥的旅行经历。艾米莉受父亲的指示带着女仆一起乘船，途中经历了大风暴，船上的人经历了生与死的拼搏，途中她的女仆不幸丧命。艾米莉的这趟波涛汹涌的航海之旅堪比被贩卖的非洲黑奴所经历的“中间航道”，因为这条船上同样有疾病和死亡，而且艾米莉作为女性受到船上男性的不公正对待。在艾米莉的叙述中，多次出现过关于航海的专业术语以及船员们提到一些海洋生物，同时在沿途的孤独旅行中，她不断地思索海洋与奴隶的关系。在到达目的地后，艾米莉依然带着游客的心态欣赏着沿途的风光、当地小岛的风土人情，她站在白人主子的立场流露出对当地人既羡慕又鄙视的矛盾心态，以高高在上的姿态对他们做出道德评判。当然，她遭遇的身份危机与黑奴有某些相似之处。

剑桥是艾米莉父亲庄园的奴隶，与艾米莉分属两个阶层。在成为种植园奴隶之前，他经历了如何从富足的自由人被卖身为奴，期间他被辗转贩卖到多地，从非洲到美国，再到英国，又在回非洲传教的途中，被白人骗走了钱财，再度被当作奴隶卖到了艾米莉父亲的庄园。这样，艾

① Peter Hulme and Tim Youngs, eds., *The Cambridge Companion to Travel Writing*, Cambridge: Cambridge University Press, 2002, p.5, p.10.

米莉与剑桥分属的两个世界由奴隶制联系在了一起，他们在旅途中的所见所闻以及作为直接的参与者，见证了奴隶的悲惨及白人的凶残。而岛上黑奴和白人的反常行为，暗潮涌动，预示了奴隶制已是日薄西山，灭亡是其必然的结果。

《欧洲部落》一书展示了菲利普斯穿行在一个他认为“既属于又不属于”的大陆，这是一个严格按照种族和族裔界限界定自己的欧洲。它也显示了菲利普斯对欧洲文学想象的处理，他在文学文本中游历，预示着既属于又不属于旧大陆的局外人和局内人的不稳定地位，这些文学文本包括《安妮日记》《威尼斯商人》《奥赛罗》。因此，《欧洲部落》为少数族裔争取话语权做出了贡献，它们试图“扳正欧洲的脸庞，这样至少可以迫使她凝视着镜子”，这面镜子不可避免地会反映出部落主义、种族冲突、种族主义和暴力。[①] 这成了新兴的旅游写作的一部分，它采用了“内部边缘”的“逆写”策略，而欧洲则极力否认这一策略。在《大西洋之声》中，菲利普斯对游离在外的游子的愿望持高度批评态度，特别是非洲裔美国人的愿望，即回到他的根，回到非洲的家中，以治愈由离散造成的创伤。因为他认为“非洲无法治愈。非洲不能使任何人感到完整。非洲不是精神病医生”[②]。《大西洋之声》将体裁与写作风格结合在一起，从自传到纪实，从小说到访谈，从历史叙事到诗歌。通过追溯父母的迁徙路线，菲利普斯探索了“家”和“归属”的含义，这体现在《大西洋之声》的章节标题之中。

在菲利普斯的非小说和小说中，每一个故事都经受着某种跨越的影响，一个片段与另一片段相交集，一个叙述竟然幽灵般地关联到另一个叙述，一个虚构的或非虚构的时刻都会有过去或未来的轨迹，一个地方不可思议地与另一个地方相提并论。谈到《大西洋之声》，本尼迪克特·莱德特提道：“文本的推进呈波浪状运动，像大海一样不断向前和向后流动。”[③] 莱德特巧妙地引用了《大西洋之声》中的字句

---

① Caryl Phillips, *The European Tribe*, London: Faber and Faber, 1987, p.ix, p.xii.

② Caryl Phillips, *The Atlantic Sound*, London: Faber and Faber, 2000, p.173.

③ Bénédicte Ledent, “Ambiguous Visions of Home: The Paradoxes of Diasporic Belonging in Caryl Phillips's *The Atlantic Sound*”, *Enter Text*, 1 (1), 2000, p.204.

来说明菲利普斯，她认为，在菲利普斯最近的游记中，过去“如滔滔江水激流奔涌，并注入现在”[①]。在莱德特看来，海洋对文本的想象至关重要，伊丽莎白·德洛格利（Elizabeth DeLoughrey）关于水符号的研究也说明了这一点。这水符号表明“划定疆界”是通过历史，而不是通过民族或国家的“根”，这样使基于国家的、归属陆地的局限性变得更复杂。[②]“水”和“流动的自我意识”是菲利普斯作品中反复出现的主题，这经常出现在他的多种流动性的叙述结构中。菲利普斯认为水是他小说中的一个重要主题，他把水描述成一种真实的路径和象征性的途径。

在一次访谈中，菲利普斯强调，他不相信“能够宣称拥有根的重要性——一种你能随身携带的景观或地理”。他强调，他最常提到的参考点是“水”，因为在他看来，水元素似乎是“把我们捆绑在一起的东西……一条我们继续相逢和相遇的道路”。然而，对于离散的非洲人来说，跨越江河后却难以在宗主国扎根，返回故土寻找稳定的根也同样遭受排外。所以，菲利普斯的结论是“我宁愿在旅途开始或结束时走在路上，而不是在‘家’”[③]。由此可见，菲利普斯的旅行写作是一种关于二者之间的写作，探索了欲望与实现欲望之间的差距，将自己定位于具有“跨大西洋”的开放性，并成为一座相互连接的水的桥梁。菲利普斯采用旅行文学叙事策略，这个策略质疑每一个历史时刻和地理位置的存在，通过创造意料之外的联系，使原本稳固的疆界产生了不稳定的影响。菲利普斯作品中形形色色的人物通过旅行或穿越河流，把他们的祖国和宗主国连在了一起，但同时又发现“对于‘家’这个难题，永远不会有任何宽慰”[④]。

菲利普斯在他的小说中创造了各种各样的“渡河者”，而且他自己

---

① Caryl Phillips, *The Atlantic Sound*, London: Faber and Faber, 2000, p.220.

② Elizabeth DeLoughrey, "Tidalectics: Charting the Space/Time of Caribbean Waters", *SPAN*, 47 (10), 1998, p.24.

③ Stephen Clingman, "Other Voices: An Interview with Caryl Phillips", *Salmagundi*, 143, 2004, p.113.

④ Caryl Phillips, *A New World Order*, London: Secker and Warburg, 2001, p.308.

也是一个环大西洋三角形区域的“渡河者”。因此，每个人都需要“找到立足的某块土地、某个地方、某个位置，因为他们已经被阻挡在外，大多数国家拒绝给予身份和认同”[①]。除了真正的跨越行为外，作者还运用了复调、主人叙事与奴隶叙事、腹语、互文性和游记等技巧来探究奴役、移民、种族、家园、女性等主题。作者的创作意图也隐含了跨越问题，每一部作品都不是孤立的，都有其内在的关系。他不仅在小说中混合了各种流派，而且还嵌入了许多非小说因素，比如《剑桥》中的专业技术术语，《血的本质》的词语定义等，至于说信件、日记、剪报等那就更不在话下了。因此，在某种意义上，菲利普斯本人超越了传统意义上的小说界限。读者本人有机会走入作品人物的内心世界，从而越过将他们与其他人分开的界线。对于菲利普斯的读者来说，逾越的另一个概念是在他的小说和非小说之间架起的桥梁。因此，读者应该透过跨越现象来理解渡河者“把希望之根埋进坚硬的土壤”的决心。[②]

---

① Stuart Hall, "Old and New Identities, Old and New Ethnicities", *Culture, Globalization and the World System: Contemporary Conditions for the Representation of Identity*, ed. Anthony D. King, London: Macmillan, 1991, p.52.

② Caryl Phillips, *Crossing the River*, London: Bloomsbury, 2006, p.1.

第四章　艺术家的传承与社会责任

作为英国文坛上处于创作上升期的作家，菲利普斯虽不像奈保尔等诺贝尔文学奖获得者那样光耀世界，也没有通过获得一枚布克奖使自己的某部小说摆到荣誉殿堂，但他凭借作品的数量和质量获得很多的奖项，成为一颗独特的明星，凭借自己的光辉照耀着一片文学爱好者的天空。

由于特殊的成长经历，菲利普斯与四个地方有着千丝万缕的联系。他的祖先在非洲、出生在加勒比海地区、成长在英国、居住在美国，对于命运之神赐予的四张身份名片，他不断地体验着与它们“既依附又超然”的关系。菲利普斯不止一次地提道：“我认识这个地方，我觉得在这里很自在，但我不属于这里。我是这个地方的，又不是这个地方的。”①除了伦敦的公寓，菲利普斯在美国和故乡圣基茨也有住处，所以，有评论者归纳了菲利普斯的归属感：“在某种程度上，无论你身在何处，你一定会觉得自己是个外国人。当你在英国时，你会意识到你的非洲遗产；而当你在非洲时，你又会意识到你在英国长大。”对于这种四处移动、四海为家所带来的移位，菲利普斯的看法也不断发生着变化。“事实上，我越来越感觉不到像以前那样的移位所造成的创伤了。我想我从来没有强烈地感觉到那是创伤——这有点夸张——但移位带来不适是肯定的。”② 正是由于他的多重文化渊源，其作品具有跨文化的视野，从某种意义上来说，他成了名副其实的“世界公民”。所以，路

---

① Caryl Phillips, *A New World Order*, London: Secker and Warburg, 2001, p.1.

② Reneé Schatteman, *Conversations with Caryl Phillips*, Jackson: University Press of Mississippi, 2009, p.38.

易斯·叶林对菲利普斯的评价是：要把他的创作置于“跨越大西洋的、跨越国家的、世界性的、后殖民主义的背景下，这种背景拓展了传统的英国性概念”①。

作为作家，菲利普斯自然是有他的独特之处，这一点他在许多访谈中谈论他自己以及他的文学目的时证实过。他总是在挑战疆界，不管是种族分界、文学流派的区别，还是地理身份。正是由于他与多地的关系及“越界”行为，让他拥有多种身份，但是他却抗拒被贴上标签。比如，他允许自己被看作是英国黑人作家、加勒比作家或者后殖民作家，而不觉得有必要按特定的等级顺序排列自己的从属关系。他集中体现了一种世界主义的观念，这种观念基于无家可归的观念，随着时间的推移，这种观念转变为同时与多个家庭建立联系。② 菲利普斯的创作具有独特的视角，作为第二代移民来描写父辈（第一代）的移民经历；对奴隶制的回溯显示出树枝对根的情谊；把他人的历史（比如犹太人的苦难）纳入他的视域，透露出他对于苦难的深层次理解；挑战欧洲中心，颠覆传统的经典人物。他采用非传统的叙事手法，串联起一个个支离破碎的人生故事，这让习惯于按情节发展阅读小说的人们常常感到极为沮丧，比如，他们对《血的本质》中呈现出的“令人恼火的多余时间尺度”和“令人震惊的零碎记忆”③ 感到困惑不已。

不论读者和评论者对菲利普斯的作品是褒扬还是贬低，他的创作基质中仍然透露出了他与四地的关系，特别是出生地加勒比海地区对他的创作起着决定性的影响，非洲对他有着深层次的影响，最终他的作品又对英国文学产生了深远的影响。所有这些，都体现了他作为艺术家的文学文化传承以及他肩负的社会责任。

---

① Louise Yelin, “Caryl Phillips”, *British Writers*, eds. George Stade and Sarah Hannah Goldstein, New York: Charles Scribner's Sons, 1999, p.379.

② Benedicte Ledent and Daria Tunca, eds., *Caryl Phillips: Writing in the Key of Life*, Amsterdam and New York: Rodopi B. V., 2012, p.54.

③ Bénédicte Ledent, *Caryl Phillips*, p.163. See Eileen Battersby, “Walking In and Out of Time Zones”, *Irish Times*, 26 (2), 1997.

第一节　加勒比海地区的人文地理

加勒比海地区，指的是以加勒比海为中心的区域，北面及东北与大西洋相接，西北角接墨西哥湾，西南与太平洋隔着中美洲狭长地带相望，北美洲以南、南美洲以北的群岛，广义的加勒比海地区包括近千个大小岛屿。“加勒比海”这个名字以当时的土著居民加勒比人（the Carib）命名，意思是“勇敢者”或是“堂堂正正的人”。加勒比人是拉丁美洲印第安人的一支，这一区域在历史上曾有过几个不同的名字，部分是由历史事件来定义的，如西印度群岛。“西印度群岛”这个称呼是基于一个错误，即1492年哥伦布“发现”了美洲新大陆，却错误地认为那里是印度，为了与真正的印度相区别开，便将此处冠以“西印度”的称号。直到近来，它还属于英国的领土，这些岛屿还被称为“安的列斯群岛”（the Antilles），这是哥伦布到达之前的称呼。由于“西印度群岛”的叫法本来就是将错就错的，所以相比较而言，“加勒比海地区”的指代就比较清晰。而“加勒比”这个词有几种用法，主要是指在地理和政治方面。加勒比海地区也可以扩大到包括与奴隶制、欧洲殖民化以及种植园制度相联系的有着深厚文化和历史联系的地区。

在经历了殖民统治后，加勒比海地区的原住民阿拉瓦克人（Arawak）及加勒比人几乎被赶尽杀绝，取而代之的是随后来的非洲人、欧洲人和亚洲人。如今加勒比海地区的主要人口是黑人，分布在牙买加、海地、多米尼加、格林纳达等国家。这个地区大多是乡下，经济上贫穷落后，而且被分割成大小不一的岛屿，有许多岛屿非常小，这些岛屿位于美洲大陆的边缘，组成了一片并不连续的区域。由于加勒比海地区特殊的群岛性地理环境，再加上其历经英国、西班牙、葡萄牙、法国、荷兰的殖民统治，所以这些群岛分别隶属于不同的殖民者国家，于是也就有了“英属加勒比”“法属加勒比”“荷属加勒比”等的称谓，这些区域又分别继承了殖民者的文化文学传统。在加勒比海地区，除了殖民者使用的官方语言，还有由殖民者的语言与当地语言混合而形成的克里奥尔语（Creole）[1]，别名为“地方黑人土话”。当然，每个区域也各不相同，诸如英语克里奥尔语、法语克里奥尔语或荷兰语克里奥尔语等。如此说来，在地形、语言和种族方面，当前世界上任何一个地区都没有像加勒比海地区一样如此丰富多样化。这个区域有着多种语言，人们又有着相冲突的身份；这个区域处于多种文化交汇的不稳定状态，但是这又是一个流动的区域，由共同的奴隶制历史和殖民历史联结着。在此背景下，这些由众多大小不一的群岛组成的区域统一被称为“加勒比海地区”。[2]

英属西印度群岛在20世纪初包括有大约22个岛国，二战期间这些英属殖民地开始走向独立，大多数国家在20世纪60年代获得独立。国家尽管获得了独立，但是政治上无力，经济上负债累累，旅游业也未能扭转这种局面。就是在这样的情况下，加勒比海地区的作家、音乐家和艺术家仍不断涌现，尽管其中许多作品都是在西印度群岛以外的地方创作的。由此可见，加勒比海地区的环境对普通人来说也许是不利的，但是对于文学创作却有其特殊的贡献，因为这片区域贡献了许多的获奖作家，包括诺贝尔文学奖得主，如V. S. 奈保尔、德里克·沃尔科特等。德里克·沃尔科特（Derek Walcott）认为，加勒比海的特点是激发了创造力，“首先，我们很穷，这给了我们特权”[3]。

尽管加勒比海地区培养了很多优秀作家，但是这个地区存在着种种局限性，所以许多决心成为作家的有志之士走出了加勒比海地区，到发达的欧美国家去寻求教育、寻找出版商和阅读大众。他们拥有的多重文化身份给他们提供了丰富的想象空间，他们在异国的土地上隔空回写加勒比，由此创造了一种加勒比风格。他们确立了一种独特的身份和文学

---

① 克里奥尔语（Creole）起源于殖民化初期。它的词汇主要是法语，但是用的却是非洲语言的句法。经过几个世纪的演变，克里奥尔语变成了一种完全独立的语言。“克里奥尔”一词还有一些特殊含义：在西印度群岛，它是地方黑人土话的别名，诸如英语克里奥尔语、法语克里奥尔语或荷兰语克里奥尔语等。

② Antonio Benitez-Rojo，*Repeating Island*，translated by James E. Maraniss，Durham and London，1996，pp.1-5

③ Derek Walcott，“The Caribbean：Culture or Mimicry?”，*Journal of Interamerican Studies and World Affairs*，16（1），1974，p.5.

现象，这反过来又促进了全球文化与文学的繁荣，包括移入国和移出国。[①]

菲利普斯出生在圣基茨，在英国长大，从国籍和身份上来说，他无疑是英国人，但是他却称自己拥有双重国籍，即英国与加勒比。菲利普斯认为，英国是“一个非常排外的社会，对于归属有非常狭隘的定义”。在美国，“美国人”前面加前缀是很常见的，比如，爱尔兰裔美国人（Irish-American）、非裔美国人、华裔美国人等，前者表明一个人来自何方，后者是公民的身份。但是，英国对这种由前缀构成的复合身份是极为抵制的，在英国是听不到这种“爱尔兰裔英国人”“非裔英国人”的提法的。事实上，国籍是非常具体和排他性的。对于那些拥有一种以上文化来源或一种以上身份的人来说，很难把自己恰当地定位在英国社会中。[②] 所以，即使菲利普斯拥有英国国籍，英国给予他成为作家必要的积淀，他仍觉得，假如他要继续在英国住下去，如何去协调“感觉自己是英国人，同时却不断地被人以微妙或露骨的方式告知自己不属于英国的矛盾”[③]。菲利普斯在英国找不到归属感，于是他在1987年下决心离开英国，开始了频繁的旅行，并到其他国家的大学任教的“强迫性流动”。特别值得一提的是，回归他的出生地加勒比海地区让他找到了内心深处的亲近感。

菲利普斯在《渡河》中把被贩卖的黑奴与非洲大陆的关系描述为“折断的树枝”与“树”的关系，“折断的树枝”和“树”的意象在其他的作品中也出现过，菲利普斯也把这个比喻用到自己身上，称自己这块树枝在英国那片土壤里继续生长，但是根却留在了加勒比海地区那片沃土里。对于像他一样离散在外的加勒比人，菲利普斯内心对加勒比海地区的归属感有着很深刻的认识：“我认为，对于许多来自加勒比海地区的人，包括那些写作的人，无论你去哪里旅行，你都会与加勒比海地

① Louis James, *Caribbean Literature in English*, London and New York: Longman, 1999, p.1.

② Reneé Schatteman, *Conversations with Caryl Phillips*, Jackson: University Press of Mississippi, 2009, pp.73-74.

③ Caryl Phillips, *The European Tribe*, London: Faber and Faber, 1987, p.9.

区有某种联系，这里有一种归属感。加勒比海地区有着引以为傲的悠久的移民、人才输出、人力资源输出等传统。有时这些人会回来，有时他们不会回来；但不管他们是否回来，我认为这些人中的许多人会继续把自己——无论他们是坐在伦敦、多伦多还是纽约——看成是在加勒比海地区扎根的人。”这种归属感对于像菲利普斯一样漂泊在外的游子尤为重要，在移居国遭受边缘化后，他们会很乐意地投入到故乡的怀抱。菲利普斯更清楚地认识到，家乡加勒比海地区无论是在其地理位置还是在历史上都具有重要意义，这从他作品中就可以看出来，因为从主题上讲，他所写的大部分内容都与英属加勒比诸岛有关。尽管菲利普斯把自己和故乡的关系比作是“折断的树枝”和“树”的关系，但是他同时认为，加勒比海地区不可能会把他连根拔起，暂时的远离没有隔断他与故乡的血脉，“他们永远无法把我和加勒比分开，因为我是加勒比人民悠久传统的一部分，这些人尽管早已走出国门，但仍然觉得自己根植在这片土地上”。[①]

菲利普斯说自己描写加勒比海的原因是“加勒比海地区包括欧洲和非洲，就像我一样。加勒比属于欧洲和非洲，是一个人造的社会，是由屠杀土著居民加勒比人（the Carib）和阿拉瓦克（Arawak）印第安人而建立起来的。这是非洲和欧洲在别人家的土地上相互遇见的地方，加勒比的历史是一段血腥的历史”[②]。加勒比海不是“一个内陆集中的水域，而是一片向外扩展的海洋，从而溶解了所有集中或汇总思想的系统”[③]，而文化混杂是加勒比地区的典型特征。对于加勒比作家来说，要想拥抱整个世界，就要远离单一国家或种族的官方叙事或传统叙事。对菲利普斯来说，成为一名加勒比作家，就可以自由地进出加勒比海群岛。这种迁移状态以及随后的位移感，对文学创作是一种馈赠。因此，

---

① Reneé Schatteman, *Conversations with Caryl Phillips*, Jackson: University Press of Mississippi, 2009, pp.129-130, p.120.

② Reneé Schatteman, *Conversations with Caryl Phillips*, Jackson: University Press of Mississippi, 2009, p.17.

③ J. Michael Dash, *The Other America: Caribbean Literature in a New World Context*, Charlottesville & London: UP of Virginia, 1998, p.14.

加勒比文学作品为读者提供了认识加勒比的窗口，从中可以关注流动和移民、跨文化的接触和融合、奴隶制历史和当地文化的重建。在回顾影响至今的历史时，加勒比作家经常修正我们对过去的理解，提出不同的解释，并揭示未来的新方向。地方和大众的文化表现形式（如音乐、故事、体育、舞蹈）在反映和重建历史和地方性方面发挥着重要作用。加勒比海地区兼收并蓄多国文化，加勒比人又凭着丰富多样的历史文化走向世界，而这种独一无二的“加勒比特性”在世界各领域依然产生着重要影响，而从加勒比海地区走出去的文学艺术家频繁获奖就是最好的例证。

尽管菲利普斯可能会抵制成为任何团体的代言人这种观念，但正如萨尔曼·拉什迪所指出的，很明显，“在以白人为主的社会中，黑人的存在，就对许多作家施加了一种公共责任，一种公共项目，就是‘赋予其话语权’”[①]。虽然菲利普斯不喜欢代言人的说法，但是他通过对离散移民体验进行的多方面探索，定义了一种全新的加勒比移民精神，从而奠定了一种具有普遍维度的加勒比移民的美学基础。或者用他自己的话来说，“某种延伸到加勒比海以外的 20 世纪晚期的美学”[②]。有人可能会把这种美学称为“后移民”，因为它赋予加勒比或其他居住在西方的年轻移民群体“话语权”，这些年轻的移民处在两代人之间，并被多种文化所包围，他们逐渐地把移民体验的不适感转化到文学艺术作品中，形成了一种特殊的加勒比文学景观，形成了一种不容忽视的文学现象。

第二节 永远的非洲烙印

菲利普斯曾说自己“不是个非洲人”[③]，但是从他的作品来看，他

① Salman Rushdie, “Minority Literatures in a Multi-cultural Society”, *Displaced Persons*, eds. Kirsten Holst Petersen and Anna Rutherford, Mundelstrup: Dangaroo, 1988, p.37.

② C. Rosalind Bell, “Worlds Within: An Interview with Caryl Phillips”, *Callaloo*, 14 (3), 1991, p.605.

③ Caryl Phillips, “Out of Africa”, *The Guardian*, 22 (2), 2003, http://www.guardian.co.uk/books/2003/feb/22/classics.chinuaachebe (accessed 1 August 2009).

对非洲又极为关注，特别是对于奴隶制历史表现出超乎寻常的热衷，这与他的成长经历不无关系。作为英国白人社区唯一的黑人家庭，学校里唯一的黑人学生，他对于黑人与白人的关系极为敏感。于是，黑人男性与白人女子几乎成为他每部作品的保留人物，探究自身历史让他深入追溯到奴隶制历史，而非洲成为非洲离散的发源地。菲利普斯作品中最常出现的地理坐标是环大西洋三角地带：他祖辈所在的非洲、他的出生地加勒比海地区、他的成长之地英国和居住之地美国，这些区域涵盖了社会学家保罗·吉尔罗伊所称的“黑色大西洋”。鉴于菲利普斯的成长轨迹和文学成就，他完全可以称得上是非洲离散的吟游诗人，只不过他吟游的不是诗歌，而是小说。

菲利普斯的创作显示了非洲文化、美国非裔作家对他的影响。1978年的美国之行成为菲利普斯人生的转折点，他开始了解非裔美国文学的传统，这使他对非裔美国人产生了高度的认同感，因为他们“有共同的历史，我想写他们，我也想写我自己”[①]。在读了理查德·赖特的《土生子》后，他下定决心要成为一名作家。这次的美国之行，菲利普斯深受非裔美国文学的启发。于是，在他的人生道路上“另一扇门开启了”，他“成了一个完全不同的人”[②]，他的生活轨道从此改变了。当菲利普斯打算以非裔美国文学为毕业论文主题时，令他感到耻辱的是，他发现牛津大学图书馆里并没有他需要的任何资料，尽管美国小说据称是一个可用的选择。所以当他开始进行创作时，他致力于让弱势群体，包括非洲黑人，讲述他们自己的故事，以填补官方历史有意遗漏的声音。

说到前辈作家的影响，菲利普斯认为，对他影响最大的当属詹姆斯·鲍德温，“因为在我认识的作家当中，没有其他的人对我来说像他一样重要”[③]。而理查德·赖特和托妮·莫里森除了给予菲利普斯卓越的文学影响外，还给了他巨大的感情上的冲击，使他发现

① Caryl Phillips, *Color Me English*, London: Harvill Secker, 2011, p.115.

② Reneé Schatteman, *Conversations with Caryl Phillips*, Jackson: University Press of Mississippi, 2009, p.115.

③ Reneé Schatteman, *Conversations with Caryl Phillips*, Jackson: University Press of Mississippi, 2009, p.25.

了黑人作家宽广的想象领域，毕竟他成长过程中只能读到俄国和英国作家的作品。除了英国传统和加勒比传统，菲利普斯说自己是非裔作家，“因为对于离散的非洲人来说，‘家’是一个沉甸甸的字眼，负载着复杂的历史与地理的重担”。比如离散在各个国度的非裔作家：兰斯顿·休斯（Langston Hughes）、W. E. B. 杜波依斯（W. E. B. Du Bois）、伊达·B. 威尔斯（Ida B. Wells）、菲丽丝·惠特蕾（Phillis Wheatley）、克劳德·麦凯（Claude McKay）等，这些非裔作家能够“离开故土，并且通过另一个棱镜来看自己……希望这个棱镜少一些种族的乌云……这早已成了在西方的非裔作家遗产的一部分了”。[①] 除了非裔作家对他产生的深刻影响，非裔艺术家对菲利普斯的作品也有很明显的影响，如比莉·荷莉戴（Billie Holiday）、史提夫·汪达（Stevie Wonder）、柯蒂斯·梅菲尔德（Curtis Mayfield）、比利·布拉格（Billy Bragg）、马文·盖伊（Marvin Gaye）等，他们能把痛苦转化到艺术中，创作出深刻又犀利的音乐作品，与黑人和白人进行对话，这些音乐作品激励着年轻的菲利普斯，点燃了他心中想成为作家的迫切愿望。[②] 在柯蒂斯·梅菲尔德的音乐专辑《新世界秩序》中有一首名为《在这里，但我要走了》（Here but I'm gone）的歌，合唱部分的歌词是：“我属于哪里/我在世界上哪里做错了……我仍然觉得我好像在这里，但我要走了。”这个歌词反映了非洲裔美国人的生活状况，同样也是菲利普斯创作的灵感源泉。[③]

菲利普斯常常会提到他的四张身份名片：非洲、加勒比海地区、英国、美国，其中非洲作为祖先之地永远是放在第一位的，他也正是按照他的身份来构建他的环大西洋文学地图。在菲利普斯的小说中，第一、二部是关于自己与父辈移民的较近的历史，从第三部《更高的地面》开始，他便深入更早的奴隶制历史中。菲利普斯作品中涉及奴隶制的小说有《更高的地面》《剑桥》《渡河》及非小说《异乡客：三个英国人

① Caryl Phillips, *Color Me English*, London: Harvill Secker, 2011, p.124, p.125.
② Caryl Phillips, *A New World Order*, London: Secker and Warburg, 2001, p.36.
③ https://www.curtismayfield.com/biography.html.

的生活》。菲利普斯在这些作品中塑造了许多深受奴隶制迫害的黑奴形象，如白人奴隶贩子的黑奴翻译、黑奴基督徒、女黑奴西部拓荒者、黑奴雇佣军、名人的家仆等，反映了在奴隶制不同时期、不同地点的奴隶们个人的故事，而把他们一个个串起来，就组成了一部完整的奴隶制的历史故事集。

《更高的地面》第一部分“心地”涉及非洲奴隶贸易，通过为白人奴隶贩子充当翻译的黑人“中间人”的视角，读者们可以了解奴隶贸易据点的内部情况。《剑桥》呈现了废奴之前黑奴们在种植园的情景以及白人主子对于黑奴命运的操控。《渡河》是一部非洲离散史诗，时间上跨越了250年，地理上涉及非洲、美洲及欧洲，涉及的人物众多，从留守的非洲父亲、离散到各地的非洲之子到参与贩运黑奴的白人奴隶贩子，特别是通过白人贩子的故事，揭露了贩运黑奴的冰山一角。除了奴隶制历史，菲利普斯的作品还涉及非洲移民，反映了非洲移民到移居国之后的遭遇。

非裔作家对菲利普斯的影响还体现在其作品中的互文性特征上。菲利普斯曾经说过，“我们都是他的后裔（康拉德）”[①]。比如，《更高的地面》第一部分“心地”深受康拉德的《黑暗的心》(*Heart of Darkness*)描绘的非洲“黑大陆”的影响，后来《渡河》中白人主子爱德华到非洲大陆寻找前黑奴也飘荡着《黑暗的心》的影子。另外，《更高的地面》运用互文性手法，表明了菲利普斯的文学传承，显示了他与非洲文学传统有深厚的渊源。但是，菲利普斯并不满足于仅仅做一个一脉相承的衣钵继承人，他大胆地采用了“修正的策略”[②]，有意选择了一个非洲当地人作为叙述者，而《黑暗的心》却故意抹去土著人的言语，可以说菲利普斯塑造的黑奴翻译打开了康拉德作品中沉默的土著人的嘴巴。在“心地”部分，叙述在顾及到处于殖民地边缘的殖民者和被殖民者的两个方面的基础上，呈现了一种人类经验的全景。它意味着对殖民

---

① Reneé Schatteman, *Conversations with Caryl Phillips*, Jackson: University Press of Mississippi, 2009, p.103.

② Benedicte Ledent and Daria Tunca, eds., *Caryl Phillips: Writing in the Key of Life*, Amsterdam and New York: Rodopi B. V., 2012, p.140.

地现实的更广泛的，有时是纠正性的理解，而这一时期的大多数叙述，如《黑暗的心》，对殖民地现实只做了部分描述。[1]

非洲是菲利普斯小说中一个很重要的地点，在他的非小说中，非洲是其文学地图上的一个连结点。《欧洲部落》记录了菲利普斯穿越欧洲，试图理清黑人在欧洲成长的意味，亲身体验并领悟到欧洲中心主义是种族歧视的根源。在《大西洋之声》中菲利普斯亲自到访了跨越大西洋奴隶贸易的三个关键港口，探究了移位与非洲离散。《新世界秩序》更是直接把书的内容分为四个部分：美国、非洲、加勒比海地区、英国。在"非洲"部分，他谈到了在非洲很有影响力的人物，如纳丁·戈迪默（Nadine Gordimer）、J. M. 库切（J. M. Coetzee）、沃莱·索因卡（Wole Soyinka）等。菲利普斯的非小说《为我着上英国色彩：移民与归属的思考》中，涉及钦努阿·阿切贝（Chinua Achebe）、塞拉利昂（Siera Leone）、加纳（Ghana）等非洲的标志性人物和有重要意义的地方。

法农曾经说过，黑人要为自己负责，为自己的种族负责，为自己的祖先负责。[2] 这句话用在菲利普斯身上似乎也很合适，因为他就是把自身、父辈、故乡写进了作品。有一点需要特别注意，在回写历史，追踪非洲离散时，菲利普斯没有因怀旧而美化故土，没有对回归非洲之根进行煽情的描写。事实上，他对于盲目乐观的大规模返乡归根持审慎的态度。总之，非洲对他的影响是深入血脉之中的，对他的影响是深层次的。

第三节　文学的多样性

菲利普斯作为20世纪50年代出生、80年代开始创作的作家，其作品在英国乃至世界文坛上独树一帜，他的创作体裁包括剧作、小说、随

① Benedicte Ledent and Daria Tunca, eds., *Caryl Phillips: Writing in the Key of Life*, Amsterdam and New York: Rodopi B. V., 2012, p.150.

② 参见［法］弗朗兹·法农：《黑皮肤，白面具》，万冰译，译林出版社2005年版，第85页。

笔，作品采用多种叙事形式，内容则借古讽今。俗话说“文如其人”，菲利普斯的作品中关注的焦点都与他本人息息相关，其中很多都是他亲身所经历的。作为黑人，他出现在英国并非偶然，而是受英国邀请（菲利普斯的父母是“帝国疾风号”海船那代移民）而来的，加勒比移民的到来标志着英国多元文化的开始，这也是英国在参与奴隶制和殖民化后必须要付出的代价，所以菲利普斯把自身的经历、父辈乃至整个种族的苦难纳入创作之中，其作品一经问世就对英国文学产生很大的影响。的确，菲利普斯的作品从内容到形式，都给英国文坛刮去一阵黑色旋风，给历史悠久的传统英国文学增添了不容忽视的一页。

菲利普斯对英国文学的贡献主要表现在两个方面。首先是在内容上，菲利普斯小说的主题拓宽了英国小说的写作领域。他从得到社会承认的历史记述中挖掘出被官方历史所排除的历史，关注传统历史学所排斥的人物，即“记住西方想要忘记的事”①。菲利普斯在20世纪后期开始关注历史题材，特别是重新书写了跨越大西洋的奴隶贸易的历史，回溯了20世纪中期及以后的移民处境。这主要是想纠正英国人的历史“健忘症”和“近视”，“重新调整英国人对英国历史主要叙述的看法，目的是把英国人天然排斥的人们包括进去”②。菲利普斯所书写的历史不是对历史的简单重复，而是借历史来映射现在，并与现在发生关联。他把历史看作是一个包含过去、现在和未来进行着的过程，而且过去对现在的影响依然存在。另外，菲利普斯还把屠杀犹太人的历史纳入其作品中，把犹太人的苦难与非洲人及其后裔联系起来。菲利普斯讲述其他种族的故事常常遭到他人的非议，他把看似无关的人和事关联起来，这种内在的关联性恰好表明了菲利普斯的离散视野和跨文化视野，他把离散看作是一个开放移动的文化宝藏，挑战了基于固定疆界之上的民族国家概念，而跨越疆界的行为则提供了人

---

① J. M. Coetee, “What We Like to Forget”, *New York Review*, 6 (11), 1997, p.41.

② Maya Jaggi, “The Final Passage: An Interview with Writer Caryl Phillips”, *Black British Culture and Society: A Text Reader*, ed. Kwesi Owusu, London and New York: Routledge, 2000, p.159.

与人之间进行交流沟通的途径，为最终实现不同文化之间的和谐共处提供了可能性。这种外来因素的存在恰恰揭示了长期以来英国小说所忽视的内在异质性。

其次是在叙事形式上，菲利普斯认为形式是作品很重要的方面，是作品成功的关键因素之一，“通常主题决定了我选择的形式”[①]。菲利普斯大多数作品的形式很有辨识度，比如，支离破碎的风格，相伴而生的是跳跃性的多种叙述。菲利普斯曾经尝试着按照开头、中间、结尾的顺序进行创作，但是他并不相信线性时间。他认为，按照开头、中间和结尾的顺序，加上各色人物，是一个 19 世纪的旧形式，而旧的 19 世纪现实主义小说似乎不适用于他正在解决的主题。在菲利普斯的小说中，碎片般的故事取代了传统的线性叙事，因为历史的力量，比如奴隶制和移民的力量，都深深地打乱了他作品中人物的生活。他指出：“要写一部关于人生支离破碎、分崩离析的小说，却没有在叙述中努力去反映其中的破碎和断裂，这似乎是不对的。”[②] 所以这种支离破碎的叙事方式恰好对应了处于离散、错位中人物的生活状态。菲利普斯的作品中，除了《独立国家》，大部分或多或少地都采用了碎片式及交替穿插的叙事风格，这种结构看似四分五裂，实则有其内在的逻辑性和相关性。因为针对反映相似主题的形式，并没有先例可循，所以菲利普斯为自己要涉及的主题量身定制了恰当的形式，这样才使他的作品达到内容与形式的高度统一，从而极大地丰富了英国文学的宝藏。除了这种碎片结构，菲利普斯的作品之间还形成了主题与技巧上的交叉重叠，且互为补充，构成了一个统一的整体。

除了作品具有独特性，菲利普斯本人在很多方面也异于他人，比如他如何定位自己，如何展示自己文学创作的目的，他在访谈中并不回避这些问题，而是侃侃而谈。他总是在挑战边界，这表现在种族划分、体裁的区别及地理特征变化等方面。尽管他拥有多重身份，但他不喜欢被

---

① Bénédicte Ledent, *Caryl Phillips*, Manchester: Manchester University Press (Contemporary World Writers Series), 2002, p.13.

② Benedicte Ledent and Daria Tunca, eds., *Caryl Phillips: Writing in the Key of Life*, Amsterdam and New York: Rodopi B. V., 2012, p.51.

贴上各种身份标签，比如，英国黑人作家、加勒比作家或后殖民作家，也不觉得有必要按特定的等级顺序排列自己的从属关系。他集中体现了一种世界主义的观念，这种观念是基于无家可归的感觉，随着时间的推移，这种观念转变为同时与多个家园发生关联。在创作生涯中，菲利普斯的作品和生活的复杂性给读者留下了深刻的印象，他通过作品建构起的穿越时空的文学世界受到越来越多的关注。

作为第二代移民，菲利普斯书写了自身及第一代移民所经历的种种磨难，反映了父辈从怀抱的梦想到理想的破灭，以及自身对于身份、家园、归属等的矛盾心理，这或许是作者所处时代的必然写照。不论跨越疆界的前辈们承受了多大的苦难，后辈们移动的脚步也并没有停止。值得注意的是，在菲利普斯之后英国成长起了新一代作家，他认为："与我成长的英国相比，他们正在描写一个更加多元文化、更加世界化的英国。"[①] 英国融合了多个国家和民族，已变得更加开放，在新生代作家中较为著名的或许当属女作家扎迪·史密斯（Zadie Smith），当然还有其他的作家。这些新生代的共同特点是，他们都失去了对加勒比海的热爱和依赖，加勒比海地区的影响已经逐渐后退，回到了他们的记忆中，他们能够在英国扎根，而不必去加勒比进行自我定义的旅行。所以，英国文学最终容纳了这些异域文化，而异质因素的增加也拓宽了英国文学的领域，从而使古老的英国文学焕发了新的生机。

第四节　艺术家的社会责任

由于其卓越的文学成就，菲利普斯在国际文坛上已经享有了较高的声誉。然而具有讽刺意味的是，他在家乡得到的承认远不如在伦敦、纽约，甚至不如在加纳，其根本原因在于他的《独立国家》暴露了圣基茨在独立过程中存在的腐败问题，从而惹恼了当局。对于这件事，菲利普斯表达了自己的观点："我没有把它当作个人的事，因为我试着把这

---

① Reneé Schatteman, *Conversations with Caryl Phillips*, Jackson: University Press of Mississippi, 2009, p.130.

件事放到加勒比作家和这个地区的关系的背景下来看。”[①] 在加勒比海地区发展过程中，这里涌现出了很多作家，其中有许多都是杰出的作家。比如，牙买加的克劳德·麦凯、特立尼达的C. L. R. 詹姆斯、圣卢西亚的德里克·沃尔科特、巴巴多斯的爱德华·卡姆·博列维特……所有这些人在自己的国家都没有得到重视，因而被迫离开了自己的本土岛屿，最终都在国外生活和工作。了解了加勒比海地区的这种氛围，菲利普斯并没有对家乡心生嫌隙。从踏上故土的一刻开始，加勒比海地区就成了他文学世界的一个坐标点，不管家乡人如何看待他，他对于家乡的认可显示了他的依恋之情，但同时他也会不留情面地揭露故乡的弊端。所以，就凭着一支小小的笔，菲利普斯把加勒比海地区（包括圣基茨）送进了文学殿堂，让她走进了读者的视野。

曾经有某位政治人物谈到菲利普斯时说："你务必要对那些人非常小心，你永远不知道他们会写什么。"[②] 这句话一方面说明了政客们对作家心怀戒备，从另一方面也说明作家手中的笔具有剑一样的威慑力。菲利普斯认为："作家的一大责任就是在自己与政治家和政治之间留出一点距离……我已经看到了作家的作用是多么重要，因为他们往往是唯一能够展示另类历史的人。我甚至不想说另一种'真相'，他们写的是另一种历史和另一种叙事，他们为人们提供了另一种看待自己的方式，让他们了解政府提供给他们的东西。我工作的一部分是为人们提供一种不同的看待自己的方式，并为某个国家提供一种不同的看待自己的方式，这是我工作的一部分。我希望这是像《独立国家》这样的书所提供的东西。"[③] 针对社会的问题症结，作家针砭时弊，一针见血地为读者提供了不同于官方的另一种叙事方式，而这恰恰是政客们所惧怕的，所以他们的作品得不到官方的认可便有了合理的解释。

---

① Reneé Schatteman, *Conversations with Caryl Phillips*, Jackson: University Press of Mississippi, 2009, p.126.

② Reneé Schatteman, *Conversations with Caryl Phillips*, Jackson: University Press of Mississippi, 2009, p.127

③ Reneé Schatteman, *Conversations with Caryl Phillips*, Jackson: University Press of Mississippi, 2009, p.128.

菲利普斯的创作表明，即使面对来自各个方面的批评，他依然坚持忠于自己的艺术信念。他曾讲述过一则生动的故事，说的是有一个非洲裔美国妇女在看《渡河》时，因为书中把白人乔伊斯纳入非洲父亲认可的孩子之一而非常生气。菲利普斯拒绝在种族团结的概念上花费精力，他的一些作品，尤其是《剑桥》和《血的本质》，表明了他很有兴趣去研究历史对白人和黑人的影响。在他整个写作生涯中，他愿意表述一些不太受欢迎的观点，例如在《最后的通道》中对加勒比男人贬抑的表述，《独立国家》中对圣基茨岛上腐败政府提出的建议，《欧洲部落》中对欧洲部落主义的批判，《更高的地面》中对非洲参与奴隶贸易的控诉，《大西洋之声》中针对非洲裔美国人把非洲理想化的批评，《在黑暗中起舞》中承认非洲裔美国人和加勒比移民之间存在的令人烦恼的关系。鉴于菲利普斯的小说那么不“讨喜”，而且暴露出的东西恰好是人们试图极力掩盖的，所以J. M. 库切评论说，菲利普斯的小说有一个单一的目标，那就是“记住西方想要忘记的东西”[①]。显然，由于菲利普斯作品大多都以历史为底蕴，离散人群中不同的种族、阶级和权力又处于复杂变动之中，对过往历史的选择性遗忘，都不同程度地反映了隐秘的伤痕，所以菲利普斯致力于挖掘秘而不宣的历史，这对很多人，大到国家，小到个人来说，无疑是让久远的伤疤暴露出来，这自然会受到来自不同方面的压制。其实只有袒露出来，伤口才有愈合的机会，伤疤才能起到警示作用，社会才能更进步，但有些人考虑不了这么长远。

菲利普斯在很多访谈中都提到了作家的责任感。菲利普斯说他写作的目的是不想让子孙后代，不想让每个人为自己的身份承受不必要的焦虑，为了“我从哪里来”这个问题感到羞耻，为当有人说“好吧，你是谁?”时而感到惊慌失措。他希望在现实生活中，人们不要再为复杂的文化、历史、种族、宗教认同等感到羞耻。正是由于这些复杂的社会问题，菲利普斯希望人们能够接受这样一个事实，也就是跨越这些旧的条条框框就是前进的道路，是我们唯一能拥有的东西。在21世纪，我

① J. M. Coetee, “What We Like to Forget”, *New York Review*, 6 (11), 1997, p.41.

们别无选择，我们不能局限于只去理解我们早上看镜子时所看到的东西，那些只是我们的一个非常表面化、简单化的形象。在当今纷繁复杂的世界里，敢于直面社会问题的作家无疑是一个国家的社会良心。随着社会的变化，菲利普斯的社会责任感也是有变化的。菲利普斯在《欧洲部落》里写道："我已经知道，在历史被扭曲的情况下，一个民族的文学常常成为它的历史，它的作家是过去、现在和未来的保护者。在这种情况下，一个作家可以给一个民族注入他们自己独特的身份，并在精神上点燃反抗之火。"① 这本非小说表现出了作者把文学与责任很好地结合起来的无畏担当。作为一名作家，菲利普斯认为："确实试图在自己的作品中找到真相。你确实意识到了有可能成为一个能够识别历史的人，别人对你自己国家民族的历史曾经犯下一些毛病和谬误，也许你会做一些事情来纠正这种历史的不平衡。除此以外，我认为一个作家应该承认他是由非常特殊的社会环境塑造的。我们中的任何一个人——男人、女人、黑人、白人，随便什么——都不是完美无缺的，都不是凭空降生而没有历史记录。一个人不应该为自己的历史感到内疚，也不应该为自己的历史感到羞耻，应该为此承担责任。"②

尽管在成长的过程中遭受过种族歧视，但是菲利普斯对英国还是有感情的，因为他毕竟是在英国这个移居国接受了高等教育，并获得了名声。正是因为自身的遭遇，让他越来越意识到，他不想让子孙后代跟他一样面临着同样的问题，遭受同样的歧视，所以他尝试着以笔为剑，深刻剖析社会问题，以期重塑英国。他认为，作家的首要职责是找出真相，特别是与人物有关的真相。在某些情况下，作者有特殊的责任承担。他不必成为一名政治家，但作家必须意识到作家的力量、他的善行能力以及承担更大社会责任的能力。

菲利普斯创作的驱动力是他致力于改写历史，呈现了全新的过去，关心那些遭受历史不公正待遇的人。在采访中，他曾多次被问到是乐观主义者还是悲观主义者。尽管他的答案各不相同，但他的表述比较多的

---

① Caryl Phillips，*The European Tribe*，London：Faber and Faber，1987，p.99.

② Reneé Schatteman，*Conversations with Caryl Phillips*，Jackson：University Press of Mississippi，2009，p.24.

是自己在某种程度上有对痛苦根源的深入理解，即便这种痛苦还找不到立即或实际的补救措施。历史并未因时间过去了就止息了，很多的遗留问题对现在依然造成困扰。历史遗留下来的深奥而普遍存在的问题缺少完美的解决方案，但他认为，即使受到悲剧的困扰，人们也可以并且应该以开放的眼光和勇气迎接这些挑战。菲利普斯的作品建立在理解和分析的基础上，肯定了人们在努力生存的过程中所坚持的那些东西，包括爱、信仰和家庭。当然，要解决社会中的诸多问题，如奴役、移民、种族、家园、女性等，就要从意识形态、政治经济制度上着手，使不同文化之间的交流变得更加和谐。

菲利普斯的成长经历造就了其作品宏大的时空跨度，同时他的多重身份反映了他对非洲、欧洲、美洲文学的传承，使他不自觉地去关注与他相关的多个地域。他立足现代，追问“钦定的”历史，充分体现了他的社会责任感。这成功地唤起了读者们的共鸣，他的作品主题及形式的多样性为他在英国文学上赢得了一席之地。

结　语

菲利普斯的成长经历赋予他一种不同的视角，于是他以一个身处帝国中心的外来人的身份看待历史与现实，他的多重身份又使他很自然地去关注与他相关的非洲、欧洲及美洲，他的作品通过叙述历史和移民的流动与相互作用，将不相关的人、事、物连接起来，探索不同的社会表述方式，并对故事和历史进行冷静的、批判性的重构，让被历史遗忘的小人物回归本位。

尽管菲利普斯取得了巨大的成就，但他并没有获得足够的关注。究其原因，或许是由于他的作品对现代读者来说是“陈旧的素材”，而另一个更为重要的因素似乎是由于菲利普斯的身份，作为非裔后代，菲利普斯出生在加勒比海地区，成长在英国的白人社区，在牛津大学接受教育，现在耶鲁大学任教。对于这四张身份名片，菲利普斯通过亲身体验感知到了这种“既属于又无归属感”的存在。他将亲身体会到的这种存在诉诸笔端，塑造了众多尝试跨越的经典形象。事实上，菲利普斯的困境特别是他跨越疆界的行为，恰好反映了黑人的真实处境。目前对菲利普斯的作品有了一定数量的评论，但显然是不够的，这也许是作者尚属于相对年轻的缘故，他现在依然处于创作的上升期。乔纳森·希伍德在对《遥远的海岸》的评论中宣称，菲利普斯的作品“从来就没有获得应有的广泛承认”[1]，他把这个归因于对黑人角色的塑造。菲利普斯的小说《渡河》备受好评，曾进入布克奖的入围名单，但没有进入决赛名单，也因此没有得到大众读者应有的关注。归根到底，西方社会从

① Jonathan Heawood, “Distance Learning”, *The Observer Review*, 23 (3), 2003, p.17.

来就没有像他们宣扬的那样，各种族一律平等。在人权问题上的双重标准可以说是明目张胆。在对待黑人作家的态度上，充分暴露了西方白人文化的虚伪性。

不论外界对他的认可程度如何，菲利普斯一如既往地在文学园地里辛勤地耕耘着。对菲利普斯来说，多种文化曾让他无所适从，但同时对他的文学创作又是极为必要的。于是，他把这种文化滋养与积淀转化成了文学作品，以文学形式传承下去。菲利普斯对自己的多重文化身份既无奈又自豪，他自觉地与多地建立起了联系，自愿地把相关的主题纳入自己的创作领域，积极地承担起文学艺术家的社会责任，探讨一些社会亟须解决的问题，打造出了一道独特的文学风景，成了英国文坛颇有影响力的文学家。

附录一　卡里尔·菲利普斯大事记

1958 年 3 月 13 日，卡里尔·菲利普斯出生于东加勒比海地区圣基茨的一个黑人家庭。

1958 年 7 月，在菲利普斯四个月大时，全家迁往英国，在利兹市的一个白人工人居住区定居。

1974 年，搬到伯明翰。

1976～1979 年，就读于牛津大学王后学院，主修英国文学，成为牛津大学实验剧团成员，指导戏剧演出。

1978 年，担任牛津戏剧节观察员。第一次到美国。

1979～1980 年，住在爱丁堡，大部分时间用于写戏剧剧本。

1979 年，毕业于牛津大学。

1980 年，首部剧《奇异的果实》在谢菲尔德的克鲁西布剧院举行首场演出。首次返回圣基茨，此后多次返回故乡。

1981 年，《奇异的果实》由安珀莱恩出版社出版，菲利普斯入住伦敦剧作家创作室。

1982 年，《黑暗之处》在伦敦的哈默史密斯剧院上演。同年，该剧由安珀莱恩出版社出版。

1983 年，《避难所》在伦敦的哈默史密斯剧院上演。

1984 年，《避难所》由安珀莱恩出版社出版；广播剧《虚度岁月》获 BBC“吉尔斯·库珀奖”，并被授予“年度最佳广播剧”，由梅休因出版社出版；游历欧洲历时九个月，写入《欧洲部落》。

1985 年，第一部小说《最后的通道》由费伯出版社出版。获“马尔科姆·爱克斯文学奖”。

1986年，《独立国家》由费伯出版社出版。撰写电影剧本《客场板球赛》，在伦敦电影节上举行首演。

1987年，《客场板球赛》和《欧洲部落》出版。游记《欧洲部落》由费伯出版社出版，获“马丁·路德·金文学纪念奖”。印度迈索尔大学驻校作家。

1988～1989年，住在圣基茨。

1989年，《更高的地面》由隶属企鹅出版集团的维京出版社出版。瑞典斯德哥尔摩大学驻校作家。

1990年，马萨诸塞州阿默斯特学院访问作家。

1991年，小说《剑桥》由布鲁姆斯伯里出版社出版。

1992年，阿默斯特学院创意写作中心的副主任。因小说《剑桥》而获得《星期日泰晤士报》年度青年作家称号。获古根海姆奖。

1993年，小说《渡河》由布鲁姆斯伯里出版社出版，并获得布克奖提名。菲利普斯被英国著名的文学刊物《格兰塔》评为“最佳青年小说家”。纽约大学英文客座教授。

1994年，《渡河》获得“詹姆斯·泰特·布莱克纪念奖”及莱南文学奖。成为阿默斯特学院的英文教授。新加坡国立教育学院驻校作家。

1996年，小说《最后的通道》改编为电视剧。

1997年，《血的本质》由费伯出版社出版。编辑文选《漂泊流浪的异邦人：归属文学》由费伯出版社出版。

1998年，成为纽约哥伦比亚大学巴纳德学院的英文教授、移民及社会秩序专业的亨利·卢斯教授。

1998～2000年，成为费伯出版社加勒比系列丛书的编辑。

1999年，编辑网球选集《正确的场景：网球文选》，并由费伯出版社出版。成为巴巴多斯的西印度群岛大学人文学院客座教授。

2000年，第二部非小说《大西洋之声》由费伯出版社出版。成为巴巴多斯的西印度群岛大学人文学院客座教授。英国皇家文学学会会员。

2001年，《新世界秩序》由塞克和沃伯格出版社出版。电影剧本

《灵异推拿师》根据V.S.奈保尔的同名小说改编，2002年在马塔布拉塔国际电影节上，获阿根廷银翁布最佳编剧奖。

2003年，《遥远的海岸》由塞克和沃伯格出版社出版。入围布克奖的长名单。

2004年，《遥远的海岸》入围美国国家书评奖，入围笔会/福克纳小说奖、英联邦作家最佳图书奖，入围赫斯顿/赖特遗产奖。

2005年，《在黑暗中起舞》由塞克和沃伯格出版社出版。

2005年，担任耶鲁大学英语教授。

2006年，《在黑暗中起舞》获得2006年英联邦作家奖提名，同年获美国笔会/超越边界小说奖。

2007年，《异乡客：三个英国人的生活》由哈维尔·塞柯出版社出版，入围精华文学奖。改编自西蒙·沙玛的舞台剧《乱世交汇》由奥伯龙图书出版社出版。

2009年，小说《在飘落的雪中》由哈维尔·塞柯出版社出版。

2011年，非小说《为我着上英国色彩：移民与归属的思考》由哈维尔·塞柯出版社出版。皇家艺术学会会员。

2013年，获得加勒比年度杰出人物奖。

2015年，小说《迷失的孩子》由法拉、斯特拉斯和吉鲁出版社出版。

2016年，小说《迷失的孩子》入围赫斯顿/赖特遗产奖。

2017年，比利时列日大学客座教授。

2018年，小说《日落帝国之景》由法拉、斯特拉斯和吉鲁出版社出版。英国东安格利亚大学联合国教科文组织文学城客座教授。

附录二　卡里尔·菲利普斯作品一览表

Fiction

The Final Passage. London：Faber and Faber，1985.

A State of Independence. New York：Farrar，Straus and Giroux，1986.

Higher Ground. London：Viking，1989.

Cambridge. London：Bloomsbury，1991.

Crossing the River. London：Bloomsbury，1993.

The Nature of Blood. London：Faber and Faber，1997.

A Distant Shore. London：Secker and Warburg，2003.

Dancing in the Dark. London：Secker and Warburg，2005.

In the Falling Snow. London：Harvill Secker，2009.

The Lost Child. New York：Farrar，Straus and Giroux，2015.

A View of the Empire at Sunset. New York：Farrar，Straus and Giroux，2018.

Non-Fiction

The European Tribe. London：Faber and Faber，1987.

The Atlantic Sound. London：Faber and Faber，2000.

A New World Order. London：Secker and Warburg，2001.

Foreigners：*Three English Lives*. London：Harvill Secker，2007.

Colour Me English：*Reflections on Migration and Belonging*. London：Harvill Secker，2011.

Stage Plays

Strange Fruit. Ambergate: Amber Lane Press, 1981.

Where There is Darkness. Ambergate: Amber Lane Press, 1982.

The Shelter. Oxford: Amber Lane Press, 1984.

Rough Crossings. London: Oberon Books, 2007.

Screenplays

Playing Away. London: Faber and Faber, 1987.

The Mystic Masseur. Trinidad: Paria Publishing Company, 2001.

Radio Plays

The Wasted Years. London: Methuen, 1984.

Anthologies

Extravagant Strangers: A Literature of Belonging. London: Faber and Faber, 1997.

The Right Set: A Tennis Anthology. London: Faber and Faber, 1999.

附录三　卡里尔·菲利普斯获奖一览表

1984：BBC Giles Cooper Award "Best Radio Play of the Year" for *The Wasted Years*

1984：The British Council Fiftieth Anniversary Fellowship

1984：Arts Council of Great Britain Bursary in Drama

1985：Malcolm X Prize for Literature for *The Final Passage*

1987：The Martin Luther King Memorial Prize for The *European Tribe*

1992：The (London) Sunday Times Young Writer of the Year for *Cambridge*

1992：Guggenheim Foundation Fellowship

1993：The Booker Prize Shortlist for *Crossing the River*

1994：Rockefeller Foundation Bellagio Residency

1994：James Tait Black Memorial Prize for *Crossing the River*

1994：Lannan Literary Award

1999：The University of the West Indies Humanities Scholar of the Year

2000：Fellow of the Royal Society of Literature

2002：Mel and Lois Tukman Fellow of the New York Public Library's Dorothy and Lewis B. Cullman Center for Scholars and Writers

2002：Mar Del Plata Film Festival，Argentina Silver Ombu for Best Screenplay for *The Mystic Masseur*

2003：The Booker Prize Longlist for *A Distant Shore*

2004：National Book Circle Critics Finalist in Fiction for *A Distant Shore*

2004：Pen/Faulkner Award for Fiction Finalist for *A Distant Shore*

2004：Commonwealth Writers Prize for Best Book for *A Distant Shore*

2004：Hurston/Wright Legacy Award Finalist in Fiction for *A Distant Shore*

2004：Caribbean American Heritage Award for Outstanding Contribution to Literature

2006：Honorary Fellow，The Queen's College，Oxford University

2006：PEN/Open Book Award for *Dancing in the Dark*

2007：Essence Literary Award Finalist for *Foreigners*

2011：Fellow of the Royal Society of the Arts

2013：Anthony N. Sabga Caribbean Award for Excellence

2016：Hurston/Wright Legacy Award Finalist in Fiction for *The Lost Child*

附录四　卡里尔·菲利普斯访谈录

2014 年笔者到美国东北部波士顿附近的阿默斯特学院英文系做了一年的访问学者，研究的主题是以卡里尔·菲利普斯（Caryl Phillips）为代表的加勒比裔英语作家。期间笔者与在耶鲁大学的菲利普斯教授多次沟通，7 月份时，在纽约州北部的萨拉托加温泉市（Saratoga Springs）对他做了一次专访。

笔者从 2007 年开始研究加勒比裔英语作家，那时笔者在英国的约克大学做访问学者，同时为酝酿中的博士论文准备资料。其时，哈罗德·品特刚获诺贝尔文学奖不久，声誉如日中天。那段时间，笔者阅读了很多关于品特的资料，但总觉得有个研究瓶颈让我无法超越。这时，笔者有幸遇到了菲利普斯教授，他到约克大学做了一次演讲，演讲的内容深深触动了笔者。在与导师郭继德教授认真讨论之后，笔者改变了博士论文的研究方向。笔者认为菲利普斯的作品是非常鼓舞人心的，比起品特的作品更易于为大众所理解。

菲利普斯 1958 年 3 月 13 日出生于加勒比地区的圣基茨，四个月大时，随着他的父母移居英国。他在利兹一个白人工人聚集的街区长大，在牛津接受教育，去过很多地方旅行。1978 年到美国的旅程启发了他要做一名作家的梦想，1980 年去加勒比的旅行和 1984 年去欧洲的旅行使他深刻意识到了自己得天独厚的多元文化背景。他与非洲、欧洲和加勒比的渊源成就了他日后很多的文学作品。

他的成长经历就是他文学创作的宝藏，与他的丰富宝藏相适应，他的作品采用了多种文学表现形式，如小说、非小说、舞台剧、电视剧和广播剧等。他的大部分作品都赢得了很高的赞誉和许多的奖项。如今，菲利普斯不仅是一位卓有成就的英语小说家，更是一位在文学领域被越来越多的人认可的多产作家。除了在写作上的成就，菲利普斯还在许多国家的大学和学院教授写作课。自 2005 年至今，他一直在耶鲁大学任教。

纽约州作家协会是 1984 年由获奖小说家威廉·肯尼迪在纽约州立大学奥尔巴尼校区成立的。该协会举办的第 28 届夏季创意写作工作坊于 2014 年 6 月 30 日到 7 月 25 日在萨拉托加温泉市的斯基德莫尔学院（Skidmore College）举行，该创作项目主要以小说、非小说和诗歌创作为特色，吸引了来自全美国，甚至其他国家的许多作家和学生。创意写作工作坊一般由作协中的著名作家担任教师，同时也会邀请嘉宾作家到场朗读本人作品，并进行面对面的讨论。

2014 年夏天，菲利普斯就是作为一位嘉宾作家参加本次的创意写作工作坊项目，并被安排在 7 月 10 日的晚上朗读他自己的最新作品。笔者对他的专访就约在了萨拉托加温泉小镇最热闹的一条大街上的麦克斯·伦敦酒吧。下午灿烂的阳光斜照着临窗的桌子，窗外就是喧嚣的生活，来来往往的车辆和行人。酒吧里有客人喁喁私语，偶尔有女招待的声音传来，我们的谈话就是这样开始的。可能是菲利普斯对笔者这个来自遥远中国的人也充满好奇的缘故吧，他认真倾听我的问题，耐心地回答笔者的问题，笔者有疑问的地方，他会详细地解释。谈话的气氛轻松而又紧凑。傍晚，女作家维多利亚·雷德尔来约菲利普斯吃晚餐。笔者余下的问题，就是在当晚菲利普斯的朗读会后，斯基德莫尔学院的招待酒会上完成的。笔者非常感谢他在酒会上对笔者的介绍和关照，感谢他对笔者研究工作的认可和支持。以下是经菲利普斯本人同意后的访谈录节选：

李永梅（以下简称“李”）：我很高兴有这个机会采访您。众所周知，您是英国公民，但您经常提起您的四个身份标签。您为什么更喜欢被称为“加勒比人”，而不是其他地方的人？您对您的出生地有什么特殊的感情？

菲利普斯（以下简称“菲”）：我的荣幸。不能说我特别青睐“加勒比人”这个称呼。我只是不想让大家忽视加勒比人的存在，我认为人们很容易这样做。美国是一个很大的国家，英国也是一个很大的国家，他们在文学上的影响力很强。你也知道，非洲是一个重要的存在，一个很大的大陆，所以人们很容易忽略加勒比海中的那些小岛。人们可能认为这些标签是不相关的，我只是碰巧出生在那里而已，所以对我来说强调加勒比印象就很重要。加勒比文化的复杂性非常全面地反映在了我自己的生活中。当欧洲人、非洲人、亚洲人都来到这些岛屿上时，原有的土著人被屠杀殆尽。这里的文化必然有着融合和交流。我很庆幸能出生在一个不同文化之间交流如此强烈的地方，对我来说这是一种馈赠，虽然我生活在加勒比的时间没有像住在其他地方那么长，但保持加勒比印象对我很重要，因为我与这块土地有着个人的联系，有着思想上的内在联系。

李：我记得在一本书里提到您居住过三个地方。您在伦敦有一所房子，您曾经在加勒比的圣基茨岛住了三年。1990 年（注：此处系笔者口误，应为 1978 年）您第一次来到美国。在您读了理查德·赖特的《土生子》之后，您决定要成为一名作家。从那时起，您在美国的几所大学和学院任教，如阿默斯特学院和哥伦比亚大学。现在您在耶鲁大学，并在纽约生活了好几年。因此，我想知道，是什么让您把工作和生活从英国转移到了美国？英国什么地方让您失望？美国吸引您的是什么？

菲：一个很好的问题。我不是在 1990 年才第一次来美国，在那之前，我来过很多次，但 1990 年是我第一次在美国住下。在我去阿默斯特之前，我已不在英国了，我是在圣基茨。我在那里有一所房子，1988 年离开伦敦后，我和我那时的女友就住在那里。所以，我是在 1990 年 9 月从圣基茨直接去了阿默斯特学院。

我离开伦敦的部分原因是看不惯撒切尔夫人领导下的英国。我只是想花一些时间来等待英国的成长和改变，那时我也正想要探索加勒比，三年后我得到了在阿默斯特学院任教一年的工作。因此，我并没有拿美国来替换英国。我暂时离开英国的目的恰恰是为了更好地回去。在圣基茨住了几年后，我有了一个来美国生活一年的机会，我觉得这正可以用来体验美国文化。令我吃惊的是，我发现我喜欢教学，我喜欢和学生们在一起，喜欢听他们说些什么。我认为在美国有很多东西要学，所以我留了下来。

李：那么，在您的教学过程中，学生们是否对您的写作有过一些启示呢？

菲：没有，不会是在写作上……但了解任何一个国家的好办法是跟它的年轻人打交道，因为这些人将成为这个国家的未来。当你想了解这个国家时，你就会很高兴和他们交谈。我过去觉得通过电视、音乐和电影，我已经很了解美国了，但跟年轻人的交流让我意识到我没有。你知道美国是个大国，它的一部分和另一部分可能差别很大。我从学生们那里看社会，而不是练写作。能跟这些聪明的年轻人探讨文学这本身就是件有益的事情，这可能正是我此前欠缺的地方。

李：我认为这对学生也很有益，因为他们中的一些人将来也许会对写作感兴趣，这样他们可以从作家那里学习到一些直接的方法。

菲：嗯，是的，我希望他们能学到点的东西，毕竟他们是付了学费的，但我确实从中学到了些东西。想到你会在下午 2 点到 4 点有两个小时跟学生们讨论一本你喜欢的书，这本身就令人兴奋。如果他们不喜欢它，这很好，但他们应该告诉你为什么不喜欢它。你可以告诉他们为什么你喜欢它，这是一件有意义的事。

李：除了您住过的伦敦、纽约和圣基茨这三个地方，您有没有想过搬到其他地方去住？

菲：我曾经在印度、加勒比、新加坡和非洲的加纳教过书，我不认为自己有回去住在那里的必要。去某个地方，填补一段空白，这不是我想要的，我想去的地方应该能为我打开一片知识的新天地。就目前来说，我觉得最感兴趣的地方应该是非洲，那是我最想了解的一块大陆。

李：您已经写了那么多的作品。您在 20 世纪 80 年代有 4 部作品，20 世纪 90 年代有 5 部作品，21 世纪初有 7 部作品，2015 年还有一本新书要问世。从您的整体创作来看，您每个十年都比前一个十年创作更多的作品。我想知道您的每一部作品的创作缘起是什么？或者说您通常是如何酝酿一部作品的？

菲： 20世纪90年代，我在阿默斯特学院，那时候我忙于创意写作系的工作，还在广播和电影方面花了很多时间，因此，我没法挤出时间来写小说。1998年，我离开阿默斯特学院，多数时间在纽约教书，承担很少的行政工作。2005年以后，我到了耶鲁，不再承担行政工作，也就有了更多的时间；同时，我还有另外一种考虑，那就是越来越强烈地意识到时不我待。

李： 在您的作品中，哪一个是您的最爱，或者您最喜欢的？有没有您觉得有点不满意或心存遗憾的作品？

菲： 没有我后悔的作品。我的作品中从来没有一部是根据别人的建议而写的，这让我觉得自己很幸运。它们总是来源于我自己的内心，而不是来自外部的一个声音，似乎在对我说：你有想过就这个题目写一本书吗？或者是，你若就这个题目写本书，我会付钱的。既然都是来自我自己，我坦然接受所有的结果。至于说我的最爱，我还真的不好说。

李： 那么说，您对每一部作品都一视同仁啰？

菲： 实际上，我不执着于任一部作品，因为一旦写完一本书，发表——呃，甚至尚未发表——只要到了出版社，你对它就无能为力了。从那一刻起，它就不属于我了，而是属于读者，因此我不能再对它们念念不忘。他们独立于我，在时间的长河里，也许会沉沦，也许会成为弄潮儿。当然，我知道我会对有些作品中的人物有更多的记忆。

李： 我记得当我第一次读《异乡客：三个英国人的生活》时，它被称为“小说”，但后来我发现有的文章称它为“非小说”。在您官方网站的出版目录中，把它归类为非小说，但在您的简介中，依然把它列为小说。为什么会有这种类型的改变？

菲： 我在美国的出版商想把它作为小说来出版，但它应该属于非小说。我在这本书里努力想把自己写出来。开篇的约翰逊博士和弗兰西斯·巴伯那部分是用写小说的方式写的，随后关于伦道夫·特平的那部分很明显是纪实性的，根本不是小说。在一处篇幅很小的后记中，我出现了，并采访了他的孩子们。在书的尾声，“北方的灯光”部分，我的作用变得更加明显了。采用小说的写作手法写一本非小说的书，这让我的编辑很困惑，但我很清楚，这不是一本小说。

李：您的意思是跟其他的书比起来，这本书中包含了更多的事实，但编辑认为，您用了写小说的技巧，因此就该把它归类为小说。我想知道小说和非小说的区别是什么？

菲：非小说作品肯定会以更多的事实为基础，书中所写都是实际发生过的事情。有时候我会故意使用虚构的技巧描写人物的思想，我会尝试把报纸不可能告诉你的事情想象出来，但这些想象都基于真实的基础。小说的写作技巧在这里只是用来适应叙述的节奏，事实终归是事实。

李：我就是把《异乡客：三个英国人的生活》当小说读的，我觉得里面有非常有趣的故事。非要把您的作品分成不同的类型——小说或非小说，这很重要吗？

菲：这个问题很好。你知道的，我不这么认为。如果你是位记者，描述事实就非常重要，你有尊重事实的道义和责任，你不能做过多的粉饰。

李：我喜欢《剑桥》这本小说。我记得第一次看到它时，我不知道这本小说是关于什么的，难道它和剑桥大学有关吗？既然用了这么一个书名，那小说中的剑桥应该是个主要的角色，然而，书读了一半，也没有发现剑桥有啥抓眼球的地方，从书中所占的篇幅来看，剑桥并不突出，这是为什么？

菲：最初的想法是，小说的一半从他（剑桥）的视角来写，另一半从她（艾米莉）的视角来写，但实际上，这种写法没奏效。一旦我开始下笔，其中的一个声音就开始主导故事的走向。你会觉得这样写更好，我想这应该是写作中能体验到的事情之一。我并没有因此而改变书名，把它称为“艾米莉”，我还是坚持用“剑桥”这个名字。

李：艾米莉在书中占了大量的篇幅，有三部分是从她的角度叙述的，为什么不把书名改成一个跟艾米莉的加勒比海旅程有关的？您选这样一个题目以及这样组织故事的目的是什么？

菲：有时候，你开始写一本书时，并没有想好一个书名……直到你写到最后才有；有时候，你一动笔就有了一个恰当的书名；还有的时候，你写作的过程中会不止三四次地改变书名。《剑桥》这本书有点奇怪，我在开始写之前，就有了这个书名，并且一直没有动摇过，即便是书中的故事越来越多地是在描述艾米莉去加勒比海的旅程，我也觉得我能够用“剑桥”这个书名。

李：好的，我明白了。剑桥首先是一个地名，例如剑桥大学所在地。我还想知道您为什么给一个奴隶起名叫剑桥，而不是别的名字？

菲：历史上有这么一个很有讽刺意味的传统，奴隶主会故意给奴隶们起些荒唐的名字，把他们称呼为朱庇特、恺撒、苏格拉底，或者亚里士多德，故意嘲弄他们。名头这么大，以至于奴隶主在喊他们时，会忍不住咯咯地笑。奴隶主会这样想：这个愚蠢的黑奴，既不会读，又不会写，我们就叫他亚里士多德吧。了解奴隶制的历史学家读到这里会马上明白其中的讽刺意味，对普通读者来说，要体会到其中的讽刺意味就比较难。

李：也许您是故意想打破读者和人们心中对奴隶制的固有印象。人们通常把奴隶与文盲，或类似的东西联系在一起，然而，剑桥却是个不同凡响的名字。

菲：其实我采用的也不过是一种很常见的写作技巧。

李：您有一些作品的内容或结构涉及音乐，如合唱、说唱、灵歌、爵士乐等，例如在《更高的地面》《渡河》《遥远的海岸》《在飘落的雪中》和《在黑暗中起舞》这些作品中。您还写过一些关于音乐或音乐家的文章。音乐带给了您怎样的影响？您在平日里喜欢什么类型的音乐？

菲：我刚刚写完的一本小说中有一章的标题，还有其中很多节的小标题都与20世纪六七十年代的歌曲有关，说的是一个男孩回忆他在20世纪六七十年代的生活。

我认为音乐对我一直有非常强大的影响。我在20世纪六七十年代的英格兰长大，身边找不到像我一样黑皮肤的城市孩子的故事，与我的那段经历相关的故事就是音乐。史提夫·汪达、柯蒂斯·梅菲尔德、马文·盖伊、鲍比·沃马克，他们的歌都有故事，告诉你关于他们那些人的生活——他们的爱，失去的爱，被警察带走，又被释放。这些都是城市里黑人的故事，滋养了我的自我意识，因此，我在年轻时就听了很多这样的音乐。

我年轻时特别喜欢的另外一种类型的音乐就是古典音乐，尤其是贝多芬，这对一个黑人小孩也许是很平常的，但我更喜欢的是音乐的结构。我喜欢去体会，你是如何开始一个特定的主题或旋律的，如何接上第二乐章，然后是第三乐章。你会听到一小段弦乐，接着就是略微有些不同的第四乐章，然后在第五乐章，所有的声音汇集到一起。我喜欢交响乐的和谐结构，尤其是马勒和贝多芬，还有莫扎特的一部分音乐。爵士乐是一种自由的形式，到处都是，也很令人激动，以至于你不知道接下来会发生什么，但我需要控制，我需要知道接下来将要发生什么。这就是为什么我喜欢古典音乐的优雅结构。我现在还在听很多的古典音乐，也在继续想着结构的事情。我从音乐中学到了很多，并仍在其中汲取营养。

李：除了音乐，您对体育也有兴趣。在《异乡客：三个英国人的生活》中，您描述了英国的第一个黑人世界拳击冠军伦道夫·特平。他在1951创造了历史，击败了舒格·雷·鲁滨孙，但最终还是在债务重压和绝望中结束了自己的生命。《在飘落的雪中》的人物喜欢足球。在《欧洲部落》中，您提到利兹联队，提到看比赛时的归属感。在《为我着上英国色彩：移民与归属的思考》中，您说您喜欢英式体育胜过美式运动。您平时喜欢运动吗？

菲：是的，上周的大部分时间我在看温布尔登网球赛。我热爱体育运动，所以我会看很多体育节目，从中也能看出来很多社会变迁的影子。例如，如果你看一看成长中的中国足球，你就会发现其中的变化。在中国哪里能看到最多的黑色面孔？当然是在体育运动项目中。足球是巴西和非洲球员的优势项目。足球在中国的发展反映了这样一个事实，即中国正在成为一个越来越开放的国家，一个更加全球化的国家。看看中国篮球、中国足球，再看看神奇的2008年奥运会，你就会明白体育运动是反映社会的一面镜子。2008年奥运会在中国举办不是偶然的，是中国政府努力想把世界领进中国的结果。

李：除了温布尔登，您通常还看或者玩什么样的运动，足球或其他的运动？

菲：我主要是看足球。我是一个高尔夫球手，我打过网球，但还是看足球比赛比较多。我在英国长大，所以对足球有更高的热情。我喜欢高尔夫球和网球，因为我也是一位个人主义者。这两种运动适合我，因为都不是团体运动，我不擅长团体运动。当我还是一个孩子时，踢过足球，但踢得不够好，感觉踢得马马虎虎，不是我想象的那样。我还是喜欢自己单独干的事情，所以我喜欢网球，喜欢高尔夫，喜欢那种单打独斗，身心完全沉浸其中的运动。目前来说，这三种体育运动是我最爱看的。

李：您的一些作品涉及宗教内容，如《渡河》和《剑桥》。在一次采访中，您提到您的家人和村里的每个人都在同一座教堂里受洗。当有人去世，他们也会被埋葬在那里。在另一个采访中，您说您从来没有读过《圣经》。您不是一位教徒，那您受洗过吗？您对宗教的态度是什么？宗教在人的生活中该扮演怎样的角色？或者说，宗教该有怎样的功能？

菲：我受洗过，那是我父母的社会环境使然。处在某个时代、某种社会环境下，他们的孩子若不受洗，会让人觉得不可思议，于是他们就想跟其他人一样，尽量融入当地的风俗。因此我虽然受洗过，但我不是一个有宗教信仰的人。我感兴趣的是人们如何熬过困苦时期，宗教信仰是其中的一种依靠，但人们也会因为宗教而做很多可怕的事情。不可否认，宗教能为一些困苦的人疗伤，因此，我并不反对宗教。教徒的信仰能使他们渡过难关，使他们为这个世界做很多的好事。我若全部否定宗教，那肯定是不对的，我只是对它不感兴趣而已。

宗教是一把“双刃剑”，有时它是一种解放的力量，有时又会成为一种障碍。我不相信宗教，但我尊重他人的权利。我不会取笑他们，也不会因为我不信教就认为自己比他们更好。这对我来说，就跟我不相信英国女王是一样的。我认为应该废除君主制，但我还不至于去跟那些热爱王室的人争吵。我只是说，好的，每个人都有权利过他们想要的生活，我不想去指手画脚。

李：您似乎对女性角色情有独钟。您大约有四部作品采用了女性的叙事角度，如莉拉在《最后的通道》、艾米莉在《剑桥》、伊娃在《血的本质》和多萝西在《遥远的海岸》。其他的小说中，也会有一个或两个章节采用女性的口吻来叙述。既然女性人物在您的作品中备受关注，有没有女权主义者因此而赞扬您？

菲：我不知道，我真的不知道这个情况是如何发生的。当男人们谈论他们自己的感情时，他们一般没那么脆弱，不会轻易流露，这是一种普遍的情形。我一直认为，如果房间里有一个男人或一个女人，往往是女人最先谈起她对某个事件的感受，男人则会讲些笑话，或一通闲谈，要看出男人们显露心灵脆弱的一面需要一些努力。也许就因为这个，我发现通过女性人物更容易展开我想要的谈话。

李：您是在一个多数时间里由女性支撑的家庭里成长起来的，除了这个经历，还有什么原因使得您对女性一直保持着关注？这些年来，您对女性的态度一直没变，还是有些变化？

菲：我认为我的态度没变。我不会因为作品中人物的性别、种族、阶级或国籍而着迷，我只对他们谈论的内容着迷。

李：谈到您作品的主题，历史无疑是其中最引人注目的，尤其是奴隶制和移民史。您是一位自我意识很强的作家，您主动地为您的父母、您自己、您的种族和其他与您有类似经验的人们承担起了代言人的责任。我非常赞同您的历史态度，我想说类似奴隶制度的一段历史是一个沉重的话题，您关注它，并在作品中反映它，这或许会带给您一些启示，所以我想知道，您能说说您对历史进行再创作的缘起吗？

菲：在学校里我最喜欢的，可能也是我学得最棒的学科，就是历史。我现在仍然喜欢历史，但我认为我是在努力修复历史，我想修正它。我没想要成为一个历史学家，因为我热爱的是艺术，我喜欢戏剧，喜欢剧院，喜欢听收音机，喜欢看电视、电影，喜欢小说。这是一种情感的融合，喜欢历史与渴望把自己写出来的想法有机结合在了一起。我把我所爱的文学、措辞、叙事结构与我亦所爱的历史相结合。很自然地，当我开始写作时，我想做的就是把自己写出来，让大家看到我想要表达出来的存在感。因为在当今的时代里，图片资料里没有我，诗歌、日记或者期刊中都没有我，但这并不意味着我就不存在，也不意味着我对周围的一切就没有什么影响，也不意味着我没有忍受屈辱，没有做出贡献。历史中没有发现我的影子，这并不意味着我就不存在。

李：您的作品也涉及家庭关系，而且其中的大多数都是不和谐的，例如母女关系，母子、父子、父女关系等。为什么您要描绘这样一些不和谐的家庭关系？

菲：家庭关系是不会和谐的。当你结婚了，就会把别人的家庭附加到你自己的家庭上，这带来了双重麻烦。等你有了孩子，慢慢长大，你就必须考虑很多事情，家庭总是充斥着矛盾。例如，小说《在飘落的雪中》的人物基思打算娶安娜贝尔，我们从中就看到了家庭的问题。如果一个人要与一个不同阶层，或者不同种族的人结婚，那遇到的困难，你完全可以写一本厚厚的小说。

李：普通人大都喜欢一个快乐的结局，希望事事顺心，关系和谐，但您告诉了我们真相。

菲：你知道，这就是美国的问题。人们相信家庭最终一定会重新团聚的愚蠢神话。电影的结尾都是皆大欢喜，今天你在美国看的每一部电影最后都是家庭团聚，得偿所愿。这是因为他们已经完全失去了任何承认衰退、承认问题的能力。所以他们建造了迪士尼乐园，宣扬他们的家庭观念，那就是每个家庭都会重逢，甚至在电影《为奴十二年》中，故事的结尾也逃不出迪士尼的俗套。

李：您的作品中采用了很多不同的写作类型，如小说、非小说、舞台剧、电视剧本、广播剧本等，您有没有想过尝试其他类型，如诗歌？

菲：我喜欢诗歌，但我不知道如何写诗。我读过很多诗，但说实话，我不知道怎么写。要我写一首诗，难度就好比让我开飞机。我想我已经尝试了大多数的写作类型。在过去的两年里，我放下了原来搞的很多东西。我不再写电影剧本，不再写电视剧本，也不写纪录片素材了。我唯一做的事就是广播剧。这是一种非常私密的媒体，也是非常富有想象力的媒体。

李：也就是说，在需要表达您的想法时，您会采用您自己喜欢的类型和技巧，对吗？

菲：做事总得有个主次，我必须仔细考虑好我真正想要做的是什么？我想写小说，那我就写小说，但我还希望有更多的创作空间。幸运的是，我经常能得到一些做这个事情或做那个事情的邀请，但我不得不拒绝，因为我没有时间，我对那些项目没兴趣。

李：当您开始创作一部作品时，您是依据什么规则或标准来确定这部作品应采用的写作类型？或者说，在您拿起笔之前，是什么东西促使您决定使用某种类型，而不是其他类型？

菲：你会产生一些想法，让你觉得这部作品应该是一部电影，或者是一部戏剧。我不知道这些想法是怎么来的。有时候你听不到任何声音，那这部作品就可能是表演型的，它可能是部电影，或者是部戏剧。如果我听到一个发自内心的声音，那么我就会认为这应该是一部小说。

李：您的写作生涯始于戏剧，实际上在您开始写剧本之前，您在牛津大学执导过戏剧。那您曾经执导过谁的戏剧？您在其中扮演过角色没有？

菲：没有，我从来没做过演员，但我导演过戏剧。我导演过品特、莎士比亚、易卜生、田纳西·威廉姆斯的作品。我不知道我能否算个好导演，但我从导演过程中，的确学到了很多关于剧院的知识。那是我的美好年代，但最终我还是放下了导演，开始写我自己的剧本。

李：所以您的戏剧创作是与您的导演生涯有关，对吗？

菲：我通过执导了解了戏剧。我想成为一个小说家，但我不知道如何写小说。在这期间人得谋生，我必须得挣钱养活自己，所以我想我最好尽快地写出点拿来换钱的东西。写一个剧本要比写一部小说花费的时间少，要写出一部小说需要很长很长的时间。写一个剧本……当然也不容易的，但也不需要花费一年的时间。于是我开始写剧本，并且希望有人能觉得我的剧本还有点意思。我就这样意外地成了一个剧作家，但我爱剧院，现在依然爱。

李：在写了剧本之后，您的创作重心转到了小说和非小说。当然，您还是会偶尔涉足戏剧，您在 2001 年把奈保尔的小说《灵异推拿师》改编成了电视剧本，2007 改编了一部舞台剧《乱世交汇》。我想知道是什么使您觉得这个人或这个故事应该写成一部小说，那个人或事则适合写成一部剧？您将来还会写新的剧本吗？

菲：剧本《灵异推拿师》是为我非常敬重的一家电影公司写的，公司名字是莫谦特·艾佛利（Merchant Ivory）。我看他们公司制作的电影有很多年了，所以当他们请我写这个剧本时，我首先感兴趣的是有机会跟他们那个公司的人合作，然后才是要改编奈保尔的书。虽然我很喜欢奈保尔的书，但有这么一个机会跟这样一批人工作，这是我更喜欢的。舞台演出、拍电影要求你是一个有团队意识、懂得合作的人，如果您不怎么合群，结果会很令人沮丧，当然，我自己也称不上是一个合群的人。

2007年，历史学家西蒙·沙玛问我能否把他的书改编成舞台剧本。我们在纽约见了面，相谈甚欢。我说，好吧，那我就来试试，但那的确是个大考验，一部剧里有26个人物。

我改编奈保尔的小说和《乱世交汇》这本书，原因是我对这两本书的主题很着迷，同时，改编技巧带来的挑战也吸引了我。另外，我对跟这两拨导演和制片人合作很感兴趣。

一般来说，如果我想创作一部戏剧，那常常是因为我感觉到了一种强有力的剧情。如果我想创作一本小说，那一般是一个人物，或者是一个人物的声音首先打动了我。当然，这个“规律”也会有例外，但这就是我如何决定写作类型的基本模式。我目前正在写一部广播剧，我也希望不久的将来能写一部新的舞台剧。

李：除了主题内容，我对您作品的结构也很感兴趣。您小说的结构通常会采用“碎片式”，有时候有标题，有时候没有标题，有的有序幕和尾声，有的则没有。您在一次采访中曾提到过，是您自己创造了这样一种形式，而不是从其他地方模仿来的。我还想知道您为什么要采用这样一种“碎片式”的结构，而不是像《独立国家》这本书那样，写成一个整体的形式？碎片的形式是否跟主题有某种特殊的关联意义？若采用完整的写作形式是否就无法传达或符合一定的内容？

菲：我喜欢断裂结构，因为我看到的世界就是那个样子。我认为我们仅仅从一个故事无法了解全部的真相，我喜欢看到其他的观点。作为一个作家，能让小说的结构允许多种声音的存在，这让我觉得更舒服；同时，故事结构的片段式和不连续性正好反映了我笔下描写的形形色色人物的真实生活。

李：您的作品反映了您继承的丰富文化遗产，用文学术语来说，就是互文性，您也愿意承认这一点。我还注意到一个有趣的现象，例如，在《欧洲部落》这本书中有一篇文章叫《在飘落的雪中》，而您有一本小说就叫《在飘落的雪中》。在《欧洲部落》中，您写了一个人物“奥赛罗”，用的题目是《一位黑人在欧洲的成功》，在《血的本质》中，您也描述了一个奥赛罗式的人物。安妮·弗兰克这个人物也分别出现在《欧洲部落》和《血的本质》中。我想知道您为什么会把同一个题目或人物不止一次地写在您的作品中？

菲：嗯，有时候你会想对某个主题或人物多说一点，或者说，几年过去了，你对同一个主题，甚至是同一个人有了新想法，这让你禁不住想再进一步拓展以前写的东西。举个例子说，就在今天早晨我刚刚预约了一部关于安妮·弗兰克父亲的纪录片，原因就是我对她的生活仍然感兴趣。我认为我不会就她写些什么，但谁知道呢。

李：您的作品已被译成多种语言，包括法语、瑞典语、荷兰语、德语、意大利语、拉脱维亚语、葡萄牙语、西班牙语、波兰语、希腊语、芬兰语、日语、土耳其语等，似乎还没有中文译本。您在许多学院和大学任教过，也在许多地方朗读过您的作品。那您有没有想过有一天去中国任教或者朗读您的作品？我想知道您是否能同意我把您的作品翻译出来，介绍给中国读者。

菲：我当然喜欢能有更广泛的中文读者，也许有一天我会去你的国家看看，读一读我的作品。你提出翻译我的作品，我很高兴。

李：您的新书《迷失的孩子》快出版了。您能就这部作品说点什么吗？比如创作的缘由、主要内容等。

菲：我把出版商专门为这本小说做的广告语给你，你应该能从其中获得这本书的大致概念。

> 1771年，恩萧先生怀里抱着一个包裹，从利物浦返回了约克郡。“浑身黢黑，就像是从魔鬼那里来的”，那幽灵般的印象深深刻进了他家人的脑子里，变成了艾米丽·勃朗特写的“呼啸山庄”的开端。

大约二百年后，莫妮卡·约翰逊，一位来自英格兰北部保守家庭的年轻女子，离开了她在牛津的住处，不顾她父母的反对，嫁给了一位来自加勒比地区的男人，随后，作为单身母亲，在利兹艰难地抚养他们的孩子。

本恩在学校里表现良好，颇受欢迎，对时下的流行文化趋之若鹜。汤米则老受欺负，脆弱又孤单，同希斯克利夫一样，汤米也是因为父母的出身而遭受侮辱，他成了一个被遗弃的人。有一天，汤米失踪了，这让本来就飘摇中的家庭关系更加不堪，其带来的冲击恰似当年希斯克利夫来到恩肖家族所带来的破坏力。

《迷失的孩子》大胆重构了希斯克利夫的身世以及他是以何种方式浮现在艾米丽·勃朗特的想象中，巧妙地把不同的生活故事编织到一起。这些人由于共同的过去而缠绕在一起，同时又努力地想把他们自己从中解放出来。移民问题、社会排斥和家庭的困顿，对这些内容的成功描述使得本书读来令人无法忘怀。

李：谢谢您让我“先睹为快”。

菲：很高兴我们有这么一次愉快的交流，也让我对中国有了进一步的了解。

李：谢谢您接受我的访谈，期待您有更多的作品问世。

参考书目

一、外语参考书目

Amussen, Susan Dwyer. *Caribbean Exchanges: Slavery and the Transformation of English Society, 1640-1700*. Chapel Hill: University of North Carolina Press, 2007.

Anderson, Benedict. *Imagined Communities: Reflections on the Origin and Spread of Nationalism*. London and New York: Verso, 2006.

Ankersmit, Frank and Hans Kellner, eds. *A New Philosophy of History*. London: Reaktion Books, 1995.

Ashcroft, Bill, Gareth Griffiths and Helen Tiffin. *The Empire Writes Back: Theory and Practice in Post-Colonial Literatures*. London and New York: Routledge, 2002.

Ashcroft, Bill, Gareth Griffiths and Helen Tiffin, eds. *The Post-Colonial Studies Reader*. London: Routledge, 2006.

Bakhtin, Mikhail. *Problems of Dostoevsky's Poetics*. Ed. and Trans. Caryl Emerson. Manchester: Manchester University Press, 1984.

Baldick, Chris. *Oxford Concise Dictionary of Literary Terms*. Shanghai: Shanghai Foreign Language Education Press, 2000.

Battersby, Eileen, "Walking In and Out of Time Zones." *Irish Times*, 26 (2), 1997.

Baucom, Ian. *Out of Place: Englishness, Empire, and the Locations of*

Identity. Princeton: Princeton University Press, 1999.

Bell, C. Rosalind. "Worlds Within: An Interview with Caryl Phillips." *Callaloo*, 14 (3), 1991.

Benítez-Rojo, Antonio. "Three Words toward Creolization." *Caribbean Creolization: Reflections on the Cultural Dynamics of Language, Literature and Identity*. Eds. Kathleen M. Balutansky and Marie-Agnès Sourieau. Gainesville: UP of Florida, 1998.

Benítez-Rojo, Antonio. *The Repeating Island*. Translated by James E. Maraniss. Durham: Duke University Press, 1996.

Benmayor, Rina and Andor Skotnes, eds. *Migration and Identity*. London: Transaction Publishers, 2005.

Benston, Kimberly W. "I Am What I Am: The Topos of Un (naming) [sic] in Afro-American Literature." *Black Literature and Literary Theory*. Ed. Henry Louis Gates, Jr. New York: Methuen, 1984.

Bewes, Timothy. "Shame, Ventriloquy, and the Problem of the Cliché in Caryl Phillips." *Cultural Critique*, 63, 2006.

Bhabha, Homi K. *The Location of Culture*. London and New York: Routledge, 2000.

Bhabha, Homi K. ed. *Nation and Narration*. London and New York: Routledge, 1990.

Bhabha, Homi K. "Dessemi Nation: Time, Narrative and the Margins of the Modern Nation." *The Location of Culture*. London and New York: Routledge, 2000.

Bhabha, Homi K. "Culture's In-Between." *Questions of Cultural Identity*. Eds. Stuart Hall and Paul du Gay. London: Sage, 1996.

Birat, Kathie. "The Conundrum of Home: The Diasporic Imagination in *The Nature of Blood* by Caryl Phillips." *African Diasporas in the New and Old Worlds: Consciousness and Imagination*. Eds. Geneviève Fabre and Klaus Benesch. Amsterdam/New York: Rodopi, 2004.

Birbalsingh, Frank, ed., "Caryl Phillips: The Legacy of Othello, Part

(2)."*Frontiers of Caribbean Literature in English*. London: Macmillan, 1996.

Bishop, Jacqueline and Dolace McLean. "(Re) Rooted: An Interview with Caryl Phillips." *Calabash: A Journal of Caribbean Arts and Letters*, 4 (2), 2007.

Blackman, Malorie, ed. *Unheard Voices: A Collection of Stories and Poems to Commemorate the 200th Anniversary of the Abolition of the Slave Trade Act*. London: Gorgi Books, 2007.

Boehmer, Elleke. "Response to Caryl Phillips, 'Border Crossings'." *Displacement, Asylum, Migration: The Oxford Amnesty Lectures 2004*. Ed. Kate E. Tunstall. Oxford: Oxford University Press, 2006.

Brah, Avtar. *Cartographies of Diaspora: Contesting Identities*. London and New York: Routledge, 1996.

Brathwaite, Edward Kamau. *Contradictory Omens: Cultural Diversity and Integration in the Caribbean*. Mona, Jamaica: Savacou Publications, 1974.

Brathwaite, Edward Kamau. *The Arrivants: A New World Trilogy*. London and New York: Oxford University Press, 1973.

Braziel, Jana Evans and Anita Mannur, eds. *Theorizing Diaspora: A Reader*. Oxford: Blackwell Pub., 2003.

Burnett, Paula. "'Where Else to Row, but Backward?' Addressing Caribbean Futures through Re-visions of the Past." *Ariel*, 30 (1), 1999.

Burns, Alan. *Colour Prejudice*. London: Allen and Unwin, 1948.

Butler, Judith. *Bodies That Matter: On the Discursive Limits of Sex*. London and New York: Routledge, 1993.

Calbi, Maurizio. "Vexing Encounters: Uncanny Belonging and the Poetics of Alterity in Caryl Phillips's *Cambridge*." *Postcolonial Text*, 1 (2), 2005.

Calbi, Maurizio. "'The Ghosts of Strangers': Hospitality, Identity and Temporality in Caryl Phillips's *The Nature of Blood*." *Journal for Early Modern Cultural Studies*, 6 (2), 2006.

Calbi, Maurizio. "Encounters on the Estate: Memory, Secrecy and

Trauma in Caryl Phillips's *A Distant Shore.*" *The Representation and Transformation of Literary Landscapes: Proceedings of the 4th AISLI Conference*. Eds. Francesco Cattani and Amanda Nadalini. Venice: Cafoscarina, 2006.

Calbi, Maurizio. "Atlantic Sounds: Home, Memory and Belonging in Caryl Phillips's Travel Writing." *Viaggio e letteratura*. Ed. Maria Teresa Chialant. Venezia: Marsilio, 2006.

Césaire, Aimé. *Discourse on Colonialism*. Trans. Joan Pinkham. New York: Monthly Review Press, 2000.

Chew, Shirley, ed. *Familial & Other Conversations: Special Issue on Caryl Phillips. Moving Worlds: A Journal of Transcultural Writings*. University of Leeds, 7 (1), 2007.

Clifford, James. "Diaspora." *Cultural Anthropology*, 9 (3), 1994.

Clingman, Stephen. "Other Voices: An Interview with Caryl Phillips." *Salmagundi*, 143, 2004.

Cohen, Robin. *Global Diasporas: An Introduction*. London: UCL Press, 1997.

Cohen, Robin. *Frontiers of Identity: The British and the Others*. London and New York: Longman, 1994.

Coetee, J. M. "What We Like to Forget," *New York Review*, 6 (11), 1997.

Connor, Steven. *Dumbstruck: A Cultural History of Ventriloquism*. Oxford; New York: Oxford University Press, 2000.

Crafts, Hannah. *Bondwoman's Narrative*. Ed. Henry Louis Gates, Jr. London: Virago, 2002.

Cuder-Domínguez, Pilar. "Marginalia: A White Woman's Middle Passage in Caryl Phillips's *Cambridge.*" *Proceedings of the XIXth International Conference of AEDEAN*. Eds. Pérez Guerra et al. Vigo: Universidade de Vigo, 1996.

Cuder-Domínguez, Pilar. "Roots versus Routes in Caryl Phillips's *Crossing the River* and Dionne Brand's *At the Full and Change of the*

Moon." *Revisiting Slave Narratives/Les avatars contemporains des récits d'esclaves*. Ed. Judith Misrahi-Barak. Montpellier: Les Carnets du Cerpac, n°2, Université Paul Valéry, Montpellier III, 2005.

Dabydeen, David, ed. *The Black Presence in English Literature*. Manchester and Dover: Manchester University Press, 1985.

D'Aguiar, Fred. "Interview with Wilson Harris." *Bomb*, 82, 2002.

Dash, J. Michael. *The Other America: Caribbean Literature in a New World Context*. Charlottesville & London: UP of Virginia, 1998.

Davis, Charles Twitchell and Henry Louis Gates, Jr., eds. *The Slave's Narrative*. Oxford: Oxford University Press, 1990.

Davison, Carol Margaret. "Crisscrossing the River: An Interview with Caryl Phillips." *Ariel*, 25 (4), 1994.

De Beauvoir, Simone. "Woman and the Other." *Literature in the Modern World: Critical Essays and Documents*. Ed. Dennis Walder. Oxford: Oxford University Press, 1990.

De Certeau, Michel. *The Practice of Everyday Life*. Berkeley and London: University of California Press, 1984.

Defoe, Daniel. *The True-born Englishman: A Satire*. London: Printed for the Booksellers in Town and country, 1780.

De Loughrey, Elizabeth. "Tidalectics: Charting the Space/Time of Caribbean Waters." *SPAN*, 47 (10), 1998.

Derrida, Jacques and Anne Dufourmantelle. *Of Hospitality*. Trans. Rachel Bowlby. Stanford: Stanford University Press, 2000.

Desai, Anita. "The Other Voice: A Dialogue between Anita Desai, Caryl Phillips, and Zlan Stavans." *Transition Issue*, 64, 1994.

Diedrich, Maria, Henry Louis Gates, Jr. and Carl Pedersen. *Black Imagination and the Middle Passage*. New York: Oxford University Press, 1999.

Di Maio, Alessandra. "The Mystery of Origins: Migratory Patterns in Caryl Phillips's *A Distant Shore*." *The Representation and Transformation of Literary Landscapes: Proceedings of the 4th AISLI Conference*. Eds. Francesco

Cattani and Amanda Nadalini. Venice: Cafoscarina, 2006.

Djundjung, Jenny M. "Living in Limbo: *The Buddha of Suburbia* and *The Final Passage*." *Decoding Contemporary Britain: Essays in British Literary and Cultural Studies*. Ed. Mao Shihui. Beijing: Peking University Press, 2003.

Du Bois, W. E. B. *The Souls of Black Folk: Essays and Sketches*. Eds. Henry Louis Gates, Jr. and Terri Hume Oliver. New York and London: W. W. Norton & Company, 1999.

Du Plooy, Heilna. "New Voices Rewriting the Community: Dialogic History in South Africa; A. H. M. Scholtz's Novel *Vatmaar*." *Missions of Interdependence: A Literary Directory*. Ed. Gerhard Stilz. Amsterdam/ New York: Rodopi, 2002.

Durrant, Sam. *Postcolonial Narrative and the Work of Mourning: J. M. Coetzee, Wilson Harris, and Toni Morrison*. Albany: State University of New York Press, 2003.

Dworkin, Andrea. "The Unremembered: Searching for Women at the Holocaust Memorial Museum." *Ms.*, 11, 1994.

Dyer, Richard. *White*. London and New York: Routledge, 1999.

Eckstein, Lars. *Re-Membering the Black Atlantic: On the Poetics and Politics of Literary Memory*. Amsterdam and New York: Rodopi, 2006.

Eckstein, Lars. "The Insistence Voices: An Interview with Caryl Phillips." *Ariel*, 32 (2), 2001.

Edwards, Paul and David Dabydeen, eds. *Black Writers in Britain 1760-1890*. Edinburgh: Edinburgh University Press, 1991.

Eliade, Mircea. *The Myth of the Eternal Return or, Cosmos and History*. Trans. Willard R. Trask. New York: Bollingen, 1954.

Eliot, T. S. *The Selected Essays*. London: Faber and Faber, 1969.

Eliot, T. S. "Little Gidding." *Four Quartets*. London: Faber and Faber, 1958.

Estrin, Barbara L. " 'I had rather to adopt a child than get it': Mythical Lost

Children in Caryl Phillips's *The Nature of Blood.*" *Ariel*, 34 (4), 2003.

Fanon, Frantz. *Black Skin, White Masks*. Trans. Charles Lam Markmann. London: Pluto Press, 1986.

Fanon, Frantz. *The Wretched of the Earth*. Trans. Constance Farrington. London: Penguin Books, 1990.

Felman, Shoshana, ed. *Literature and Psychoanalysis: The Question of Reading, Otherwise*. Baltimore: Johns Hopkins University Press, 1982.

Frank, Anne. *The Diary of Anne Frank*. London: Pan, 1974.

Fryer, Peter. *Staying Power: The History of Black People in Britain*. London and Sterling VA: Pluto Press, 1984.

Garvey, Johanna X. K. "Passages to Identity: Re-Membering the Diaspora in Marshall, Phillips, and Cliff." *Black Imagination and the Middle Passage*. Eds. Maria Diedrich, Henry Louis Gates, Jr. and Carl Pedersen. New York and Oxford: Oxford University Press, 1999.

Garrett, George. "Separate Prisons," *New York Times Book Review*, 16 (2), 1992.

Gates, Henry Louis, Jr., ed. *The Classic Slave Narratives*. New York: New American Library, 1987.

George, Rosemary Marangoly. *The Politics of Home: Postcolonial Relocations and Twentieth-Century Fiction*. Cambridge and New York: Cambridge University Press, 1996.

Gilroy, Paul. *The Black Atlantic: Modernity and Double Consciousness*. London and New York: Verso, 1993.

Gilroy, Paul. *Small Acts: Thoughts on the Politics of Black Cultures*. London and New York: Serpent's Tail, 1993.

Gilroy, Paul. *After Empire: Melancholia or Convivial Culture?* London: Routledge, 2004.

Goldblatt, David. *Art and Ventriloquism*. London; New York: Routledge, 2006.

Grant, Kevin, ed. *The Art of David Dabydeen*. Leeds: Peepal Tree

Press, 1997.

Griffiths, Gareth. *A Double Exile: African and West Indian Writing Between Two Cultures*. London: Marion Boyars, 1978.

Hall, Stuart. "The Local and the Global: Globalization and Ethnicity." *Dangerous Liaisons: Gender, Nation and Postcolonial Perspectives*. Eds. Anne McClintock et al. Minneapolis: University of Minnesota Press, 1997.

Hall, Stuart. "Cultural Identity and Diaspora." *Colonial Discourse and Post-Colonial Theory: A Reader*. Eds. Patrick Williams and Laura Chrisman. Harlow: Person Education, 1994.

Hall, Stuart. "New Ethnicities." *Stuart Hall: Critical Dialogues in Cultural Studies*. Eds. David Morley and Kuan-Hsing Chen. London and New York: Routledge, 1996.

Hall, Stuart. "Old and New Identities, Old and New Ethnicities." *Culture, Globalization and the World System: Contemporary Conditions for the Representation of Identity*. Ed. Anthony D. King. London: Macmillan, 1991.

Halloran, Vivian-Nun. "Race, Creole, and National Identities in Rhys's *Wide Sargasso Sea* and Phillips's *Cambridge*." *Small Axe*, 11 (1), 2006.

Halloran, Vivian-Nun. "Negotiating (with) the Other: Prostitution, Double Consciousness and Diaspora in Caryl Phillips's *The Atlantic Sound* and V. S. Naipaul's *Half a Life*." *Enter Text*, 3 (2), 2003.

Harper, Marjory, ed. *Emigrant Homecomings: The Return Movement of Emigrants, 1600-2000*. Manchester: Manchester University Press, 2005.

Harris, Wilson. "The Frontier on which *Heart of Darkness* Stands." *Explorations: A Selection of Talks and Articles 1966-1981*. Ed. Hena Mae-Jelinek. Mundekstrup, Denmark: Dangaroo Press, 1981.

Harris, Wilson. *Palace of the Peacock*. London: Faber and Faber, 1960.

Head, Dominic. *The Cambridge Introduction to Modern British Fiction, 1950-2000*. Cambridge: Cambridge University Press, 2002.

Heawood, Jonathan. "Distance Learning." *The Observer Review*, 23 (3), 2003.

Hooks, Bell. *Yearning: Race, Gender, and Cultural Politics*. Boston: South End Press, 1990.

Howe, Darcus. "A Cause I Will Fight for." *New Statesman*, 12 (6), 1998.

Hulme, Peter and Tim Youngs, eds. *The Cambridge Companion to Travel Writing*. Cambridge: Cambridge University Press, 2002.

Hutcheon, Linda. *The Politics of Postmodernism*. New York and London: Routledge, 2002.

Hutcheon, Linda. *Irony's Edge: The Theory and Politics of Irony*. New York and London: Routle, 1995.

Hutcheon, Linda. *A Poetics of Postmodernism: History, Theory, Fiction*. New York and London: Routledge, 1988.

Huyssen, Andreas. "Monument and Memory in a Postmodern Age." *The Art of Memory: Holocaust Memorials in History*. Ed. James E. Young. New York and Munich: Prestel-Verlag, 1994.

Hyam, Ronald. *Empire and Sexuality*. Manchester: Manchester University Press, 1990.

Ilona, Anthony. "Crossing the River: A Chronicle of the Black Diaspora." *Wasafiri*, 22, 1995.

Jaggi, Maya. "Society and its Slaves." Review of *Cambridge*. *TLS*, 15 (3), 1991.

Jaggi, Maya. "Caryl Phillips: Rites of Passage." *Guardian*, 3 (11), 2001, in Newsbank, http://infoweb. newsbank. com.

Jaggi, Maya. "Caryl Phillips with Maya Jaggi." *Writing Across Worlds: Contemporary Writers Talk*. Ed. Susheila Nasta. London/New York: Routledge, 2004.

Jaggi, Maya. "The Final Passage: An Interview with Writer Caryl Phillips." *Black British Culture and Society: A Text Reader*. Ed. Kwesi Owusu. London/New York: Routledge, 2000.

Jaggi, Maya. "Interview with Caryl Phillips." *Brick*, 49, 1994.

Jaggi, Maya. "Crossing the River: Caryl Phillips Talks to Maya Jaggi." *Wasafiri*, 20, 1994.

James, Louis. "Review of *The Final Passage*." *Wasafiri*, 4, 1986.

James, Louis. *Caribbean Literature in English*. London and New York: Longman 1999.

Jansen, Stef and Staffan Löfving, eds. *Struggles for Home: Violence, Hope and the Movement of People*. New York: Berghahn Books, 2008.

Johnston, John. "History from His Perspective." *The Cicinnati Enquirer*, 22 (2), 2004.

Julien, Claude. "Surviving through a Pattern of Timeless Moments: A Reading of Caryl Phillips's *Crossing the River*." *Black Imagination and the Middle Passage*. Eds. Maria Diedrich, Henry Louis Gates, Jr. and Carl Pedersen. New York and Oxford: Oxford University Press, 1999.

Kabbani, Rana. *Europe's Myths of Orient: Devise and Rule*. London: Pandora Press, 1986.

Kato, Tsunehiko. *The World of Caryl Phillips: An Introduction to the Present Black British Literature*. Kyoto: Sekaishiso-sha, 2008.

Knopf, Alfred A. "Author Q & A: A Conversation with Caryl Phillips." *Borzoi Reader*, 2005.

Knopf, Alfred A. "A Conversation with Caryl Phillips, Author of the Novel *A Distant Shore*." *ChickenBones: A Journal for Literary & Artistic African-American Themes*., 11, 2003.

Korn, David A. *Exodus within Borders: An Introduction to the Crisis of Internal Displacement*. Washington, D.C.: Brookings Institution Press, 1999.

Kowaleski-Wallace, Elizabeth. *The British Slave Trade and Public Memory*. New York: Columbia University Press, 2006.

Kristeva, Julia. *Desire in Language: A Semiotic Approach to Literature and Art*. Ed. Leon S. Roudiez. Trans. Thomas Gora, Alice Jardine and Leon S. Roudiez. Oxford: Blackwell, 1980.

Kuurola, Mirja. "Caryl Phillips's *Cambridge*: Discourses in the

Past and Readers in the Present." *NJES: Nordic Journal of English Studies*, 6 (2), 2007.

Lamming, George. *The Emigrants*. Ann Arbor, MI: University of Michigan Press, 1994.

Lamming, George. *The Pleasures of Exile*. London: Michael Joseph, 1960.

Ledent, Bénédicte. *Caryl Phillips*. Manchester: Manchester University Press (Contemporary World Writers Series), 2002.

Ledent, Bénédicte. "Caryl Phillips." *Post-war Literatures in English*. Groningen: Wolters-Noordhoff, 1993.

Ledent, Bénédicte. " 'Overlapping Territories, Intertwined Histories': Cross-Culturality in Caryl Phillips's *Crossing the River*." *Journal of Commonwealth Literature*, 30 (1), 1995.

Ledent, Bénédicte. "Ambiguous Visions of Home: The Paradoxes of Diasporic Belonging in Caryl Phillips's *The Atlantic Sound*." *Enter Text*, 1 (1), 2000.

Ledent, Bénédicte. "A Fictional and Cultural Labyrinth: Caryl Phillips's *The Nature of Blood*." *Ariel*, 32 (1), 2001.

Ledent, Bénédicte. " 'One is exiled when one refuses to obey the commandments of Conquest Mission': Religion as Metaphor in Caryl Phillips's Diasporic Philosophy." *Missions of Interdependence: A Literary Directory*. Ed. Gerhard Stilz. Amsterdam/ New York: Rodopi, 2002.

Ledent, Bénédicte. "Caryl Phillips: A Master of Ambiguity." http://www. l3. ulg. ac. be/phillips/.

Ledent, Bénédicte. " 'Of, and not of, this place': Attachment and Detachment in Caryl Phillips's *A Distant Shore*." *Kunapipi*, 26 (1), 2004.

Ledent, Bénédicte. "Slavery Revisited Through Vocal Kaleidoscopes: Polyphony in Novels by Fred D'Aguiar and Caryl Phillips." *Revisiting Slave Narratives /Les avatars contemporains des récits d'esclaves*. Ed. Judith Misrahi-

Bara. Montpellier: Les Carnets du Cerpac, n° 2, Université Paul Valéry, Montpellier III, 2005.

Ledent, Bénédicte and Daria Tunca, eds. *Caryl Phillips: Writing in the Key of Life*. Amsterdam/ New York: Rodopi B. V., 2012.

Levinas, Emmanuel. *Tolality and Infinity*. Trans. Alphonso Lngis. Pittsburgh: Duquesene University Press, 1969.

Lewis, Matthew (Monk) Gregory. *Journal of a West India Proprietor: Kept during a Residence in the Island of Jamaica*. Ed. Judith Terry. Oxford: Oxford University Press, 1999.

Lively, Adam. "After Slavery." Review of *Higher Ground*. *TSL*, 2 (6), 1989.

Low, Gail. "'A Chorus of Common Memory': Slavery and Redemption in Caryl Phillips's *Cambridge* and *Crossing the River*." *Research into African Literatures*, 29 (4), 1998.

Lowenthal, Betty. "Crossing the Diaspora: Betty Lowenthal Talks to Caryl Phillips about his New Book '*Crossing the River*'." *Weekly Journal*, 27 (5), 1993.

Lyotard, Jean-Francois. *The Differend: Phrases in Dispute*. Trans. George Van Den Abbeele. Minneapolis: University of Minnesota Press, 1988. First published in French as *Le Differend*. Paris: Editions de Minuit, 1983.

Lyotard, Jean-Francois. *The Postmodern Condition: A Report on Knowledge*. Trans. Geoff Bennington and Brian Massumi. Manchester: Manchester University Press, 1997.

Maes-Jelinek, Hena " 'Latent Cross-culturalities': Wilson Harris's and Wole Soyink's Creative Alternative to Theory." *EJES*, 2 (1), 1998.

Mandel, Naomi. *Against the Unspeakable: Complicity, the Holocaust, and Slavery in America*. Charlottesville/London: University of Virginia Press, 2006.

Mantel, Hilary. "Black Is Not Jewish." *Literary Review*, 1 (2), 1997.

Marsh, Jan, ed. *Black Victorians: Black People in British Art 1800-1900*. Aldershot and Burlington, VT: Lund Humphries, 2005.

McInnis, Gilbert. "The Struggle of Postmodernism and Postcolonialism in Caryl Phillips's *Crossing the River*." http://www.scholars.nus.edu.sg/landow/post/caribbean/phillps/mcinnis2.html.

Mills, Sara. *Discourse of Difference: An Analysis of Women's Travel Writing and Colonialism*. London and New York: Routldge, 1991.

Morrison, Donald. "A Writer of Wrongs." *Time*, 11 (5), 2003.

Muir, Ramsay. *A History of Liverpool*. London: Williams & Norgate, 1907.

Nasta, Susheila, ed. *Writing Across Worlds: Contemporary Writers Talk*. London and New York: Routledge, 2004.

New, William H. *Among Worlds: An Introduction to Modern Commonwealth and South African Fiction*. Erin, Canada: Press Porcepic, 1975.

Nixon, Rob. *London Calling: V. S. Naipaul, Postcolonial Mandarin*. New York and Oxford: Oxford University Press, 1992.

Nugent, Maria. *Lady Nugent's Journal of Her Residence in Jamaica from 1801 to 1805*. Ed. Philip Wright Mona. Jamaica: University of the West Indies Press, 2002.

O'Callaghan, Evelyn. "Historical Fiction and Fictional History: Caryl Phillips's *Cambridge*." *Journal of Commonwealth Literature*, 29 (2), 1993.

Ozick, Cynthia. "Who Owns Anne Frank?" *New Yorker*, 6 (10), 1997.

Patteson, Richard F. *Caribbean Passages: A Critical Perspective on New Fiction from the West Indies*. Boulder, Colorado and London: Lynne Rienner, 1998.

Phillips, Caryl. "A Dream Deferred: Fifty Years of Caribbean Migration to Britain." *Kunapipi*, 21 (2), 1999.

Phillips, Caryl. "Water." *AGNI*, 39, 1994.

Phillips, Caryl. "Border Crossings." *Displacement, Asylum, Migration: The Oxford Amnesty Lectures 2004*. Ed. Kate E. Tunstall. Oxford: Oxford University Press, 2006.

Phillips, Caryl. *Color Me English: Reflections on Migration and Belonging*. London: Harvill Secker, 2011.

Phillips, Caryl. "Following On: The Legacy of Lamming and Selvon," *Wasafiri*, 29, 1999.

Phillips, Caryl. "Necessary Journeys." *The Guardian*, 11 (9), 2004, http://www.guardian.co.uk/books/2004/dec/11/society 2 (accessed 31 July 2009).

Phillips, Caryl. "Out of Africa." *The Guardian*, 22 (2), 2003, http://www.guardian.co.uk/books/2003/feb/22/classics.chinuaachebe (accessed 1 August 2009).

Phillips, Caryl. *The Atlantic Sound*. London: Faber and Faber, 2000.

Phillips, Caryl. *Higher Ground*. London: Viking, 2006.

Phillips, Caryl. *Cambridge*. London: Bloomsbury, 1992.

Phillips, Caryl. *Crossing the River*. London: Bloomsbury, 2006.

Phillips, Caryl. *A New World Order*. London: Secker and Warburg, 2001.

Phillips, Caryl. *The European Tribe*. London: Faber and Faber, 1987.

Phillips, Caryl. *Extravagant Strangers: A Literature of Belonging*. London: Faber and Faber, 1997.

Phillips, Caryl. *The Final Passage*. London: Faber and Faber, 1985.

Phillips, Caryl. *A State of Independence*. New York: Farrar, Straus and Giroux, 1986.

Phillips, Caryl. *The Nature of Blood*. London: Faber and Faber, 1997.

Phillips, Caryl. *A Distant Shore*. London: Secker and Warburg, 2003.

Phillips, Caryl. *Dancing in the Dark*. London: Secker and Warburg, 2005.

Phillips, Caryl. *Foreigners*. London: Harvill Secker, 2007.

Phillips, Mike and Trevor Phillips. *Windrush: The Irresistible Rise of Multi-Racial Britain*. London: Harper Collins, 1998.

Phillips, Trevor. "Deal with Difference through Integration says Trevor Phillips." *The Commission for Racial Equality*, 24 (9), 2004.

Pichler, Susanne. "A Polyphony of Voices: Searching for Common

History, Common Memory in Caryl Phillips's '*Crossing the River* (1993)'." *Anglia*, 123 (3), 2005.

Powell, J. Enoch. *Freedom and Reality*. Ed. John Wood. Kingswood, Surrey: Eliot Right Way Books, 1969.

Pratt, Mary Louise. *Imperial Eyes: Travel Writing and Transculturation*. London: Routledge, 1992.

Procter, James, ed. *Writing Black Britain 1948-1998: An Interdisciplinary Anthology*. Manchester and New York: Manchester University Press, 2000.

Ramdin, Ron. *Reimaging Britain: Five Hundred Years of Black and Asian History*. London and Sterling: Pluto Press, 1999.

Rice, Alan. *Radical Narratives of the Black Atlantic*. New York: Continuum, 2002.

Riley, Joan. *The Unbelonging*. London: The Women's Press, 1985.

Rushdie, Salman. *The Satanic Verses*. London: Viking Press, 1988.

Rushdie, Salman. "Minority Literatures in a Multi-cultural Society." *Displaced Persons*. Eds. Kirsten Holst Petersen and Anna Rutherford. Mundelstrup: Dangaroo, 1988.

Sáez, Elena Machado. "Postcoloniality, Atlantic Orders, and the Migrant Male in the Writings of Caryl Phillips." *Small Axe*, 9 (1), 2005.

Said, Edward W. "Media, Margins and Modernity." *The Politics of Modernism: Against the New Conformists*. Eds. Raymond Williams and Tony Pinkney. London and New York: Verso, 1989.

Said, Edward W. *The World, the Text, and the Critic*. London: Vintage, 1991.

Said, Edward W. *Culture and Imperialism*. London: Chatto & Windus, 1993.

Said, Edward W. "Preface." *Selected Subaltern Studies*. Eds. Ranajit Guha and Gayatri Chakravorty Spivak. New York and Oxford: Oxford University Press, 1988.

Said, Edward W. *Orientalism*. New York: Pantheon Books, 1978.

Santayana, George. *The Life of Reason or the Phases of Human Progress: Reason in Common Sense*. New York: Charles Scribner's Sons, 1924.

Saunders, Kay. "Interview with Kay Saunders." *Kunapipi*, 9 (1), 1987.

Schäffner, Raimund. "'Identity is not in the past to be found, but in the future to be constructed': History and Identity in Caryl Phillips's Novels." *Unity in Diversity Revisited? British Literature and Culture in the 1990s*. Eds. Barbara Korte and Klaus Peter Müller. Tübingen: Narr, 1998.

Schatteman, Renée T. "Disrupting the Master Narrative: An Interview with Caryl Phillips." *Commonwealth*, 23 (2), 2001.

Schatteman, Renée T. ed. *Conversations with Caryl Phillips*. Jackson: University Press of Mississippi, 2009.

Schwarz, C. M. et al. *Chambers English Dictionary*. Cambridge: Chambers, 1988.

Selden, Raman and Peter Widdowson. *A Reader's Guide to Contemporary Literary Theory*. New York: Harvester, 1993.

Selvon, Samuel. *The Lonely Londoners*. Harlow: Longman, 1985.

Sharpe, Jenny. *Allegories of Empire: The Figure of the Woman in the Colonial Text*. Minneapolis: University of Minnesota Press, 1994.

Sharpe, Jenny. "Of This Time, of That Place: A Conversation with Caryl Phillips." *Transition*, 68 (5), 1995.

Sharrad, Paul. "Speaking the Unspeakable: London, Cambridge, and the Caribbean." *Describing Empire: Post-Colonialism and Textuality*. Eds. Chris Tiffin and Alan Lawson. London: Routledge, 1994.

Slepoy, Graciela Moreira. "The Tension Between History and His/Her-stories in Caryl Phillips's *Crossing the River*." http://www.thecore.nus.edu.sg/landow/post/caribbean/phillps/gms3.html.

Smethurst, Paul. *The Postmodern Chronotope: Reading Space and Time in Contemporary Fiction*. Amsterdam and Atlanta: Rodopi, 2000.

Smethurst, Paul. "Postmodern Blackness and Unbelonging in the Works of Caryl Phillips." *Journal of Commonwealth Literature*, 37

(2), 2002.

Spivak, Gayatri Chakravorty. *A Critique of Postcolonial Reason: Toward a History of the Vanishing Present*. Cambridge, MA and London: Harvard University Press, 1999.

Spivak, Gayatri Chakravorty. "Can the Subaltern Speak?" *Colonial Discourse and Post-Colonial Theory: A Reader*. Eds. Patrick Williams and Laura Chrisman. Harlow: Person Education, 1994.

Spivak, Gayatri Chakravorty and Geoffrey Hawthorn. "The Post-Modern Condition: The End of Politics." *The Post-Colonial Critic: Interviews, Strategies, Dialogues*. Ed. Sarah Harasym. London and New York: Routledge, 1990.

Suzette, Maria and Fernandes Dias, eds. *Legacies of Slavery: Comparative Perspectives*. Newcastle, UK: Cambridge Scholars Publishing, 2007.

Swift, Graham. "Caryl Phillips Interviewed by Graham Swift." *Kunapipi*, 13 (3), 1991.

Thieme, John. *Post-Colonial Studies: The Essential Glossary*. London: Arnold, a member of the Hodder Headline Group, 2003.

Thomas, Helen. *Caryl Phillips*. London: Northcote, 2006.

Thomas, Hugh. *The Slave Trade: The History of the Atlantic Slave Trade, 1441-1870*. London: Basingstoke and Oxford: Papermac, 1998.

Tiffin, Helen. "Post-Colonialism, Post-Modernism and the Rehabilitation of Post-Colonial History." *Journal of Commonwealth Literature*, 23 (1), 1988.

Tournay, Petra. "Re-Telling the Past: Metafictional Elements in Caryl Phillips's Diasporic Narratives." *Bridges Across Chasms: Towards a Transcultural Future in Caribbean Literature*. Ed. Bénédicte Ledent. Liège: L3, 2004.

Tunstall, Kate E, *Displacement, Asylum, Migration: The Oxford Amnesty Lectures 2004*. Oxford: Oxford University Press, 2006.

Tyrrell, Alex and James Walvin. "Whose History Is It? Memorializing Britain's Involvement in Slavery." *Contested Sites: Commemeration, Memorial *and Postwar Politics in Nineteenth-Century Britain*. Eds. Paul A. Pickering and Alex Tyrrell. Aldershot, Burlington, VT: Ashgate, 2004.

Vox, Valentine. *I Can See Your Lips Moving: The History and Art of Ventriloquism*. Tadworth, Surrey: Kaye & Ward, 1981.

Walcott, Derek. "The Caribbean: Culture or Mimicry?" *Journal of Interamerican Studies and World Affairs*, 16 (1), 1974.

Walters, Wendy W. "History's Dispersals: Caryl Phillips's Chorus of the Common Memory." *At Home in Diaspora: Black International Writing*. Minneapolis: University of Minnesota Press, 2005.

Walvin, James. *Making the Black Atlantic: Britain and the African Diaspora*. London and New York: Cassell, 2000.

Walvin, James. *England, Slaves and Freedom, 1776-1838*. Basingstoke and London: Macmillan, 1986.

Walvin, James. *Black and White: The Negro and English Society, 1555-1945*. London: Allen Lane the Penguin Press, 1973.

Waters, Erika J. "An Interview with Caryl Phillips: 'I Am What I Am Because I Was Born There'." *The Caribbean Writer*, 9, 1995.

Webster, Wendy, *Imagining Home: Gender, "Race" and National Identity, 1945-64*. London: UCL Press, 1998.

Weil, Simone. *The Need for Roots*. Trans. Arthur Wills. London: Routledge & Kegan Paul, 1952.

White, Hayden. "New Historicism: A Comment." *The New Historicism*. Ed. H. Aram Veeser. New York: Routledge, 1989.

Williams, Bronwyn T. "'A State of Perpetual Wandering': Diaspora and Black British Writers." *Jouvert*, 3 (3), 1999. http://social. chass. ncsu. edu/jouvert/v3i3/willia. htm.

Williams, Eric. *Capitalism and Slavery*. London: Andre Deutsch, 1964.

Williams, Patrick and Laura Chrisman, eds. *Colonial Discourse and Post-Colonial Theory: A Reader*. Harlow: Person Education, 1994.

Wilson, Richard and Richard Dutton, eds. *New Historicism and Renaissance Drama*. Harlow: Longman, 1992.

Wisker, Gina. *Key Concepts in Postcolonial Literature*. Palgrave: Macmillan, 2007.

Wood, Marcus. *Blind Memory: Visual Representations of Slavery in England and America 1780-1865*. Manchester and New York: Manchester University Press, 2000.

Yelin, Louise. "Caryl Phillips." *British Writers*. Eds. George Stade and Sarah Hannah Goldstein. New York: Charles Scribner's Sons, 1999.

Yuval-Davis, Nira. *Gender and Nation*. London, Thousand Oaks, CA and New Delhi: Sage Publications, 2000.

Zierler, Wendy. "'My Holocaust Is Not Your Holocaust': 'Facing' Black and Jewish Experience in *The Pawnbroker*, *Higher Ground*, and *The Nature of Blood*." *Holocaust and Genocide Studies*, 18 (1), 2004.

二、中文参考文献

1. 著作

[苏联] 巴赫金:《陀思妥耶夫斯基诗学问题:复调小说理论》,白春仁等译,三联书店 1988 年版。

[荷] 彼得·李伯庚:《欧洲文化史》,赵复三译,上海社会科学院出版社 2003 年版。

郭继德主编:《美国文学研究》第 3 辑,山东大学出版社 2006 年版。

郭继德主编:《美国文学研究》第 4 辑,山东大学出版社 2008 年版。

[古希腊] 荷马:《荷马史诗·奥德修纪》,杨宪益译,上海译文出版社 1979 年版。

刘爱琴:《英国当代编史元小说》,山东人民出版社 2015 年版。

瞿世镜、任一鸣、李德荣编著:《当代英国小说》,外语教学与研究出版社 1998 年版。

瞿世镜、任一鸣：《当代英国小说史》，上海译文出版社 2008 年版。

［美］萨义德：《文化与帝国主义》，李琨译，三联书店 2003 年版。

苏娉：《卡里尔·菲利普斯小说中的电影元素》，清华大学出版社 2017 年版。

［法］托多罗夫：《巴赫金、对话理论及其他》，蒋子华等译，百花文艺出版社 2008 年版。

王觉非主编：《欧洲历史五百年》，高等教育出版社 2000 年版。

王岳川：《后殖民主义与新历史主义文论》，山东教育出版社 2001 年版。

许海山主编：《欧洲历史》，线装书局 2006 年版。

张京媛主编：《后殖民理论与文化批评》，北京大学出版社 1999 年版。

张首映主编：《西方二十世纪文论史》，北京大学出版社 1999 年版。

张跣：《赛义德后殖民理论研究》，复旦大学出版社 2007 年版。

朱立元主编：《当代西方文艺理论》，华东师范大学出版社 1997 年版。

2. 论文

郭德艳：《遥远的海岸，更高的地面——论加勒比海裔英国作家卡里尔·菲利普斯的创作》，《外国文学动态》2013 年第 6 期。

郭德艳：《菲利普斯历史小说中的边缘叙事》，《天津外国语大学学报》2015 年第 3 期

海仑：《2004 年英联邦作家奖大奖揭晓》，《外国文学动态》2004 年第 4 期。

何娜：《论卡里尔·菲利普斯〈剑桥〉中的顿悟和反顿悟》，河南大学硕士学位论文，2014 年。

胡月：《卡里尔·菲利普斯〈北方的灯光〉中的主人公形象分析》，《内蒙古农业大学学报》（社会科学版）2018 年第 1 期。

黄涛：《凝视下的黑人：〈剑桥〉中黑人的身份困境》，华中师范大学硕士学位论文，2015年。

李琼：《略论英国移民族群认同的发展和走向——评扎迪·史密斯的〈白牙〉》，《外国文学》2007年第2期。

刘磊：《塑型与反塑型中的离散文化建构——论卡里尔·菲利普斯的小说〈渡河〉》，《南京邮电大学学报》（社会科学版）2015年第4期。

罗世平：《战后英国小说：后殖民实验主义》，《外国文学研究》2005年第1期。

钱中文：《巴赫金研究的新成果》，《中华读书报》2002年7月17日。

生安锋：《后殖民主义的“流亡诗学”》，《外语教学》2004年第5期。

苏娉：《历史和身份的建构：〈剑桥〉的新历史主义解读》，清华大学硕士学位论文，2007年。

苏娉：《〈剑桥〉：以并置和戏仿解构历史真实》，《云南民族大学学报》（哲学社会科学版）2013年第6期。

苏娉：《论卡里尔·菲利普斯的小说〈在黑暗中跳舞〉中的电影化技巧》，《文艺争鸣》2015年第1期。

孙蓬蓬、孙妮：《国内外卡里尔·菲利普斯研究综述》，《合肥工业大学学报》（社会科学版）2015年第6期。

孙蓬蓬：《后殖民批评视角下卡里尔·菲利普斯〈落雪中〉的主题研究》，安徽师范大学硕士学位论文，2017年。

唐珺：《跨越海洋的合唱：对〈横越河流〉中离散意识的分析》，吉林大学硕士学位论文，2008年。

王卉：《菲利普斯创伤书写中的移情——以〈更高的地面〉和〈血的本质〉为例》，《英美文学研究论丛》2013年第2期。

王利娜：《论卡里尔·菲利普斯小说〈渡河〉的身份困境》，《西江文艺》2017年第3期。

王静、孙妮：《遥远的海岸孤独的离散——〈远岸〉离散主题解读》，《辽宁工程技术大学学报》（社会科学版）2016 年第 3 期。

王宁：《叙述、文化定位和身份认同——霍米·巴巴的后殖民批评理论》，《外国文学》2002 年第 6 期。

王宁：《斯皮瓦克和她的后殖民批评理论》，《南方文坛》2001 年第 6 期。

小编译：《外来者》，《纽约时报书评》2007 年 12 月。

徐彬：《道德恐慌与家园焦虑——卡里尔·菲利普斯〈迷失的孩子〉中的‘帝国回飞镖’》，《外国文学研究》2016 年第 6 期。

徐彬：《卡里尔·菲利普斯〈外国人〉中的种族伦理内涵》，《国外文学》2016 年第 4 期。

徐彬：《卡里尔·菲利普斯小说中的离散叙事与国民身份焦虑》，《外国文学研究》2018 年第 1 期。

徐巍：《巴赫金复调诗学理论研究》，西北大学硕士学位论文，2001 年。

张峰：《后殖民离散诗学与自我建构——卡里尔·菲利普斯及其短篇小说〈成长的烦恼〉》，《外国文学》2008 年第 6 期。

张和龙：《卡里尔·菲利普斯访谈录》（英文版），《外国文学研究》2011 年第 3 期。

张建萍：《论卡里尔·菲利普斯〈渡河〉中离散思想及其演变》，《当代外国文学》2012 年第 3 期。

张建萍：《错位、混杂、超越——离散视阈中的卡里尔·菲利普斯〈渡河〉研究》，《重庆工商大学学报》（社会科学版）2014 年第 4 期。

张建萍：《错位人生中的复调、移情和互文——离散视阈中卡里尔·菲利普斯创作特点研究》，《当代外语研究》2014 年第 10 期。

张建萍：《纠缠于抛弃与回归的“家园”书写——离散视阈中评卡里尔·菲利普斯的〈最后的通道〉和〈一个国家的独立〉》，《上海理工大学学报》（社会科学版）2015 年第 4 期。

张庆玲：《菲利普斯〈异乡客：三个英国人的生活〉中的家园政

治》，大连外国语大学硕士学位论文，2017 年。

张庆玲：《菲利普斯〈异乡客〉中黑人的‘无家感’》，《青年文学家》2017 年第 9 期。

张雨佳：《卡里尔·菲利普斯小说中的边缘人研究》，东北师范大学硕士学位论文，2018 年。

后 记

如果把英国文学比作一条绵长的河流，那么卡里尔·菲利普斯就是其中的一朵浪花；如果把英国文学比作是灿烂的星空，那么卡里尔·菲利普斯就是其中的一颗星星。浪花虽小，没有掀起惊涛骇浪，但依然有它精巧的美丽。星星虽小，无法比肩耀眼的日月，但依然发出了特有的光辉。因此，就是这朵朵浪花才汇成了绵绵不息的英国文学之长河，唯其点点繁星才点缀成了精彩夺目的英国文学浩瀚之星空。

追溯我对菲利普斯的研究缘起，可以说我与作者是颇有些渊源的。2007 年，我在英国约克大学访学，为博士论文的选题绞尽脑汁，菲利普斯在该校的一场讲座让我眼前一亮，似乎在茫茫学术研究的大海中发现了引向探索之路的灯塔，自此这闪烁的光就引领着我一路前行。那时候，作者在英国文坛刚刚崭露头角，与历史上的大作家以及当代的名家相比，影响力不可相提并论。选择这个作家作为研究对象，是需要一些勇气的。

从确定把卡里尔·菲利普斯作为博士课题研究的作家开始，我便下大力气搜集相关资料，阅读大量的文本，关注与他相关的活动内容。博士毕业后，我一直打算以此为基础，突破以前局限于“家园”这个切入点，对他进行全面的综合的研究。为了进一步拓宽视野，我于 2013 年申请到美国做了一年的访问学者，目的很明确，就是要继续对菲利普斯的研究。这次我直接跟作家联系，他也盛情邀请我到他任教的耶鲁大学做访问学者，并亲自跟学校的教务长联系，建议英文系能给我发邀请函，但因名额所限，终未能如愿，转而落脚于美国马萨诸塞州的阿默斯特学院，这是作家曾经工作过的地方。在美国一年，我不但如约见到了作家本人，参加了他的作品朗诵会，还对他做了一个简短的访谈，解开了困惑我很久的一些问题。如同漂洋过海去探寻作家的足迹，去感知作家四处为家的跨越疆界，我也切身体验了“渡河人”的错位、移位。

回顾我的学习与研究历程，我在收获知识的同时，也得到了许多人的热情帮助和指导。首先要感谢的是我的恩师郭继德先生，他是我学术研究的启蒙老师和领路人，他以渊博的学识和高尚的品格影响着我，鞭策着我，而师母则在思想上和生活给予我无微不至的关怀和帮助，我取得的点滴成绩是与郭先生和师母分不开的。

这本书之所以能成稿很大程度上是得益于我在美国访学期间的工作，而能促成这件事的是阿默斯特学院的朗达·科巴姆-桑德教授，在她的指导下，我对加勒比海文学与非洲文学有了较深的了解。通过她的引荐，我得以跟其他的菲利普斯研究专家学者进行交流，同时充分利用了阿默斯特大学城“五学院联盟”的图书及其他便利条件，这些都是我研究工作重要的基础。

我的成长自然离不开学校和学院对我的培养和支持，感谢山东大学外国语学院的领导、师长和同仁，是他们开启了我的梦想。家人的默默支持和无私奉献一直是我前进的动力和坚强的后盾。本书能够出版，还要感谢山东大学出版社的老师们，特别是尹凤桐老师，她对我学术研究的支持给了我成长的机会。

本书即将付梓，我仍心怀忐忑，因水平所限，书中难免会有不够完善的表述和有待商榷的地方，恳请各位师长和读者见谅，并请不吝赐教！

李永梅

2019 年 9 月于山东济南